光射す海

鈴木光司

角川文庫
16498

目次

光射す海

第一章　鏡の中

1

診察室の窓辺で爪先立《つまさきだ》ちになると、ひょうたん形の湖面が見渡せた。湖の底にたまった泥は、侵入者の足に絡み付いてより深みへと引きずり込み、溺《おぼ》れた人間は二度と浮かび上がることはない……、そんな言い伝えが昔からあった。いわゆる底無し沼だが、望月俊孝《もちづきとしたか》はこの沼で水死した人間をまだひとりも知らない。物心ついて以来、この地方の新聞にもそんな記事が載ったことはなかった。底無し沼という言葉は、望月に、得体の知れない怪物をイメージさせた。子供の頃、沼で水遊びの最中足をとられ抜け出せなくなる夢にうなされたものだ。崖《がけ》から落下したり、怪物に追いかけられたりした夢より、暗黒の世界にずるずると果てしなく飲み込まれる夢のほうがよほど恐かったのを覚えている。

しかし、小学生の頃ザリガニを捕まえたその沼の周りの景色は、ここ数年の土地開発で見ちがえるほどの変貌《へんぼう》を遂げた。あちこちに葦《あし》の茂みがあり、いかにも底無し沼といった淀《よど》んだ気配は影をひそめ、代わりに、沼を取り囲む瀟洒《しょうしゃ》な邸宅群によって人工池を思わせる身綺麗《みぎれい》な衣装を着せられてしまった。もはや神秘性は消え、ここが底無し沼だと言われてもだれも信じないだろう。

望月にとっては、四十年以上も見慣れた風景だった。子供の頃よく沼の水辺で遊び、浜《はま》松《まつ》医科大で医局員時代を過し精神神経科松居《まつい》病院の副院長となった現在も、同じ沼を見下ろす高台にいる。東京の母校に残ればよかったと、後悔した時期もあったが、今はこれでよかったと満足している。四十そこそこで得た副院長という地位もまんざらではないし、三年前に購入した十六階建てマンションの最上階から見下ろす湖面にも昔とは違った落ち着いた色合いが感じられるようになった。小学校六年になる娘がひとりいて、見合いで結婚した妻との仲もまずまずだ。すべて計画通りだし、とりたてて強く望むものもない。ごく穏やかな人生だった。精神科医になりたての頃の情熱は、消えてはいないまでも程よく薄まっている。年齢相応に情熱が薄まるのもそう悪くはない。

望月は患者の精神をこの沼に喩《たと》えることがあった。だれしも心に底無しの暗黒を持っている。そして、そこから立ち昇る臭いに周りの人間が拒否反応を示せば、患者はこの病院に来ることになる。医者の役目は、沼を埋めたてることではない。そんなことはやろうとしても不可能で、底無し沼を瀟洒な邸宅で囲み、臭いを芳香に変えてあげるのがせいぜいだと、考えていた。しかし、神秘漂う底無し沼を邸宅で囲むことが、そのまま患者の幸せにつながるのかというと、それもまた別の問題のような気もするのだ。

七月下旬の午後、うだるような暑さのせいで、エアコンの室外機はうんうんと音をたてていた。いくらエアコンが効いているとはいえ、窓辺に寄って直射日光を浴びれば汗をかく。望月はメガネをとり、ハンカチで額を拭《ふ》いてから椅子に座り、デスクの上に置かれた一枚の報告書を手に取った。

そこにもひとつの底無し沼があった。

家族歴、病歴だけでなく、住所、氏名、年齢等、一切の記載がなかった。救急病院から総合病院に回され、そこで担当した友人の内科医から聞かされた状況が唯一彼女を知る手がかりだった。

一過性全体健忘症の疑い。ただし、その前段階において、分裂病等の疾患に冒されている可能性もあり。

総合病院の内科医は、患者を診察してそんな感想を持ったという。

八日前の夜十時、年の頃二十代半ばの魅力的な女性が波の荒い中田島《なかたじま》海岸で入水《じゅすい》自殺を図ったとき、彼女は身元を明かす物を何も身につけていなかった。おまけに救助された後も自分自身に関して何も語ろうとせず、身元不明のまま市長の費用負担というかたちで松居病院に収容されることになった。記憶に障害が見られるのはだれの目にも明らかだったが、コミュニケーションが成立しないのも病気のせいなのか、あるいは彼女の意志によるものかの判断はまだつかないらしい。その女性患者が、もうすぐ望月の前に現れ、診察を受けることになっていた。

内科医からの報告によれば、患者は妊娠五ヶ月を過ぎているという。当然のごとく、望月の脳裏には通俗的なストーリーが展開した。子供を宿してしまった女が、結局男に捨てられ、かといって五ヶ月を過ぎれば堕《おろ》すにも遅く、思い悩んでいるうちにノイローゼにかかり、発作的に、あるいは男へのあてつけのために海に飛び込む。相手の男には妻子があったのかもしれない、あるいは……。望月は他のストーリーを考えようとして、苦笑いした。最近、週刊誌のゴシップ記事に似たようなものがあり、なんだか急に愚かしく思われたからだ。

確かに、男女間のもつれが原因で精神に異常をきたすことは少なくない。逆に言えば、本気で愛してくれる異性が身近にいれば、精神を患うことなどほとんど有り得ないとさえ思う。精神医学専攻を決めた日から、望月はそんなふうに考えていた。では、精神科医が患者と一対一で向かい合って、病気を癒《いや》すだけの愛情を注げるかといえば、二十年近くの経験から不可能という答えを出さざるを得ない。どこに問題があるのかは一目瞭然《りょうぜん》、患者の数に比して精神科医の数が圧倒的に少ないことだ。患者五十人に対して一人の精神科医というのが、全国の平均的な割合だった。結核療養所ならば、おそらくこの比率でも治療は充分に可能だろう。しかし、こと精神の病となると、患者と直に向かい合う時間の長さが治療を左右するというのに、この絶対量が極めて少ない。当然、薬に頼らざるを得なくなってくるのだが、薬の効用を望月自身信じているわけではなかった。

薄まってきた情熱、唯一考えられる仕事上のジレンマとは、つまりそれだった。薬の投与以上にひとりひとりの患者との心の交流が必要と感じつつ、そうする余裕がない。かといって、医者の数を二倍三倍に増やすことは、経営面から見て不可能。ようするに、現状でどれだけ誠意を込めて患者を診られるか、そこに重きを置いてジレンマを克服していく他なかった。

望月は、もうそろそろだろうと、ドアのほうに目をやった。身体の動きに合わせて椅子が回転し、耳障りな音をたてる。

――記憶喪失の女性か。

頬杖《ほおづえ》をつきながらドアを見つめ、望月は、二ヶ月ばかり前に診た男性患者を思い出していた。彼もこの病院にきたときは身元不明だったが、三日後いともあっけなく望月のもとから離れていった。急性アルコール中毒による健忘症で入院した六十三歳の男性は、家族によって出された捜索願からすぐに身元が判明したのだ。一時的な健忘症の場合、ちょっとしたきっかけさえあれば、滞った記憶もするすると流れ出す。彼の場合、すべてが元通りになるまで三日もかからなかった。今回もそうであるように、望月は願った。二十代半ばの若い女性であるからには、保護者はきっといるだろう。彼らが捜索願さえ出していれば、警察に照会するだけで身元が割れ、ここを去って家族のもとに帰ることになる。しかし、警察からの連絡はまだ何も入っていなかった。

ドアが開いても、女はなかなか診察室に入ろうとはしなかった。

「さあ、どうぞ」

付き添ってきた看護婦に軽く背中を押され、女はようやく、どこかぎこちない仕草で足を一歩部屋の中に踏み入れた。女はそのまま五、六歩歩き、椅子の背に手が触れると肘《ひじ》を突っ張って背もたれに少し体重をかけた。細く均整のとれた身体にしては顔は丸みを帯び、望月は、名前は思い出せないがテレビで見かけたある女性タレントに似ているなと思った。

部屋に入る前と後で表情にさしたる変化はなく、女は椅子に座ったまま何を見るでもなく、望月の手に握られたボールペンにうつろな視線を落としていた。

望月は挨拶《あいさつ》してから、女に今日の日付を聞いたが、女は何も答えない。続けて、名前、住所、簡単な足し算引き算等の質問を出した。女は視線を徐々に上げていく。

「わたしの言うことがわかりますか？」

望月は女の目をじっと見つめた。敵意を含まない穏やかな目がそこにあった。わずかに目尻《めじり》の下がった魅力的な二重瞼《ふたえまぶた》、今はやつれていたが化粧をすればはっとするほどの美人に仕上がるだろう。望月は、無理に視線を合わせ続けたが、女はその視線をけっしてはずそうとしなかった。

——程度はわからないが、意識の鈍化が見られるようだな。

メモに走り書きする望月の手元に視線を移すと、女はまばたきをした。

「あなたの名前を言ってください」

望月はさっきと同じ質問を、ゆっくりと繰り返す。自分がだれであるかを理解しているのかどうか、この点を明確にさせるのが、治療の第一歩だった。

記憶は大ざっぱに三種類に分けることができる。直接記憶、近接記憶、遠隔記憶。直接記憶とは直前の記憶のことで、例えば数字の書かれたカードを見せて、患者に今みたばかりの数字を答えてもらい、この記憶に障害があるかどうか判断したりする。近接記憶は一時間ばかり前の記憶。そして、遠隔記憶とは、何週間、何ヶ月、何年前というように、ずっと以前の記憶をいう。自分がだれであるのか問うことは、つまり遠隔記憶に障害があるかないかを確かめることになる。テレビのサスペンスドラマでは、名前も忘れてしまった記憶喪失者が出てきて犯罪に巻き込まれたりするが、そういったことはほとんどないのが実状である。自分の名前や一般常識などの記憶は、過剰学習によって脳の複数の場所に貯蔵されるらしく、記憶の痕跡《こんせき》をことごとく消し去るのは極めて難しいからだ。

女が自分の名前を言わないのを見て、望月もまた「一過性全体健忘症」という病名を思い浮かべた。突然海に飛び込んだ場合、ときとしてこの症状に陥ることがある。女を救った二人の若者の証言からすれば、この症状が入水のショックによって引き起こされたと見て間違いはなかった。一過性全体健忘症は別段危険な病気ではない。疾風のごとく突如やってきて、数時間から一日二日のうちに自然に去っていくのが普通だ。女が海に入ってからもう丸一週間が過ぎている。ところが、彼女の記憶は未《いま》だ闇に包まれていた。

望月はそれ以外の可能性を考えた。いわゆる失語症。自分の考えを言語として表現できないのか、それとも、他人の話を理解することができないのか。このふたつは脳のそれぞれ別の部位の障害によって引き起こされるため、同時に両方の機能が冒されたとは考えにくい。運動性失語症なのか、あるいは感覚性失語症なのか、判断するためにはどうしても患者とのコミュニケーションが必要になる。

望月は、女の心をいくらかでもリラックスさせるために自分のことでも語ろうかと考え、デスクを離れて診察室の中を歩き始めた。以前からの彼の習慣だった。患者のプライバシーに立ち入ることを根掘り葉掘り聞いておき、こちらの胸の内を何も見せないのは不公平だろうと、特に会話が成り立たない場合、彼は自分の家族構成や趣味などを手短に冗談も交えて話すのだった。

「いいですか、わたしは、あなたの味方なんです。だから、遠慮なく、本当のことを語ってほしい、そうすれば、あなたは家族のもとに帰ることができる」

女の表情に変化は見られなかった。望月は窓辺によって、外を見た。病院の中庭に、幾人かの患者の姿がある。ここにいる入院患者はほとんど皆、家族のもとに帰るのを楽しみにしていた。だが、ごくわずかではあるが、帰るのを嫌がる患者もいるし、患者が退院するのを拒否する家族もいる。

——この女性は果たしてどちらだろうか。あるいは、ひょっとして、一人の身寄りもいないことだって考えられるのだ。

望月は、女の横顔をチラッと見てから、話題を変えた。

「あなたは、八日前の夜、海で泳ごうとしたわけじゃないんでしょ？」

望月は、女の傍らに腰をおろし、うつむきかげんの顔を下から見上げた。女は病院から支給された半袖《はんそで》の白いＴシャツを着ていた。遠州灘《えんしゅうなだ》の荒い波に故意に飲み込まれようとした時、女はデニムのジャンパースカートを身につけていたという。ゆったりめのジャンパースカートならば、わずかに出はじめた腹の膨らみを隠すにちょうどよかったのだろう。望月は想像の中、今目の前にいる女性患者に自殺に及んだ夜と同じ服装を着せてみた。デニムというからには、たぶん色はブルー、その下には赤いTシャツ。足には白いスニーカー。アクセサリーはつけていたかどうか、そして、肩まで伸びた髪はどのように束ねられていたのか。少々子供っぽい格好の、お腹に赤ん坊を抱えた、かわいらしい女性のシルエットが浮かぶ。表情はもうその時から曇っていたのか、それとも目には今と異なった異様な輝きがあったのか。

望月はこれまでに何度も中田島砂丘を見たことがあった。砂丘は、波の音さえ聞こえなければ砂漠といっても通用するほど、ゆったりとした起伏に富んでいる。八日前の夜十時といえば、引き潮に向かう時間で、天気は快晴だった。女は、砂丘をいくつか越え、濡《ぬ》れた波打ち際にしばらくたたずんだ。その時の様子は、砂丘の上で花火を上げていた若い四人組の男女に目撃されていた。女には自殺者特有の雰囲気があり、遠くからでも目についたらしいのだ。女は波打ち際でスニーカーを脱ぎ、スカートの裾《すそ》をちょっとつまんで砂を踏んでいった。あたりの砂浜には、女以外に動く影はなかった。女は、二人分の重みで砂から海水を押し出しながら、膝頭《ひざがしら》を波に洗われるまで海に近づいた。

その時、砂丘の上の四人は、いよいよ女の行動が怪しくなったのを見て、一人が公衆電話に走り、水泳に自信のある二人の男が海岸を目指して砂丘を駆け降りた。直後、一際高い波が女の頭上で砕け、波が引くともうそこに女の姿はなかったという。花火遊びに興じていた地元の若い四人組がいなかったら、たぶん女は希望通り命を失っていただろう。結局、助け上げられたのが早く、呼吸停止もなかったため、女の命のみならずお腹の子供の命も救われることとなった。そして、最初から持っていなかったのか、それとも波にさらわれてしまったのか、バッグの類《たぐい》、名前はおろか住所を示すものは何も付近から発見できなかった。

夜の海の出来事が、望月の脳裏で生々しく再現された。中田島砂丘という背景を熟知しているだけに、想像とはいえ、たっぷりと海水を吸ったスカートの重みを手に感じられるほどのリアリティがあった。駆けつけた救急隊員による応急処置、口から海水を吐き出しながら見上げる夜空。

望月は小学生の頃、父親に手を引かれて波打ち際を歩いていて、海亀の卵を発見したことがある。数えてみるとちょうど十個あった。彼はその卵を自宅の庭で孵化《ふか》させて観察してみたくなり、父にできるかどうか尋ねた。父は、ビニール袋に一杯ここの砂を持ち帰り海岸と同じ状況を作ってあげれば、自宅の庭でも卵がかえるかもしれないと答えた。「それじゃあ」と十個の卵全部を掘り出した望月に、父は、お母さん海亀がこの場所に戻ってきたとき、卵全部がなくなっていたら、あんまりかわいそうじゃないかと、少なくとも半分は元の場所に戻すよう息子に説いた。だが、望月は、自宅の庭で海亀の卵がかえるところをどうしても見たかったのだ。そのためには五個よりも十個のほうが可能性が高い。彼はおもちゃ売り場に座り込む子供のようにガンとして譲らなかった。父親は根負けし、砂と一緒に十個の卵をビニール袋に詰め込んだ。

腹に赤ん坊を宿した女が、夜の砂浜に仰向けに寝そべって吐瀉物《としゃぶつ》に汚れた場所、それはあの日、自分が海亀の卵を発見したのと同じ場所ではないのか。この女は、ひょっとして子供を産み落とそうとして、海の中に入っていったのではないか……。望月は、なぜかそんな幻想を抱いた。

南の海で子供たちがやって来るのを待つ母亀のもとに、一匹の子亀も到達できなかったときの哀しさは、年をとるほどに望月の胸の中で肥大していった。小学生には決して理解できない、親となって初めて知る悲しみだった。なぜあの時、父はもっと激しく自分を叱《しっ》責《せき》し、無理にでも卵を元の場所に戻させなかったのかと、今になって逆に亡き父を恨んだりもする。結局、自宅に持ち帰った卵は一個も孵化することなく、腐っていったのだ。

――ところで、この女性は、赤ん坊を産みたいと思っているのだろうか。

突然、そんな疑問が浮かんだ。どうしても子供を産みたいと願っている女性が、妊娠中に自殺未遂を起こすはずもなかった。もちろん、このままコミュニケーションが成立しなければ、本人の意志がどうであろうと赤ん坊は産まざるを得ない。開放病棟に入院させておいて、時期がきたら医大付属病院の産婦人科に移し、そこで出産することになるのだが、それ以後も尚《なお》、母の意識が混濁を続ければ、生まれた子供は一旦《いったん》乳児院にあずけられる。そして、家族、特に父親の存在が明らかにならなければ、子供はずっと乳児院で育てられることになるのだ。

望月は知らぬ間に、女のようやく目立ち始めた腹を見つめていた。夜の海の情景が、成長しつつある子供の将来を予感させ、暗澹《あんたん》たる気分にさせられた。女は、見つめられるのも構わず、両手を軽く組んで膝の上に乗せていたが、ふと手の平を上に向けたとき、望月はそれを見逃さなかった。肉の浮き上がった褐色の傷跡が、左手首にまっすぐ走っていたのだ。望月は女の左手をそっと持ち上げた。手を握られても、女は抵抗しない。まだ新しい傷だった。たぶん三、四ヶ月、半年は過ぎていないだろうと思われる深い傷で、発見が遅れていたら間違いなく出血多量で命を落としていたはずだ。今回が初めてではなかった。女は以前にも自殺未遂を起こしている。しかも、傷の深さから判断して、けっして狂言なんかではない。

この線から身元がわかるかもしれないと、望月は考えた。ここ半年のうちに手首を切って病院に運び込まれた自殺未遂者を当ってみればいい。浜松という地域に限定すれば、そう手間取るとも思えない。

望月は先入観にとらわれていた。海に入る直前、身重の女は白いスニーカーにデニムのジャンパースカートというラフな格好だった。しかも、バッグやサイフの類は何も持っていなかったという状況から、女はこの近辺に住む人間とばかり思い込んでいたのだ。彼は忘れていた。三日前、松居病院を抜け出して東京で発見された分裂病患者も、発見当時バッグやサイフはおろかなにひとつ身につけていなかったという事実。しかも、患者は浜松から三百キロ近く離れた場所で発見されたのだ。どんな交通手段を使って浜松から東京まで行ったのかは、いまもって不明だ。

結局、三十分の面接の間、女は一言も声を発しなかった。病名を確定することはできない。しかし、最低二回自殺を試みたことが判った以上、即開放病棟に入れるわけにもいかず、女は閉鎖病棟の保護室に移され、そこで監視つきの一晩を過すことになった。

2

女は一晩保護室で過しただけで、開放病棟に移された。しかし、二週間を経過した現在も相変わらず昏迷《こんめい》状態を続けている。望月は過去に何度か、こういった状態に陥った患者を診たことがあった。しかし、過去の例と比べれば、意識もはっきりしていて、決して重い部類には入らない。二年前に発病し、現在も入院中の中野《なかの》智子《ともこ》など、話しかけてももちろん返事もしないし、喜怒哀楽の表情は一切持たず、トイレに立つこともなければ自ら食物を口に入れることもない。感情をすべて消し去り、ただひたすら消極的な方法で、生きることを拒否しているかのようだ。入院当時は肉付きのよかった身体も、今ではすっかり痩《や》せ衰え、骨と皮ばかりになっている。回復の見込みはまったくなく、二年のうちに老女のごとく老けこんでしまった。あとは死を待つ以外にない。尻《しり》に紙おむつをあてられ、消化のいい軟らかな食物を口に入れられ、幼児に逆戻りして死を待つ姿は皮肉に満ちている。智子にも小さな娘が一人いたのだ。ようやくおむつも取れ、食事にも手がかからなくなった矢先、智子の不注意によって娘は溺死《できし》した。診察室から見渡せる底無し沼ではなく、家の近所の小さな貯水池だった。智子は悲痛な叫びで自分を責め続け、内面から迫り来る悪夢に脳の正常な働きがそこなわれていった。精神が崩壊したのだ。そうして、取ったばかりの娘のおむつを、その香りを懐かしむように、自分の許《もと》に引き寄せる結果となった。語らず、笑わず、泣かず、怒ることもない。彼女の場合、欲望や愛情、一切の精神活動を消し去らなければ、悲しみに耐えることができなかった。かくももろい精神の持ち主に対して、望月は差しのべるべきどんな手段も持ってはいない。薬など何の役にも立たず、ただもどかしい思いで衰弱の進行を緩めるほかなく、また仮に、症状が好転したとしても、智子には頼るべき身寄りは一人もなかった。入院と同時に離婚届を持ってきた夫は、既に他の女性と結婚して子供さえもうけている。

二週間前に入院してきた若い女性患者が、同じ道を辿《たど》るかもしれないと考えると、望月はやりきれなかった。彼女の場合、会話が成り立たず喜怒哀楽の表情を表さないのは智子と同じだが、トイレには自分の力で立ち、わずかながらの食欲も見せ、中庭を散歩したりもする。そのぶん、なんらかのきっかけさえあれば、快方に向かう可能性は充分にあった。

ちょうどそんな折り、開放病棟と閉鎖病棟を結ぶ渡り廊下を歩いていた望月は、入院患者の砂子《すなこ》健史《たけし》が興奮気味に自分の名を呼ぶ声を聞いたのだった。

砂子健史は、十日前に自殺未遂を起こして運び込まれた患者だった。カルテには神経症と書かれている。二十三歳で大学を卒業し、東京の家電メーカーに就職したはいいが、不眠と食欲不振を訴えて浜松の実家で休養していた矢先のことだった。

健史は、ほんの一時間ばかり前から、渡り廊下の壁に寄りかかり、病棟と廊下で囲まれた中庭でゲートボールをする入院患者たちの様子を眺めていた。どの顔にも汗が流れ、曲げていた背を伸ばしてタオルで顔を拭《ふ》く姿があちこちで見られた。スポーツの苦手な健史は、患者たちが好んで流す汗に嫌悪感を覚えた。当然、ゲームに参加したいとも思わず、八月中旬の日差しを逃れて廊下の屋根の下にもぐり込み、自殺への意志が本当に自分にあったのだろうかと、十日前のことを漠然と考えたりしていた。どうも、見知らぬ他者の手がにゅっと首筋に伸び、自分を死の淵《ふち》に導いたとしか思えなかった。意志とは無関係の手の感触にリアリティがあり、自ら死を望んだという自覚はあまりない。しかし、自殺なんて少なからずそんなものなのだろうと、自分のケースが特別であると見做《みな》したりはしなかった。

彼は他の入院患者とあまり口をきかず、親しく付き合う人間もいなかった。入院当初、時間はゆっくりとしたテンポで流れていたが、今では、ふと気付くと消灯時間を迎えていたりする。消灯が早いせいもあるが、これまでの生き方を考えるのには、思いの他たくさんの時間を要するものだ。

その人生を、彼は十日前の早朝、終わりにさせようとした。衝動だけははっきりと覚えている。まだ夜の明け切らぬうちに家を出て、父の車で東に向かった。どこに行こうとしていたのかは思い出せない。方向から推測すれば、東京のアパートに戻ろうとしていたのかもしれない。いや、そんなはずはないと、健史は首を振る。あのアパートの部屋が、自分の向かう場所であるはずがない。あの部屋が彼を追いつめたのだ。とすれば、どこに向かうつもりだったのか。あの時、健史の頭は白く濁っていた。午前四時を過ぎ、東の空が明るみ始めたのを見て、車のヘッドライトを消した。それは覚えている。ポジションライトまで消したかどうかは忘れたが、昇る朝日にヘッドライトを当てるのは失礼な気がして、ライトを消したのは記憶している。

——この世界におまえのいる場所などない。

何者かの囁《ささや》き声が聞こえた。アクセルを踏み込むと、前方の薄闇は視界を狭くして後方に回り込んでゆく。なだらかな傾斜とカーブの上り坂だった。坂を上り切ると、東名高速を走るヘッドライトの流れが見えた。世界が自分に課したテーマは〝無〟。座るべき椅子はない。またもやだれかのつぶやき。いつの間にか、路肩のガードレールに左側面を接していた。車は激しく揺れ、健史はその揺れに合わせて声を上げた。長く悲鳴を伸ばしたつもりが、横からの振動が激しく身体に突き刺さり、ガッガッガッガというカエルのような叫びを上げていた。前方は右にカーブしていて、とても曲がり切れそうになかった。だが、一旦ガードレールから離れた車がもう一度ぶつかりそうになる直前、健史はブレーキを踏んでいた。

車はガードレールにぶつかって対向車線を横切り、反対側のガードレールにフロントノーズをめりこませるようにして止まった。ボンネットから立ちのぼる蒸気と大破した車体が、事故のなまなましさを訴えていた。明け方にこのあたりを通る車は少なく、健史はしばらくの間ひっそりとハンドルに顔を伏せて気を失っていた。だれが呼んだのか、救急車のサイレンが聞こえた。顔面を強打したらしく、鼻から流れ出した血がジーンズの膝頭《ひざがしら》を濡《ぬ》らしている。しかし、気分はそれほど悪くない。彼はシートを倒して眠ろうとしたが、急速に近づいてくるサイレンに妨げられて眠りには至らなかった。

警察から事故の原因を聞かれて、健史は正直に答えた。

――囁き声を聞いたんです。だれかが、ぼくの耳元で、囁いたんです。声の命ずるまま、ぼくはハンドルを切って。

――助手席に、だれか乗っていたのかね？

――いいえ、とんでもない。ぼくひとりでした。

両親の同意のもと、その日のうちに入院の手続きが取られた。幸いにも事故による怪我はたいしたことなく、問題があるとすれば精神に他ならない。だれもがそう考える状況であった。事故当日の夜、健史は自傷他害、つまりまだ自殺の恐れありとの判断から、男子閉鎖病棟の保護室で眠ることになった。

こうやって強い日差しの中で、中庭のゲームにぼんやりと目を向けていても、彼は入院第一夜の絶望感を思い出すことが多かった。最初の夜、彼は自分がどこにいるのかわからなかった。保護室は狭く、堅いベッドが置かれ、便器が床からにょっきりと生えていた。

てっきり留置場と思った。窓を見ると鉄格子がはまっている。健史は両手で摑《つか》んで鉄格子を動かそうとした。びくともしない。不意に悲しくなった。なんともいえぬ寂しさに襲われ……、寂しさというよりも後悔だった。鉄格子の感触は冷たく、なぜか悲しい。むしょうに涙が出た。健史はそうやって泣きながら、一日目の夜を終えたのだった。

ところが、得体の知れない悲しみは、一回では終わらなかった。翌日の朝、閉鎖病棟のドアが開かれ、中庭に出て大地を踏みしめたとき、また思わず知らず大粒の涙がこぼれ落ちたのだ。健史は、雑草の生えた土に両手両膝をついた。自分がみじめでならない。二十四年で人生を終わらせようとした衝動が許せない。それはとりもなおさず、無意味な人生を証明するようなものだ。健史は握り締めた拳《こぶし》で大地を打った。草の香りは新鮮で、すぐ目の先には無数の蟻が這《は》っていた。涙が甘ければ、蟻はその匂いに誘われて、もっともっと数を増しただろう。

十日ばかり前の夜と朝、保護室の鉄格子を握って流した涙と翌朝中庭の土に触れて流した涙を、健史は一生忘れられそうになかった。今もそのことを考えている。あの悲しみとも怒りとも悔恨ともつかぬ感情は、肉体のどこに根をおろしていたものなのか。自殺を試みる以前から眠っていたものなのか、それとも突如湧き上がってきたものなのか、探ろうとして探れず、もどかしい。自由になったわけではなかった。まだ縛られている。退院しても本当にやっていけるかどうか、まったく自信はない。担当医の望月のことを、優しさと包容力に富んだすばらしい医者だと健史は高く評価していた。しかし、死の誘惑に負けないほどの希望を彼から与えられたかといえば、そうでもない。わかってはいるのだ。自分が本当は何を欲しているのか。一度でいい。彼は女性から深く愛されてみたかった。

ちょうどその時、健史の耳にきれいなハミングが流れ込んできた。さっきからずっと聞こえてはいたのだが、遠くからの音がようやく意識の底に上ってきた。

歌詞はなく、澄んだ女性の声によるハミングだった。健史は顔を巡らせ、口ずさんでいる人間を捜した。記憶に残っているメロディと、そのハミングは柔らかく重なっていった。かつて、何度か聞いたメロディだった。

健史はこの曲をどこで聞いたのか思い出していた。音楽にまつわる記憶は強く心に残るものだ。音をきっかけにすれば、六年前の情景も難無く脳裏に展開することができる。

その曲を初めてラジオで聞いたのは、高校三年生の頃だった。

七月の終わり、夏休みが始まったばかりの一週間、健史は毎日同じ時間にこの曲を聞いた。時間は確か夕方だった。ラジオ番組の名は忘れたが、デビューしたばかりのタレントの歌を紹介する『今週の歌』というコーナーだった。だから、一週間、決まった時間に同じ曲が流れた。曲はひたむきな恋の歌で、その時の健史の気分とうまくオーバーラップして印象づけられた。というのも、彼は、週末に初恋のガールフレンドとデートすることになっていたからだ。彼女との楽しいひとときを空想しながら、恋の歌を聞き、ますます想いを募らせ、一週間のうちに目にした何気無い情景まで甘美な色彩に彩られていった。初めてのデートを失敗のないようにと、彼は公園の下見に出掛けたほどだ。ここでお茶を飲み、この芝生のこのベンチに腰をおろし、こんな冗談を言って彼女を笑わせ、さりげなく次のデートの約束をとりつける。ラジオから流れる曲を口ずさみながら、彼はデートの青写真を克明に脳裏に描いた。人生への期待や恋への憧《あこが》れに満ちていた幸福だった頃の一週間、そして、その象徴である歌。結果的にはガールフレンドとの恋は成就しなかった。しかし、期待外れの結末とはいえ、あの一週間のうっとりとした時の流れは今も忘れない。

中庭で聞くメロディは、六年前に比べてテンポがゆったりしていて、情熱的なムードが失われている。それでも、同じ曲に違いなかった。今口ずさんでいる女性も、この曲にまつわる思い出を持っているなら、それをきっかけに話をしたいと健史は強く願った。ヒットした曲ではなかった。民放ラジオの『今週の歌』で一週間流れただけで、他の番組では一度も聞いたことがなかったし、歌っている歌手をテレビで見かけたこともなかった。ラジオで流れただけの歌をハミングする女性患者の存在は、彼にはうれしかった。六年前の、世界の色が今よりずっと明るかった頃、この女性もまたどこか他の場所で同じラジオ番組を聞き、当時の出来事や心の動きを、歌にからめて記憶の底に焼きつけていったに違いない。同じ時間と同じ歌の共有を思い、健史は思わず涙ぐんだ。

健史は廊下の壁を離れ、二、三歩歩いて立ち止まり、左右を見回した。けだる気にゲートボールに興じる患者たちは、あまり大きな声をたてるでもなく黙々とボールの行方を目で追っていた。その向こうにはベンチがふたつあり、三人の患者が腰をおろして会話を交わしている。

さらに歩くと、第一病棟横の花壇が見えてきた。そして、花壇を囲む芝生から、ハミングは風に乗って流れていた。声の主は、すぐに見てとれた。初めて見る顔だった。自分と同じ年頃の、色の白い女性で、頭をわずかに傾げ、うつむきかげんで口ずさんでいる。女は両膝を抱いて芝生に座り、指を使って地面になにかを描いていた。描きながらハミングして、時々顔を上げて日差しを浴び、目をつぶる。

健史は意を決して彼女に近づいた。知らない女性に声をかけるなど、そうたやすくできることではなかった。せめて名前くらいは聞き出したいと思ったが、傍らに立ちつくし、ハミングを続ける女の伏し目がちな表情を見下ろすばかりで、どう行動していいのかまるでわからない。知らぬ間に彼は、同じメロディを口ずさんでいた。

女は、健史を見上げた。女の顔を正面から見て、彼は衝撃を受けた。一目で恋をしたと感じた。女は、同じ曲を口ずさむ健史を見ても、最初のうちは表情を変えなかった。だがしばらくするうち、何度も同じ曲を口ずさむ健史に心を開くように、頰を緩めていった。健史も笑いかけたが、どこかぎこちない。しかし、身体の奥底からなにかしら湧き出るものがあり、久々に十日前の涙を忘れたのだった。

「先生」と続けて二度呼ばれ、望月は廊下の途中で立ち止まった。見ると、入院以来見せたことのない生き生きとした表情を浮かべ、砂子健史が近づいてくる。しかも、驚いたことに、ハミングをしながら。

「先生、この歌、ご存じですか」

健史が遠慮がちに尋ねた。

「歌？」

健史は歌のワンフレーズを繰り返す。ポピュラーな曲ではなかった。望月は、「知らないなあ」と笑顔を浮かべた。

「ほら、あそこの芝生に若い女性が座っているでしょ」と、健史は、女が見える位置に望月を移動させながら、「彼女、名前、なんていうのですか」と訊《き》いた。

望月はどうも要領を得なかった。しかし、少し顔を上気させた健史の説明を聞くうちに強く興味をそそられ、「ちょっと、喫茶室ででも話さないか」と誘ってみた。

病棟のちょうど中央に位置する喫茶コーナーは、もうもうたる紫煙に包まれていた。入院患者は男も女もほぼ例外なく煙草を吸う。

望月はポケットから煙草を取り出すと健史に一本すすめた。健史は手を横に振って断った。

「で、彼女とは何か話したのかね？」

望月は煙草の煙を吐き出してから、顔を横に向けた。健史はいつもより背筋を伸ばしている。

「いいえ、会話は成立しませんでした」

健史は堅い表現を使った。言葉のはしばしから、性格の一端がうかがい知れる。

健史が初めてこの病院にやってきた日の夜、望月はたまたまナースセンターで、テレビカメラの映し出す保護室の様子を見ていた。自殺防止のため、保護室に入れられた患者はいつも天井の隅に設置されたテレビカメラで看視されている。望月の見守る中、健史は自分がどこにいるのか分からないといった素振りを見せた。入院第一日目は、精神病院に入れられたことをうまく把握できない患者が多い。健史は狭い部屋を見回し、やがて窓の鉄格子を両手で摑んで揺すった。そこで初めて今いる場所を理解したらしく、彼は嗚咽《おえつ》を漏らした。テレビカメラは健史の背中の震えを小さく映したに過ぎない。だが、望月には、健史が泣いていることがよくわかった。精神病院に入れられた悲しみというより、自分の生そのものに対してのやるせなさが、涙の原因と思われた。その瞬間、望月の胸の中に、健史の二十四年という人生が、いちどきに流れ込んだ。痩《や》せた小さな身体で鉄格子を揺らすその背中に、人生の重みはまるで感じられない。にもかかわらず、彼の苦悩や絶望がふっと理解できてしまう一瞬だった。自殺を企てる明確な理由があったわけではない。融通がきかず、責任感が強く、ささいなことをいつまでも気にしてしまう気質に問題があった。もう少し無神経だったら気楽に生きていけるとわかっていても、豪放に振る舞うことができないのだ。この二十四年間、波風の立たない平板な年月だったに違いない。恋人もいなければ、おそらく女性から本気で愛されたこともなく、冒険もなく、自分の意志で選択したコースを敢然と歩き出すこともなかった。母親の決めた進路、なりゆきでそうなってしまった学部選択、茶番劇ともいえる面接を数多くこなしてもぐり込んだ家電メーカー、そして営業に回されるやいなや突如襲われた不眠と食欲不振、いつの間にか出社を拒否し部屋に閉じこもる毎日が続いた。望月は両親から健史のこれまでの生活状態を聞かされていた。だからよけい、彼の涙を身近に感じた。海亀の母から卵を盗んだことで、今もなお罪の意識を感じてしまう望月は、健史に近い側の人間だった。

「言葉を交わしたわけではないのか」

望月は失望のつぶやきを漏らした。しかし、ハミングをしていたとわかっただけでも収穫だった。記憶喪失に陥ったとしても言葉を忘れないのと同様、過去に何度か口ずさんだり耳にした曲は忘れない。また、失語症に陥ったとしても、音楽に対する感覚は健全なままのことが多い。だから、この情報は、やはり貴重だった。

「もう一度、歌ってみてよ」

望月に頼まれると、健史は、背筋をまっすぐに伸ばし、生真面目な表情でメロディをハミングして聞かせた。望月は首を傾げた。初めて聞く曲だった。

「それ、だれの歌?」

望月にそう訊かれても、健史は歌を中断せず、きりのいいところまで歌いきったところで答えた。

「実は、曲名も、だれの歌なのかも、ぼくは知らないんです」

「しかし、メロディだけは覚えてるってわけか」

「ええ、そう」

そこで健史は、なぜ自分がこのメロディをはっきりと記憶しているのか、その訳を説明した。

「なるほど……」

うなずきながら、望月はいぶかしんだ。六年前ラジオでちょっと流れただけの曲を今まで覚えているには、その曲に印象深い思い出がまつわりついていなければならない。健史の場合はわかる、だがあの女性もとなると、偶然にしてはでき過ぎのような気がしたのだ。

「ねえ、先生、だれなんですか？　教えてください、彼女の名前」

「ああ、それがねえ……」

「名前くらいいいでしょ」

「名前、か。一切わからないんだよ」

健史は、顎《あご》を突き出して怪訝《けげん》そうな顔をする。

「わからない、といいますと」

望月は、現在の女の状況をかいつまんで話した。入院して二週間たつが、未《いま》だに身元不明で、コミュニケーションすら成立しないことも。

「捜索願は出されてないのですか」

「まだ警察から何も言ってこないところをみると、どうも、出されていない可能性もあるな」

「そうですか」

健史は溜《た》め息をついた。自分と比べ、状況はかなり深刻に思えたからだ。うるさい存在ではあるが、自分にはたった一晩の外泊だけで捜索願を出しかねない過保護の母親がいる。

「先生、もし、彼女の名前がわかったら、ぼくにも教えてください」

健史は、真剣な顔で言った。人間に関心を持つことの大切さを、望月は充分に心得ている。異性への興味は、精神の健康を証明するバロメーターでもあった。

「わかった。治療に差し支えのない範囲でなら」

「ご無理言って申し訳ありません」

健史は四十五度に頭を下げ、「それでは、失礼します」と行きかけて足を止め、「あ、だれか患者の中に、こんなことに詳しい人、いないもんですかねえ」と、態度を急変させ、妙に甘えたふうに訊いた。

「こんなことって？」

「日本の芸能音楽に詳しい方です」

患者の中には様々な特技や知識を持つ者が多く、望月はしばしば感心させられることがあったが、健史もそのことに気付き始めたところだった。

「そうだなあ、開放の富田《とみた》さんなんか詳しいんじゃないのかな。一日中ラジオ聞いてるし、かなりの音楽通だって話だよ」

「ちょっと訊いてみて、構わないですかね」

健史はつぶやいた。

「なにを？」

「あ、いえ、メロディは覚えているのに、曲名も歌手の名もわからないんじゃ……。考えると気になって気になって。その人なら教えてくれるかもしれない」

望月は笑った。

「わかったらぜひわたしにも教えてほしい。情報交換といこうじゃないか」

健史は笑顔でうなずくと、もう一度、

「失礼します」

と頭を下げて立ち去った。

礼儀正しい青年だった。もうほとんど心の健康を取り戻したかのようにも見える。退院のことを、二、三日のうちに本人と両親に相談してみようかと望月は考えた。

吸いかけの煙草をアルマイトの灰皿に押しつけ、立ち上がろうとして、望月はふと疑問を感じた。

——ところで、健史君は、あの女性が妊娠していることに気付かなかったのだろうか。

3

富田は夕食の間もラジカセのヘッドホンをはずさなかった。ラジオから流れる曲に合わせて鼻歌を歌っているので、食事は遅々として進まず、そのせいでいつも配膳《はいぜん》係に怒られていた。

健史はさりげなく富田の横に座ると、話しかけるきっかけを待った。いい気分で歌を聞いているのに、邪魔したら悪いんじゃないかと彼はつい余計なことを考えてしまう。富田は見たところ五十歳前後の小柄な男で、どんな病気で入院しているのか、健史は知らなかった。丸顔に小肥り、少なくともうつ病といった雰囲気はない。たぶん、アルコール依存症ではないかと、話しかける前にあれこれ推測してしまう。

「あの、ラジオをお聞きのところ、まことにおそれいりますが……」

健史は例によってばか丁寧に声をかけた。富田は鼻歌を歌いながら横を向き、健史の頭から爪先《つまさき》までじろじろと観察したあげく、なんら表情も変えず前を向き、それまで口ずさんでいた歌をやめてしまった。気まずい沈黙がふたりの間に挟まると、息苦しさのあまり健史の身体は硬直していく。この男から情報なんて聞き出せるわけがないと自分に言い聞かせ、さっさと立ち去ればそれですむものを、動くきっかけを失ってしまったのだ。立ち去るにしろ、話しかけるにしろ、反応のないままでは何もできない。健史は、さらに緊張を高めていった。

「なにか、用?」

不意に、富田はヘッドホンをはずした。健史は、座り直し、安堵《あんど》の溜め息とともに目をつぶった。

「たいしたことじゃないんです。ただ、望月先生から、富田さんが歌謡曲に随分詳しいって聞いたものですから……」

「ふーん?」

「実は、メロディはわかっても、曲名と歌っている歌手の名がわからなくて……」

「歌ってみろよ」

健史は周りを見回してから、歌った。食堂にいる他の患者たちの目がむしょうに気になり、知らぬ間に声を細めていった。

「知らねえな」

富田は吐き捨てるように言った。「ほんとにそんな歌あるのか? それともおまえさんが音痴のせいで、オレにわからねえだけなのかなぁ」

「あ、いや、ご存じなければ結構です」

健史は早くその場から離れたかった。

「待てったら。なあ、いいこと教えてやろうか」

富田は恩着せがましくそう言うと、健史の耳元に口を近づけ、「おい、あそこの棚からメモ用紙を持ってこい」と声を殺した命令口調で囁《ささや》いた。

「メモ用紙ですか?」

「そうだ、メモ用紙と、鉛筆も」

嫌な気分に襲われたが、健史は命令に従い、メモと鉛筆を取ってきて富田に渡した。

「その曲をどこで聞いた?」

「六年前の、ラジオの『今週の歌』のコーナーです」

「じゃあ、紙にその歌がラジオでかかった日付を書いてみろ」

「はっきり覚えてないですよ」

「できるだけ詳しくでいい」

健史は六年前の七月の終わりの一週間と書いた。

「歌詞をわかっているだけ書き込めや」

歌詞は断片的にしか覚えてなかった。……鏡、……あなたの背中、……振り向かないで、……もっと強い光あれば、……どこにいるの、……ひどい人ね。その程度だった。

「こんなんでいいですか？」

富田は、メモ用紙に顔を接近させ、なめるようにして、書かれた文字を読んだ。強い近視らしい。

「もっと覚えてねえのかよ」

富田の息が鼻にかかり、健史はその臭さに顔を歪《ゆが》め、息を止めた。

「すみません」

富田は、メモ用紙をヒラヒラさせて、「ま、一応やってみるか」とつぶやく。

「やってみるって何を」

「ポストに入れるんだよ」

健史にはなんのことやらさっぱりわからない。やはり時間の無駄だったかと思う。

「急いでいるのか？」

「え？」

「え？　じゃねえよ。早く曲名と歌手の名を知りてえのかっつうの」

「え、ええ、それは、まあ……」

「じゃあ、今からやってみるか」

「あ、あの、やるって何を？」

「メモ用紙に書いたことを、ハガキに書き写して、ポストに入れるんだよ」

健史は、急にバカらしくなった。富田がこの後何を言い出すのか、わかるような気がしたからだ。知りたいことをハガキに記入して、専用のポストに投函《とうかん》すると、答えが得られると言い出すに決まっている。ようするに、彼の頭の中だけに成立している便利なシステムがあって、それは彼にとっての神であるかもしれないのだ。他人の妄想上の神におすがりする姿を思い描いたとたん、健史はこのバカげた茶番劇に泣きたいほどの嫌悪感を抱き、どう対処していいかわからないまま、押し黙ってしまった。

「ところで、おまえさんと、この歌との関係は？」

「いや、別に」

身長の低い富田は、椅子の下に足をブラブラさせていたが、その足で健史のむこう脛《ずね》を蹴《け》った。

「別に、って、おまえ」

「あ、いえ、だから……」

「だから、じゃねえだろ。歌にまつわる思い出をよぉ、なるべくドラマチックに書いてやれや。そのほうが向こうも喜ぶ」

こうなった以上、覚悟を決めて最後まで付き合う他なかった。当時の歌手の年齢を十七、八歳だろうと見当をつけ、健史はそのことを書き加えた。

「もっと他に何かあるだろう」

富田は、なかなか健史を解放しようとはしなかった。しかたなく、デビューして間もない頃であること、二枚のシングルをリリースしただけで芸能界から姿を消したらしいことなどをつけ加えた。

書き上げたメモ用紙を見て、「ま、こんなもんでいいだろ。あとはオレがうまくやっとくからよ」と富田は健史の肩を叩《たた》いた。その後彼はメモ用紙を一枚破ると、そこに一六二九と四桁《けた》の数字を正確に記入した。

「今晩六時、ラジオをAMのこの周波数に合わせて聞いてみな」

富田はそう言い残すと、再びヘッドホンを耳に当て、あとは一切、健史に見向きもしなかった。

夕食を終えると、健史は部屋に戻った。富田から渡されたメモ用紙はポケットに入っている。書かれた数字は確かにラジオの周波数と思われた。自分と歌との出会いも同じくラジオ番組だったことから、単なる戯言《たわごと》だろうと無視する気にもならず、六時になるとためしに周波数を合わせてみた。聴いているうち番組の中に『思い出の歌』というコーナーがあるのを知った。聴取者から寄せられたハガキをもとに歌にまつわるその人の思い出等を紹介するコーナーで、曲名や歌っている歌手が分からない場合は、ラジオ局のスタッフがハガキに盛り込まれた情報を頼りに調査し、レコードを捜し当てることになる。もちろん、探偵活動におけるエピソードはおもしろおかしく番組で紹介され、歌の紹介よりもメインはむしろそちらのほうであった。

驚いたことに、富田は、記憶の底にぼんやりと残る歌のタイトルや歌手名を探り出す方法をちゃんと教えてくれていたのだ。健史は、彼の妄想と決めつけた自分を恥じた。

翌日、健史はハガキを三十枚まとめて購入し、一枚一枚に異なったエピソードを書き込み、時間差をつけてポストに投函していった。なんとなく、時間差をつけたほうが採用される確率が高い気がした。

それから三日間、健史はいつも女を見守った。遠くからそっと見つめることもあれば、勇気を奮って彼女の横に腰を降ろすこともあった。自分の退院が近いことがわかっていたので、一秒たりとも無駄にできぬとばかり、笑顔を浮かばせようと涙ぐましい努力を重ねたりもした。だが、やはりコミュニケーションは成り立たなかった。例の曲を口ずさんであげても、わずかに頰を緩めるばかりで、笑顔をつくるには至らない。しかたなく、健史は、彼女の横に座って、自分のことを話した。高校の頃のこと、東京の大学時代のこと、卒業して家電メーカーに入ったはいいが接客の恐怖から次第に出社するのが億劫《おっくう》になっていったことなど。女はうなずきもせず、話はまったく一方通行だった。内容が過去から現在に近づくにつれ、健史は重苦しさを感じた。

どこからだろう、何をきっかけに自分の人生はこんなに暗くなってしまったのだ？

高校時代はまだよかった。受験を控えていても将来への不安はあまりなく、友人と遊ぶのも楽しかった。ところが、大学に入って一年もしないうちにおかしくなり出した。どこがどう変わったのかわからないうち、自分の殻の中に閉じ籠《こ》もりがちになった。

時々思いついたようにハミングする女を横目で追いながら、健史はいつの間にか自分と女とを比べていた。この女性にも、精神の病に至るきっかけがあったはずだ。そして、もし可能なら、それを知りたかった。

毎晩六時になると、健史はラジオのスイッチを入れた。ひょっとしてリクエスト曲がかかるかもしれず、期待に胸を膨らませながら。六年前の同じ時、彼女と何を共有したのか、どうしても知りたかった。わかっているのはメロディと歌詞の断片だけというのではあまりに漠然とし過ぎている。曲名がわかれば、レコードを手にいれられるかもしれない。歌を完全に自分のものにする……、それはまた、六年前の幾らかは輝いていた頃の自分を取り戻すことでもあり、失ったものを見極めることのようにも思えた。彼はすがる思いで同じ時間にラジオを聞き続けた。

入院からちょうど二週間が過ぎ、健史は退院することになった。彼の症状が好転した原因を、望月は投与した薬剤のせいとは考えなかった。六年ぶりで湧き上がった異性への興味が、生きるエネルギーを取り戻すきっかけになったのだ。望月は、「またいつでも戻っておいで」と冗談まじりに笑いかけ、彼を病院の外に送り出した。

高校時代までを過した自分の部屋で、健史はそれからの毎日をのんびりと過した。東京でもとの仕事に就かせるのが心配で、母はなかなか一人息子を手放そうとしなかった。会社の上司からは、「ゆっくり静養して健康を取り戻して帰ってくるんだな、以前のポストは空けておくから」と言われていたが、母とすれば二度と息子を目の届かない場所に送り出す気にはなれなかった。できれば、浜松で新しい就職先を見つけてほしいというのが本音だった。しかし、健史はまだ将来を決めかね、これまでの人生で初めての、何もしなくていい日々を過していた。

毎晩六時になると、相変わらずラジオのスイッチを入れた。入院中に投函したものも含めれば、リクエストカードは既に百枚を越えている。歌にまつわる思い出は、日を追うごとにドラマチックに変貌《へんぼう》し、読む者の興味をかきたてるよう文体も変化させた。その成果が出たのか、思いがけず、彼の願いがかなえられる日がやってきた。八月も終わろうという週の火曜日、ラジオのパーソナリティが、「浜松の砂子健史さん」と名前を読み上げたのだ。健史は身体を硬直させ、一心に耳を傾けた。パーソナリティは歌にまつわる健史の思い出を語った。他人の口から語られると、なんだか他人事《ひとごと》のような気がした。六年前の七月、某ラジオ局の『今週の歌』というコーナーで取り上げられたことと、歌詞の断片などからどうにか曲名と歌手を捜し当てたスタッフの苦労を自慢気にとくとくと語った上で、パーソナリティは簡単に歌手の紹介を始めた。

――シンガー・ソングライター、浅川《あさかわ》さゆりはデビュー当時十八歳。デビュー曲の『鏡の中』と二曲目の『ラブキャット』をリリースしただけで、芸能界から姿を消してしまった。その後、小劇団を中心に活動したらしいが、表舞台に立つことはなかった……。

あわててノートを手元に引き寄せ、健史は歌手の名前と曲のタイトル、レコード会社などをメモしていった。

そうして、ラジオからは曲が流れた。浅川さゆり自身の作詞作曲による『鏡の中』。懐かしい曲だった。しかし、十八歳のみずみずしい歌声は記憶に残る声の質と微妙に食い違っている。健史はワンコーラスが終わるまで、呼吸を止める思いで聞き入った。

よくありがちな恋の歌だった。共に朝を迎えた恋人が、鏡の前に立って歯を磨いている。〝わたし〟はそっと忍びより、彼の背中を見つめているのだが、背後の蛍光灯に照らされ、自分の影が男の背中にぼんやりと落ちているのに気付く。そこで男は後ろを振り返ろうとするのだが、〝わたし〟は思わず「振り向かないで」と叫んでしまう。

最初のワンコーラスにはそんなストーリーがあった。今にも壊れてしまいそうな若い男女の恋を、必死に守り切ろうとする病的なまでのひたむきさに溢《あふ》れている。どうにかなるさ、といった投げやりな調子ではなく、ふたりの結び付きのあやふやさを必要以上に強調した上で、ほんのささいな偶然をジンクスと受け取り、守る方向へと舵《かじ》を取ろうとする。

〝わたし〟にとって、その朝、偶然に自分の影が男の背中に重なったのは、将来ふたりが結ばれるという前兆で、決して壊してはならないものだったのだ。

たぶん、浅川さゆりというシンガー・ソングライターは、ギリシア神話のオルフェウスとその妻のエウリュディケーの物語からこの歌のヒントを得たのではないかと、健史は想像した。神々は、オルフェウスは死んだ妻を追い求めて冥界《めいかい》に下り、得意の音楽で神々の心を魅了する。神々は、地上に戻り着くまで決して後ろを振り向かないという約束で、妻が地上に戻るのを許すのだが、まさに地上に至らんとしたとき、オルフェウスは妻の顔見たさから振り返り、妻は再び冥界に連れ戻されてしまう。振り返ることにより、愛する妻と永遠に逢《あ》えなくなってしまったオルフェウスの嘆きと、その光景を、歌の中の〝わたし〟は瞬時に思い浮かべ、男に向かって「振り向かないで」と叫ぶ。

健史がそんな推理を展開するうち、歌は終わっていった。エンディングは、テーマメロディをハミングしながらのフェイドアウトだったが、その小さくなってゆくハミングを聞くうち、健史は、猫背にしていた身体をはっと伸ばした。松居病院に入院中の女のハミングと、浅川さゆりの声が似ていたからだ。曲はすっかり終わり、番組は次のコーナーに移っている。健史はあわててラジオのスイッチを切った。

余韻の中、何度も何度も声の質を確かめてみる。やはり、似ている。それに考えてみれば、一瞬にして通り過ぎた音楽を記憶に残す人間がふたり、病院という狭い空間で偶然出会ったとするより、女性の入院患者と浅川さゆりが同一人物であるとするほうがまだ自然なような気がした。

健史は次第に確信していった。妄想とは異なり、どこかでカチッと歯車の合う音がする。明日にでも、松居病院に出向いて望月に相談してみようと思う。

もし本当に彼女が浅川さゆり本人だとしたら、澄んだ声で恋の歌をうたった十八歳の少女が、なぜ六年後、自殺未遂を起こし、しかも、身元も不明なら引き取り手もいないなどという状況に追い込まれたのだろう。健史は、この六年間に起こったことに興味をかきたてられた。彼女の身には、自分とは比べものにならない過酷な出来事が襲ったのではないのか。そうでなければ、この変化が納得できない。健史は、浅はかな衝動で自殺を企てた自分の弱さを三たび恥じた。と同時に、彼女の身に起こったことを是が非でも知りたいと思うのだった。

4

翌日の午前十時、健史は松居病院に望月を訪ねた。薬をもらうついでに、昨晩芽生えた疑問を報告するためだ。

昼まで待って、健史はようやく望月と食事をする機会を得た。

病院内の喫茶室ではなく、歩いて二分のところにある洒落《しゃれ》たカフェテリアだった。店内は近所のオフィスから吐き出された客で込み合い、ざわめいていた。ランチを食べ終わり、そろそろコーヒーに移ろうかという頃、健史は近況報告から女のほうへと、おもむろに話題を転じた。

「彼女の病気に関して、何かわかりましたか？」

望月は、健史との会話に鬱陶《うっとう》しさを感じることがしばしばあった。今日にしろ、話したいことがあるとわざわざ呼び出したのなら、さっさと本題に移ればいいのに、なにかもったいつけてぐずぐずしている様子が見受けられ、神経を苛立《いらだ》たせた。なによりも、望月は、昏迷《こんめい》状態に陥った女性患者の症状を問われるのがいやだった。ここ数日の検査で、頭部外傷によって意識に障害が生じているわけでないことははっきりした。著しい脳波異常はなく、ヒステリーなどの精神神経症、分裂病の緊張型、うつ病などの区別は極めてつけにくい。望月自身は、心因性の軽度意識混濁で、昏迷というより昏蒙《こんもう》と呼ぶほうが妥当ではないかと判断していた。しかし、自殺未遂を試みる以前から、精神分裂病を病んでいた可能性もあり、患者の病歴等が不明なままでは有効な治療を施すのは難しかった。しかも、彼女の身元は相変わらず不明のままだ。健史から病状を尋ねられても、説明のしようがない。悲観的な意見を述べようとするとき、望月はいつも機嫌が悪くなる。病名すら確定できないとあっては、医者としての自信さえ失いかねない。

望月は顔をしかめ、むっつりとコーヒーを口に運んだ。健史は、望月の表情の変化に気付くと、圧迫感に耐え切れず、「すみません」と謝った。

意味のない謝罪に、望月はよけい苛立ちを感じた。

強くはなかったが、皮肉を込めた言い方だった。

「どうして謝るの?」

「よけいなこと訊《き》いてしまって」

望月は、返事をせず、代わりに腕時計を見た。

「あの……、実は……」

望月の仕草にうながされて、健史は、昨晩浅川さゆりという女性シンガー・ソングライターの曲がラジオでかかり、その声が入院中の女性患者のものと非常によく似ていることを一気に喋《しゃべ》った。こんなくだらない憶測に望月先生はまともに付き合ってくれるだろうかと、健史は最初のうち危惧《きぐ》していたが、喋っているうちにその恐れは消えていった。というのも、望月はテーブルの上に身を乗り出すほどの関心を示して聞き入ったからだ。

望月は、健史の報告を聞きながら、昏迷状態で入院中の中野智子の、ベッドに横臥《おうが》した姿を思い浮かべていた。智子のほうが症状はずっと重く、ほとんど寝たきりのまま、食事も糞尿《ふんにょう》も介護者の手を借りなければままならぬ状態だったが、ベッドに投げ出された彼女の指がリズミカルに白いシーツを打つ光景を何度か見たことがあった。なにをしているのか、望月にはすぐにピーンときた。四歳からピアノを習い始めた智子は音楽大学を卒業し、結婚して子供が産まれるまでの八年間、近所の子供たちにピアノを教えていたのだ。今智子は、濁った意識の中、死んだ娘にピアノを教えているに違いない……、望月は力ない指の動きを見ながらそんな思いにとらわれたのを覚えている。毎日繰り返していた仕事や習慣が、意識が混濁した後にふと出現したとしても、別段珍しいことではない。

さて、例の女性がハミングを忘れてないとなると、その歌によほど強い思い入れがなければならない。もっとも考えられるのは、過去の一時期、その歌をうたうことが習慣となっていたということだ。もし歌手であったなら、しかも、あのハミングが、心に残るデビュー曲だったとしたら、辻褄《つじつま》は合ってくる。記憶喪失者が言葉や車の運転を忘れないのと同様、歌が彼女の意識の特別な部分に刻まれていて、なにかの折りにふと顔を出したとしても、そう有り得ないことではないのだ。

六年前、十八歳でレコードデビューした浅川さゆりと、開放病棟に入院中の女性が同一人物であるという可能性を、望月は充分に吟味した。今はやつれているとはいえ、確かにあの女性は、かつてのアイドル歌手と聞かされて違和感のない雰囲気を持っている。

「先生、どうでしょうか」

前のめりにしていた身体を引き起こし、そのまま椅子の背に後頭部をつけて天井を見上げていた望月に、健史は意見を求めた。しかし、望月は「ウーン」と唸《うな》り声を発しただけだった。

警察や浜松中の病院に問い合わせて摑《つか》めなかった女性の身元を、こんな思いもよらぬ方法で発見したかもしれないことに、望月は驚くと同時に呆《あき》れた。何気なく口ずさんだハミング、ラジオ番組にリクエストを出すことを提案した開放病棟の富田の突拍子もないアイデア、歯車がうまく嚙《か》み合えば、こうも見事に貴重な情報が引き出されていくものなのかと。

「しかし、確認のしようがないなぁ。本人に訊こうにも、あの調子じゃあ……」

望月はようやくそう答えた。

「あの……」

健史は言い淀《よど》んだ。

「なんだね？」

「もしよかったら、ぼくが東京に出かけて彼女に関することを調べてきましょうか」

「君が？」

今の望月には、なんの根拠もなく東京に赴き、彼女の身の上を調べる余裕などなかった。しかし、彼女が浅川さゆり本人であるという確かな証拠さえ見つかれば、東京に出向いて調査する労は厭《いと》わないつもりだ。一人の精神科医がたった一人の患者にかかりっきりになった場合、いったいどれほどの効果があがるものか、実験してみたい気持ちもあったからだ。

「あ、いえ、他にちゃんと用事があるんです。ほら、先生もご存じの通り、下落合《しもおちあい》のぼくのアパート、そのままになっているでしょ。整理するなり引き払うなりしてこなくちゃ、マズイんですよ。以前から気になってたんです。そのついでに、彼女のこと調べるくらいどうってことない」

健史はしきりに、ついでにちょっと調べるだけで、そのことだけが目的で上京するわけではないと言い訳をした。

「調べるったって、何を手がかりに？」

「デビューしたレコード会社の名をメモしました」

レコード会社を訪ねれば、浅川さゆりのことを覚えている人間が一人や二人いるに違いない。手がかりは、まさにそれだけだ。

「でもね、思うほど簡単にはいかないよ」

「いいんです。どうせ、暇だから」

健史のように不器用な人間が、複雑な人間関係の中に自ら飛び込もうとする勇気はほめられてしかるべきだろう。探偵じみた真似が成功しようが失敗しようが、たいして問題ではなかった。もちろん、運よく彼女に関する情報が得られれば、充分治療の役にはたつ。家族歴や病歴、生活歴など一切が闇に閉ざされた状態では、病名すら確定できない。ただ、それにも増して重要なのは、彼女を救おうとする健史の情熱であって、そこを温かく見守って応援するのは精神科医の務めでもあった。

「そうか、じゃ、まあやってみてごらん」

望月は健史の肩に手を置いた。健史ははにかみながら、「はい」とうなずく。

「わかったことがあり次第こちらに連絡してもらえるとありがたいんだが……」

望月は自宅と病院のファックス番号が印刷された名刺を渡した。

「わかりました」

健史はそそくさと立ち上がりかけた。このまま駅に向かいそうな素振りだ。

「あ、ちょっと……」

望月は、健史を駆り立てているのが女性への恋心であることに気付いていた。そして、もし彼女が浅川さゆり本人だとすれば、調査していくうち、必ずその男性関係に立ち至らざるを得なくなると想像できた。

──ショックを未然に防ぐためにも、あらかじめ言っておくべきだろう。

「君は、まだ知らないかもしれないが、実は、あの女性、妊娠してるんだ」

望月は、健史の顔に浮かぶであろう失望の表情を見るのがいやで、うつむいたまま冷えたコーヒーを口に運んだ。そして、視線をさらに下に落とし、健史の腰から下に目をやった。立ち上がろうとして、尻《しり》を椅子から浮かしていく動作が、やけにゆっくりに感じられる。テーブルに手をついて椅子の横に出ようとする動きもぎこちなかった。

健史は、両足を揃え、椅子の横に立つと、もう一度「わかりました」と言い、カフェテリアから出ていった。普段でも猫背だったが、一段と首を身体にめりこませ、メガネの縁を指で押さえていた。

望月は、なんとはなしに疲れを感じた。

5

八月も今日を含めてあと四日を残すのみだった。にもかかわらず、午後二時の東京の気温は三十度をゆうに越している。浜松も同様の残暑だったが、湿気が多いぶん東京のほうが蒸し暑く感じられ、不快感は一段と強い。

健史は渋谷《しぶや》でJRを降り、国道246号線を横切って線路沿いを南に下った。レコード会社で聞いた住所を頼りに、電柱の住所表示にばかり目を光らせた。「駅から歩いて五分」レコード会社の男はそう言っていた。

五分もかからなかった。線路沿いの六階建てのマンションの一室がそのプロダクションの事務所になっていた。昨日、望月と別れてすぐ浜松から上京し、今日の午前にはレコード会社を訪れ、健史は浅川さゆりが所属していたプロダクションの住所と、担当のマネージャーの名前を聞き出していた。

「あの子のことなら、ケンプロの宮ちゃんが一番詳しいんじゃないの」

男はそう言って、宮川《みやがわ》というマネージャーの名前を教えてくれたのだった。

健史にしてはかなりスピーディな動きといえる。レコード会社の門をくぐる時も、今こうやってプロダクションのあるマンションの階段を上る時も、不必要に緊張してはいる。だが、いつものようにぶざまにためらうことはなかった。レコード会社の中堅社員に入院中の女性の写真を見せたところ、浅川さゆり本人にほぼ間違いないことが判明し、思った通りの結論に気をよくしたのも手伝って、健史は、ずいぶん大胆な行動に出ることができた。彼は早く先を知りたかった。ためらったりしては、知ることが遅れる。一刻も早く事実を知り、望月に報告したいがため、彼は汗をかきながら三階までの階段を駆け上った。

部屋は雑然としていた。「すみません」と声をかけると、女性の事務員が「はい」と言いながら顔を上げた。

「コロンビアレコードの丸山《まるやま》さんに紹介されて来たんですが、マネージャーの宮川さん、こちらにいらっしゃいますでしょうか」

健史は、そう言いながら、つい癖で自分の名刺を出していた。そこには一ヶ月前まで勤めていた家電メーカーの名が記されている。初対面の人間に差し出すたびに、指と声を震えさせた小さな紙切れ。

「はあ……」

女は、名刺を受け取り、家電メーカーとプロダクションとの関係にあれこれ思い悩みながら、「宮川は今、西永福《にしえいふく》のスタジオにいますけれども……」と行き先を告げた。

「いつお戻りになりますか？」

「さあ、昨夜も徹夜でしたから、いつになることやら」

「そうですか」

健史は溜《た》め息をついた。

「あの、そのスタジオにぼくが伺ったら、ご迷惑でしょうか」

かなり遠慮がちな訊《き》き方だった。健史は音楽の世界をよく知らないので、きっとスタジオではみな尻に火がついたように動き回っているとばかり思っていた。ところが、女は

「いえ、別に構わないんじゃないですか」と、こともなげに言ってのける。「ジュンのレコーディングが長引いて、待ってるだけだから、宮さん退屈してるんじゃないのかなあ」

「そうですか、まことに、すみませんが、そのスタジオへの行き方を……」

大胆に振る舞えば、思ったよりことはスムースに運ぶものだ。健史は、メモ用紙に地図を書く女の頭を見下ろしながら、ひとつの教訓を学んだ。これまで、何人もの人間からしきりに忠告されてきたこと。くよくよ思い悩むまえに、まず口に出して実行しろ。人は、おまえが思っているほど、おまえのことを気にしていないのだから。なるほど、その通りだった。

西永福のスタジオ・アティックで、宮川はロビーのソファにもたれかかって居眠りをしていた。受付の女の子から、彼が宮川であることを教えられると、健史はおそるおそる近づいて、軽いいびきをたてて眠る半分額の禿《は》げ上がった男の前に立った。健史はしばらくの間、直立不動で、宮川を見下ろした。「昨夜も徹夜だったから」というプロダクションの事務員の言葉が甦《よみがえ》る。昨夜も、ということは、その前日も徹夜だったのかもしれない、いや、その前日もまたその前日も……。健史は際限なく続く徹夜と、宮川の身体に蓄積された疲労を想像して、無理に揺り起こした時に浮かべるであろう不満顔を恐れた。不満顔だけではすまないかもしれない。きっと怒り出すに違いない。ひょっとしたら、殴られるかも。ほんの小さな気掛かりは、彼の頭の中で次々とエスカレートして、恐怖へと肥大してゆく。いつものパターンだ。

健史は、声をかけたものかどうかしばらくためらっていたが、諦《あきら》めて傍らのソファに身を沈めた。この場合、最善の方法は、宮川が自然に目覚めるのを待つことであった。彼はさっき学んだばかりの教訓も忘れ、逆に自分の気の弱さにほとほと呆《あき》れるのだった。

ロビーはクーラーが効き過ぎていて、涼しいというより寒かった。健史は持っていたジャケットをはおった。何気なくポケットに手をやると、松居病院で写した浅川さゆりの写真に触れた。六枚の写真を取り出して眺めた。退院以来何度こうやって見つめたことだろう。全て病院の中庭で撮られたものだが、ポーズはそれぞれ異なる。どれもみな寂しげだった。病院の白壁に寄りかかって佇《たたず》むものもあれば、芝生に足を投げ出しているのもある。力の抜け切ったような、足の投げ出し方であった。そんな時のさゆりの目は、きまって焦点が定まらない。現実以外の何かを見つめているような目の色……、そんな印象を受けてしまう。もしそうだとしたら、健史は彼女の見ている世界を、過去かもしれないし未来かもしれないが、知りたかった。さゆりの住む世界を、訪れてみたい。そして、それがさゆりを救うことになると、彼は信じていた。

一方通行であるとわかっていても、健史はさゆりに恋していた。初恋の女性以来、何度女性に恋したことか。好きになってはふられ、好きになってはふられの連続だった。

最初のデートは、高校三年の夏で、同級生と比べればかなりおくてのほうだ。特別な美人というわけではなく、ごく普通の目立たないタイプの少女だった。勇を鼓して誘ったデートはさんざんな結果に終わった。途中から、彼女は一切健史に口をきかなくなり、彼は彼でわけもわからず謝ってばかりいた。気まずい別れかたをして家に帰った後、健史はすぐに彼女のもとに電話をかけた。彼女はもしもしと言ったきりろくに言葉も返さない。健史はそこでまた謝った。謝ればすべて許される……、何から許されるのかは知らないが、とにかく関係を修復するには謝る他ないとばかりに。

「すっごく疲れるのよ、あたし。健史君と一緒にいると」

さんざんじらしたあげく、彼女はとどめの言葉を吐き出し、電話を切った。健史は、わけがわからなかった。デートの間、充分に気をつかったつもりだった。疲れるほどの気づかい。それに比べ、向こうは少しも気をつかう素振りを見せなかった。にもかかわらず、「すっごく疲れるのよ」と責める。

——疲れたのはこっちだ。

健史は鏡を見ながら、何故なんだろうと問いかけた。鏡に映った細面の顔には、これといった特徴は見当らない。これが、人を疲れさせるタイプの顔なのだろうかと、目を見開き、髪型を少し変えてみた。そうしてしばらく眺めるうち、嫌悪感が湧き起こり、自分の肉体の一部を見るのがひどく苦痛になっていった。痩《や》せて脆《もろ》そうな肩の線は、ナイーブというより不健康な印象を与える。見れば見るほど、生きようとする力が失《う》せていくのだ。そして、その時初めて、健史はこう自問したのだった。

――おまえが、生きている意味は、一体どこにある？


「さゆりちゃん……、じゃないの」

どこからともなく男の声が聞こえ、健史の鼻先ににゅっと禿げた頭が現れた。

「やっぱり、さゆりちゃんじゃないの。これ」

いつの間に目覚めたのか、宮川はかすんだ視線を健史の手にある写真に落としていた。

「あ、ごめんなさい、起こしてしまって」

言ってしまってから、健史は、なにも謝る必要はないと、自分を戒めた。無理やり起こしたわけではない、勝手に目覚めたのだ。

「ねえ、その写真の女性、浅川さゆりじゃないんですか？」

健史は、宮川に写真を手渡した。話しかける手間が省けて、幸いだった。

宮川は、六枚の写真を一通り見終わると、ふっと懐かしそうに視線を上げ、もう一度最初から丁寧に見つめていった。

「いやー、驚きましたね。こんなところでさゆりちゃんに出会うとは」

宮川は、名残惜しそうに、写真を健史に返した。

健史は名刺を差し出しながら、簡単に自己紹介をした。そして、さゆりは今、記憶喪失で浜松の病院に入院していることを告げ、レコード会社の人からマネージャーの名前を聞き出し、こうしてスタジオまで訪ねてきたのだと、その旨を話した。記憶喪失という病名で片付けたのは、彼女の症状を詳しく説明する手間を省くためだ。第一、詳しく説明しようとしても、彼にその術《すべ》はなかった。

「記憶喪失？　頭でも打ったの？」

宮川は真顔になった。

「いえ、はっきりしたことはぼくも知らないんですけど」

「そうですか、いや、それにしても驚いたなあ。こんなところで、さゆりちゃんとはねえ。ところで、彼女、いくつになったのかなあ？」

高校を卒業してすぐデビューしたのだから、健史よりひとつ年上のはずだ。

「二十五歳、のはずです」

宮川は、何かぶつぶつ言いながら、暗算をした。

「ということは、もう六年たつんだ。いやだね、年をとるわけだ……」

宮川は額に手を当てた。きっと、さゆりのマネージャーとして活動していた時は、まだそこに髪は豊富だったに違いない。

「それで……、ですね」

健史は用件を切り出そうとした。

「あ、そうそう、それで？」

「つまり、病院としては、さゆりさんの引き取り手がないと困るものですから、もしご存じでしたら、ご家族の方がどこに住んでいるか教えてもらえないかと思いまして」

宮川はまじまじと健史を見つめた。

「で、わざわざ浜松から出てきたわけ？」

「いえ、まあ、他にも用事があったものですから、ついでに」

「そう」

宮川はちょっと渋い顔をした。「いやぁ、実はね、さゆりちゃんのご両親、もういないんですよ」

「亡くなられた？」

「ええ」

健史にはようやく事情が飲み込めた。さゆりは天涯孤独の身の上で、行方不明になっても捜索願を出す人間がいなかったのだ。

「おやじさんが亡くなられたのは、確か、デビューしてすぐの頃だったなあ」

「病気ですか？　それとも事故？」

「うーん、なんと言ったらいいのかな」

宮川は変に考え込んでしまった。「それが、どうも、自殺らしいんだなぁ」

「らしいというと、そうじゃない疑いもあるんですか？」

「いや、考えられない」

今度はやけにはっきりと、宮川は首を横にふった。「自殺ですよ、自殺。事故じゃないよ。でも、死ぬ理由が見当らない。遺書はなかったらしいけどね」

健史は、手帳を取り出して構えた。まるで雑誌記者にでもなった気分だ。

「もしよかったら、詳しく聞かせてもらえないでしょうか」

患者の家族歴や病歴がわかりさえすれば……、望月のそんな嘆きを健史は何度も聞いている。父親が自殺したらしいという事実は、精神の病に関して、かなり重要なファクターとなるかもしれないのだ。

宮川は、浅川さゆりに関して自分の知る限りのことを話し、健史は語る内容を漏らさず手帳に書き留めていった。内容をまとめたレポートはすぐにファックスで送るつもりだった。患者の身元を探り当てた上、その家族歴から病歴まで明らかにした手柄を早く望月に知らせたくて、健史はうずうずしながら話を聞いていた。

6

レンジで温めた簡単な夕食を食べ終わり、望月はテレビを切った。テレビの音声が消えると、だれもいない3LDKの部屋は急に寂しさを増す。妻と娘は稲沢《いなざわ》市の妻の実家に泊まりにいって留守であった。夏休みが終わる前にもう一度だけおばあちゃんに会いたいと娘にせがまれ、妻の尚美《なおみ》は一昨日《おととい》突然稲沢に行くと言い出した。望月の両親は既に亡く、家の跡を継いで市内で内科医院を経営する兄には、子供がなかった。だから、三人の従兄《いと》弟《こ》と祖母のいる稲沢の実家は、兄弟のいない娘にとっては楽しい場所であり、行きたいとせがまれると望月と尚美はどうにも拒めなかった。

望月は、健史から送られたファックスを手に持ったまま、ふと顔を上げた。ドアを隔てた廊下の奥で、エレベーターの開いた気配を感じたからだ。耳を澄ました。続いて起こるべき、廊下を歩くハイヒールの音が聞こえない。気のせいか、と彼はソファに足を投げ出した。さっきからどうも落ち着かなかった。野々山明子《ののやまあきこ》の本心がつかめず、風呂《ふろ》に入ってのんびりとくつろぐこともできない。かといって、彼女の家に電話するわけにもいかず、さっきから心ここにあらずで、つけたテレビを消したり、部屋の中を歩き回ったり、レポートに目を通したりしていた。ファックスを兼ねた電話機がむしょうに気になり、ふと我に返るとベルが鳴り出すのをじっと待つ自分を発見したりする。酔っていたとはいえ、望月は昨夜のことを覚えていた。彼女は確かに言った。

――明日の夜、電話するわ。

そして、今日、病院で野々山明子と何度か顔を合わせても、彼女は平然としたもので昨夜のことには一切触れなかった。望月はといえば、自ら確認する勇気もなく、また、本心を問うバカらしさを思い、そのままにしていたのだ。しかし、いざその時間になってみると彼の胸は締めつけられた。こんな気持ちになったのは、ここ二十年来なかったことだ。

二ケ月前、浜松医大で心理療法士として働いていた野々山明子は、自ら希望して松居病院に出向してきた。年齢は三十三歳。四年前に結婚していたが、まだ子供はなかった。

笑うとえくぼのできる明子の愛らしい顔立ちは、表面的には良妻賢母を思わせる。だが、家庭に収まって満足する女でないことを、望月は既に見抜いていた。精神療法の途中、明子はさしたる理由もなく怒りの発作に襲われることがあった。そんなとき彼女は、意のままにならぬ患者の前で、突如黙り込んでしまう。長い髪をしきりにかき上げ、苛立《いらだ》ちを含んだ眼差《まなざ》しを患者からそらして顔を歪《ゆが》める表情からは、冷静なときの明子以上に性の匂いが立ち昇る。臨床心理の知識は豊富だし、患者に見合った療法を瞬時に選択する直感力にも優れている。だが、心理療法士としての適性は欠いているのではないか……、望月はしばしばそんな危惧《きぐ》を抱いて明子を眺めた。

野々山明子に魅《ひ》かれている事実を、望月は認めないわけにはいかなかった。挑むように瞳《ひとみ》を見開き、まばたきひとつしないで見つめられることがあって、視線を合わせているうち、望月は吸い込まれそうな気分になってくる。そんなとき、彼女の報告を聞くのも忘れ、すぐ目の前の白衣に包まれた身体に心を奪われた。耳はすべての言葉を遮断し、肉の匂いに強く胸を圧迫されてしまう。

彼女が松居病院に赴任してきた時、かすかな予感があった。なぜか気になる存在だった。これまで、望月の家庭は波風のないごく穏やかなものであったが、明子はそこに風を吹き込む魅力を持っていた。出会った瞬間から、彼はその呪縛《じゅばく》にかかるまいと、防御本能を働かせていたのだ。

その女と、望月は昨夜遅くまで、酒を飲んでしまった。同じ職場の女性ケースワーカーも含め三人で夕食をとったあと、飲みにいこうということになり、繁華街にあるアメリカ風パブの湾曲したカウンターに望月、ケースワーカー、明子という順で座った。そのうち、ふとしたはずみから、女どうしの会話に刺《とげ》が混じり始めた。入院患者に対して、明子がなにか暴言めいたことを吐き、それを咎《とが》めたケースワーカーに「偽善者ね、あなたって」と言い返したのがきっかけだった。感情の昂《たか》まりに歯止めはきかず、周囲の視線を集めるほどの言い争いに発展していった。特にケースワーカーのほうが、望月を味方に引き入れようと躍起になったが、望月はまあまあとなだめ、どっちつかずのあやふやな態度のまま、ふたりのいさかいを苦笑いで眺めていた。

明子はさかんに「顔も見たくない。さっさと帰ったら」とケースワーカーをこの場から追い出そうとする。同性に対する敵意にも似た感情の意味に、望月はまだ気付かなかった。相手の顔も見たくないのなら自分が席を立てばいいのに、なぜそうしないのだ？　しかし、ケースワーカーもなかなか気が強く、「帰りたいんなら、あなたが帰ればいいじゃない」と、席を立とうとしない。

実は、ふたりの女の争いを前にして、望月は密《ひそ》かに願っていた。彼にとっても、自分と明子の間に割り込んで座るケースワーカーの存在は邪魔だった。まじめな人柄は認めても、酒の場に仕事を持ち込み、患者の扱いに関してあれこれと質問をする態度には、疲れを感じた。浴びせかけられる罵詈雑言《ばりぞうごん》に気分を害し、ケースワーカーが帰ってしまえば、野々山明子とふたりっきりの時間を持てる。大胆な性格の明子とふたりっきり残されたら、防御する術をなくし、たがはずれてしまう懸念もあったが、彼は言葉に出すことなく、理不尽な戦いを仕掛けた明子のほうを無意識のうちに応援していた。言い争いの発端は患者に対する倫理感のズレであり、普段の望月の言動からすれば、明らかにケースワーカーの肩を持ってしかるべきところだ。ところが、彼女が望月に助け船を求めたのも無理はない。望月は沈黙を守り続けた。

しばらくして、ケースワーカーが洗面所に立った。すると明子はその後を追い、ケースワーカーよりも先に戻ってきた。その早さから、彼女が用をたしてこなかったことは明白だった。では、何のためにわざわざ洗面所まで足を運んだか。望月の前では言えないような、他人に聞かれたらその人格を疑われそうな決定的なある一言を、彼女の耳に投げ込み、とどめを刺すためだろうと、望月は考えた。果たして、顔色を変えて席に戻ったケースワーカーは、バッグを膝《ひざ》の上に乗せ、震えながら数秒間じっと考え込み、「わたし、帰るわ」とボソッと言って踵《きびす》を返していった。首をねじ曲げ、厳しい表情のままその後ろ姿を目で追っていた明子は、振り返って望月の顔をのぞきこみ、とたんに笑みを浮かべてきた。髪をかきわけ、下から見上げるようにして、大きな瞳に無邪気をたっぷりと含ませてくる。

――うまく追い払ったわよ。

目でそう語っていた。望月は、明子の顔色の豹変《ひょうへん》に驚くと同時に魅了され、なぜか声を低めて「洗面所で、彼女に、なにか言ったのかい？」と訊《き》いた。明子はフフフと笑い、「秘密よ」と言う。それもそのはずだ。聞かれたくないからわざわざ洗面所にまで足を運んだのだ。内容を告げてしまったら、元も子もない。結局、ケースワーカーを追い返した方法を、望月はその場で聞き出すことができなかった。

明子は、ケースワーカーの座っていた席に移り、脚の長い椅子をガタガタとずらせて望月のほうに近づけた。そうして、肩と肩が触れ合わんばかりにして、閉店まであれこれと話し込んだ。

十二時近く、「そろそろ帰ろうか」と立ち上がりかけた望月の手をキュッと摑《つか》み、明子は「今度いつ逢《あ》える?」と低く囁《ささや》いた。やはりいつもと同様、大きな瞳をひときわ大きく見開き、うむを言わせぬ情熱を込めて……。望月は咄嗟《とっさ》に、「明日の夜はだれもいない」と早口で言った。罠《わな》を警戒していたにもかかわらず、いともたやすく彼は第一歩を踏み出そうとしている。明子は、「わかった。明日の夜、電話するわ」と答え、摑んでいた手の力をゆるめていった。


音によって中断された思考を元に戻し、望月は手元のファックスに視線を落とした。先ほど健史から送られてきた、浅川さゆりに関するレポートだった。読んでいても、野々山明子の姿が目の先にちらついて、少しも意識を集中できない。

——断ればいいんだ。

彼は自分に言い聞かせた。たぶん、電話で、今からどこかで落ち合おうと誘われるだろう。だが、簡単だ。適当な用事をデッチあげて断ればいい。しかし、昨夜の、ケースワーカーを執拗《しつよう》に追い詰めた明子の情熱を思うと、そら恐ろしくもあり自信はゆらぐ。

望月は再びレポートに目を落とし、ボールペンの端を嚙《か》みながら読み進んだ。たった一日の調査でよくこれだけ調べ上げたと感心させられる内容だった。精神的な弱さを克服しさえすれば、健史は社会に復帰して成功する能力を充分持っている。とにかく、健史は女性患者の身元をつきとめることに成功したのだ。

望月は一枚目のレポートに一通りざっと目を通した。二枚目は、簡単な年譜になっていたが、今の段階では空白のスペースが大部分を占めている。これからの調査で、余白を埋めていくつもりなのだろう。

浅川さゆりは二十五年前の十一月、東京の大田区で生まれた。ひとりっ子である。幼くして母と死に別れ、そして、高校卒業と同時にコロンビアレコードより歌手としてデビュー。七月には二枚目のシングルをリリースし、サマーキャンペーンで全国を回るが、そのあたりから妙にふさぎ込むことが多くなった。ホテルの部屋に閉じこもったきり、食事も満足にとらない状況が続いた。マネージャーの宮川は、そう証言している。そして、九月四日には父親の自殺。さゆりはキャンペーンを中断して家に戻ったが、ショックのせいか以後歌手としての活動を再開することはなかった。父親が自殺した理由を、宮川はよく知らないらしく、「この点に関しては、さゆりの父の共同経営者であった永田《ながた》から詳しく聞き出す必要あり」と健史のコメントがあった。

父親の自殺……。この事実は何を意味するのだろうか。さゆりの心を閉ざす闇に光を当てるのに、重要なヒントになるかもしれないと、望月は口にくわえていたボールペンでアンダーラインを引いた。現在さゆりを苦しめている精神の病は、父親の自殺に起因しているのだろうか？　疑問は尽きない。望月も健史同様、一刻も早くこの先を知りたかった。しかし、六年前の父親の死の原因を、うまく探り出すことができるかどうか。デビューしたての歌手のタマゴなど、世間には掃いて捨てるほどいる。その父親が自殺したとしても、マスコミは騒がなかったに違いない。せいぜい新聞の三面記事に小さく載ったか載らなかったかだろう。どんな方法で調査するかは知らないが、健史が、踏み込んではいけない領域に踏み込んでしまい、取り返しのつかないダメージを受けなければいいがと、望月はふと思う。

その時、ドアのチャイムが鳴った。望月はビクンと身体を震わせて受話器に目をやり、やはり今鳴ったのはチャイムのほうかと、玄関の方に顔をめぐらせた。ドアの向こうにだれが立っているのか、おおよその見当はつく。電話をかけると言いながら、不意打ちを食わせてきたのだ。妻と子供の留守を確認しないで訪ねてくる明子の大胆さに、望月は腹が立った。突然の来訪を非難するつもりでドアを開けると、思った通り、廊下の薄暗い照明の下に野々山明子が立っている。望月の目は、まず彼女の頭髪に注がれた。

――蛇を頭に飼っている。

そんな印象を受けたからだ。明子は、長髪を三つ編みにして頭にぐるりと巻きつけていた。止めてあるピンを抜けば、艶《つや》のある蛇が踊り出しそうな気がする。

望月は、言おうとした言葉を忘れ、半開きのドアを手で支えた。

「来ちゃった」

上目づかいににっこりと微笑み、明子はそうつぶやく。三十代の女性らしくない子供っぽい表情に、望月はいつの間にか笑みを返していた。そうして、矛盾する感情に笑顔を引き攣《つ》らせたまま、明子を部屋に招じ入れた。

7

書き終えた報告書をファックスで望月のもとに送ると、健史はデパートの書店に入っていった。彼は宮川から教わった本の題名を捜した。

『東京小劇団マップ』

その名の通り、東京を中心に活動する小劇団のプロフィール、エピソード、看板役者などを紹介する本で、雑誌売り場で見つけると健史は迷うことなく購入した。

六年前の夏ごろから、さゆりは神経を病み、とても歌手としての活動に耐えられない状態に追い込まれていった。宮川は、当時のさゆりの痛ましい姿を語る時、実に辛《つら》そうな顔をした。彼女の身の上に同情してというより、久々に掘り当てた金の卵が壊れていく過程をなす術《すべ》もなく眺めるのは、マネージャーとして心底悔しかったに違いない。さゆりは、歌手の道を一旦《いったん》諦《あきら》める他なかった。宮川は、気持ちが落ち着いたらまたいつでも戻っておいでと誘ったが、さゆりは二度とプロダクションに戻らなかった。ところが、それから半年ばかりたって、彼女は小劇団の舞台に立ったのだ。宮川は、苦々しい思いでこう言った。

「一文にもならないステージに立つなんてバカだよ、男でもできたんじゃないの」

果たして、心の傷が癒《い》えたから小劇団のステージに立ったのか、それとも、芝居という新たな分野に挑んだが故に心の痛みを克服することができたのか。

こうしてプロダクションとの関係が切れた以上、それ以降のさゆりの足取りを追うには、彼女の所属した劇団の線を当って見るほかなかった。

『劇団風社』

さゆりが歌手役で出演した劇団の名である。しかし、劇団風社は今はもう存在しない。作・演出家の退団により、パニックシアターと劇団低血圧という二つのグループに分裂していた。宮川もさすがに、劇団がふたつに分裂した後、さゆりがどちらのグループに従ったかまでは押さえてなく、健史としては両方ともに当る必要があった。

彼はデパートを出て電話ボックスに入ると、パニックシアターの連絡先に電話を入れた。電話口には若い女の子が出た。

「あの、突然ですみませんけれど……、おたくの劇団に、浅川さゆりという女性、いらっしゃいましたか？」

女は、「えー？」と声を上げてから、「そんな方はいませんよぉ」と答える。健史は、すぐに謝って受話器を置きたくなったが、「五年ばかり前に、歌手役で出演したって聞いたんですが」と続けた。

「えー、だって、あたし、今年入団したばかりですから、そんな昔のことなんて、知りません」

——知らないんなら、知っている人間に電話を代わればいいじゃないか。

健史は、若い女のキンキン声に苛立《いらだ》った。

「主宰者の方にお電話代わってもらえますか？」

「ただいま、稽古《けいこ》中でこちらにはおりません。もし、お急ぎでしたら、0422—22—35××。吉祥寺《きちじょうじ》のスペース・テンまでご連絡下さい」

電話がかかってきたらこう応対するんだよと、先輩からさんざん教え込まれたような言い方だった。健史は、もう一度番号を訊《き》き直し、メモした。そして、受話器を置こうとすると、女はまた耳障りな声を上げた。

「あー、そういえば、それって、ひょっとして、コロンビアレコードからデビューしたアイドル歌手のことじゃない？」

「ご存じなんですか」

「やっぱ、そうなんだ。噂で聞いたことあるんだけどぉ。うちみたいな小さな劇団のステージに、本物の歌手が出演したなんて、ちょっと信じられなくって、あたし、嘘かと思って笑っちゃったの。なんだっけ、名前」

「浅川さゆり」

「そう、そんな名前」

「主宰者の方でしたら、彼女のこと、よくご存じですよね」

「知ってるんじゃない、もう古いから」

「稽古が終わるのは何時頃ですか」

「十時」

「わかりました。どうもありがとう」

健史は受話器を置いた。渋谷から吉祥寺までなら三十分もかからない。稽古中に邪魔するのは悪いだろうと、彼は先に夕食をすますことにした。

稽古場に顔を出すのはどうも気が引けた。小劇団の稽古場と聞いただけで、摑《つか》み所のない変人がたむろするところといった先入観があった。自分とは感覚も考え方もまるで異なる個性的な若者たちが、人前で平気でラブシーンを演じたり、裸になったりする……、どう想像力を働かせても健史には理解できなかった。そんなことができる神経は、いかなるものだろうと、羨《うらや》ましく思う反面、恐怖の対象でもある。

時間的に見て、今晩中に次の訪問先を当るのは無理だった。というより、精神的疲労が大きく、パニックシアターの稽古場に顔を出すのが精一杯と思われた。性格が営業向きでないことは明らかだ。だが、健史は大学を卒業する時、そういったことにまで想像力を働かせなかった。どんな職種に向いているのか、考えたことさえなかった。こつこつ勉強してようやく三流の大学に入ったのも、彼にしてみれば出来過ぎた結果だと満足していた。努力を積み重ねればたいがいのことは可能になると思い込み、家電メーカーの営業部に配属されてからも文句ひとついわずに精一杯がんばった。しかし、何人かの人間と会って自社製品の売り込みをするうち、意識よりも先に肉体のほうが拒否反応を示し始めた。身体がだるく、食欲が減退し、朝なかなか目覚めない。春から夏へと向かう季節のせいだろうと、初めのうちは無理をした。そうして、たった三ヶ月で、彼は一歩も部屋から出られなくなり、連絡もしないで会社を休み続けた。ようするに、健史には、営業という仕事が向いていなかったのだ。では、これからは一体どうやって生きていけばいいのか。彼は、浅川さゆりの過去を探りながら、自分の将来をも模索していた。

レストラン街の手頃な店で注文の品がくるのを待ちながら、健史はさゆりのことと同時に自分のことを考えた。なぜ今頃になって自分の内面に興味を抱くのだろうと、くすぐったくなるような愛《いと》おしさを自分の身に覚える。

「他人に関心のない人間は、自分にも関心を抱かない」

格言じみた言葉が脳裏に浮かんだ。

8

野々山明子は、ソファに座るとすぐ足を組み、ブルーのタイトスカートの裾《すそ》をちょっと引っ張った。上は半袖《はんそで》のブラウスというシンプルなコーディネートだった。彼女の場合、身体にフィットしてさえいれば、どんな服に身を包んでも余すところなく魅力を発揮してしまう。そのことをよく心得ていて、派手なファッションに頼ることをわざと避けているようにも見える。

「なにか飲む？」

望月が訊いた。

「ビールが飲みたい」

明子は、間髪をいれずに答えた。外は蒸し暑く、うなじには汗が浮かんでいる。そして、その上の耳たぶには真珠のピアスが白く小さく光っていた。

望月がビールを運ぶ間、明子はテーブルに置かれたファックスのプリントを手に取り、勝手に読み始めた。

「なあに、これ？　奥様からのラブレター？」

いくらテーブルの上に置きっ放しだったとはいえ、他人宛《あて》のファックスを断りもなく読む無礼さに望月は呆《あき》れ、詰問の色を込めて「電話をかけるはずだったろ」と言った。

「だってもう三十三よ。わたしには、時間がないの」

望月は用意していた言葉を失った。三十三という数字が何を意味するのか、瞬時に解しかねたからだ。やがて、それが彼女の年齢だと思いつき、年齢と電話をかけなかったことの間に一体どんなつながりがあるのか、いよいよわけがわからなくなった。

話をはぐらかしたわけではなく、三十三歳という年齢と、電話なしで直接望月の部屋を訪れたこととは、明子の頭の中では辻褄《つじつま》が合っている。だが、望月はむろんそんなことに気付くはずもなく、明子が手にしているファックスのほうへと話題を転じた。

「昏蒙《こんもう》状態の患者さんの身元が、どうも判明したらしい」

「シンガー・ソングライター？　まあ、あの子、歌手だったの？」

「そうらしい」

「これ、一体だれが調べたわけ？」

「君も知っていると思うが、ほら、十日ほど前に退院した、砂子健史という患者がいただろ」

明子は、しばらくの間、記憶を探った。

「あ、あの、死に損い」

彼女の言葉遣いがよくないことを、望月は以前から知っていた。昨夜の、ケースワーカーとの口喧嘩《くちげんか》も、きっかけはそれだ。白衣を脱ぐと、突然、患者を馬鹿にしたような言葉を矢継ぎ早に吐き出してくる。何か欲求不満でもあるのだろうかと、望月は、逆に心理療法を試み、この女の胸の奥を暴きたい欲望に駆られた。それは服を剝《は》いでいく行為より、もっと淫靡《いんび》なイメージを喚起させる。

「言葉を慎みなさい」

望月は柔らかく言った。

「いいでしょ。ここは、病院じゃない。あなたのおうち。正直にいきたいわ」

明子は反省の素振りも見せない。組んだ足をブラブラ揺すりながら、「いただきます」

とうれしそうにビールを喉《のど》に流し込む。

望月は、じっと明子を見つめた。咎《とが》めるというより、どうやって、誘惑に負けないようにすべきか、敵の弱点を探るつもりで……。

「そんな目でわたしを見ないで。良心派の副院長さん」

良心派の精神科医。この言葉を、明子は松居病院について書かれた単行本で見かけた。東京に本社を置くある大手新聞社の元記者によって書かれた『現代の精神医療』という名の本は、その名の通り、精神医療のありかたを現代に問うものであった。筆者によれば、精神病院のよしあしは院長を始めとする医療スタッフの人間性によるところが大きいという。看護士によるリンチ殺人事件が明るみに出て、精神医療のありかたが大きく問われたことがあったが、この本では、そういった問題の多い病院も一方で取り上げながら、良心に根差した治療を展開する病院の紹介に頁の七割をさいていた。松居病院は、良心派の二番手として大きく取り上げられた。浜松医大を退官して病院を開いた院長の松居と、副院長の望月は写真入りで紹介され、その写真を、明子は二年以上も前に見ていたのだ。だから、明子は松居病院に来るずっと以前から、望月の名前も顔も知っていた。写真は実物よりもずっと写りがよく、理想に燃える壮年医師の魅力にあふれていた。しかも、一流新聞社の発行する本に写真入りで掲載されたという事実は、浜北《はまきた》という小さな市で生まれた明子に幻想を抱かせるに充分であった。聡明《そうめい》ではあったが、明子は妙な幼さを持ち合わせていて、名声や権力にはすぐに眩惑《げんわく》されてしまうところがあった。夫のいる身でありながら、明子は密《ひそ》かに望月に憧《あこが》れ、松居病院で働ける日が来るのを待ち望んだ。そして、二ヶ月前、彼女の望みはようやくかなえられたのだ。

もちろん、望月はこういったたくらみを知るはずもなく、今晩の突然の来訪が、実は二年以上も前から準備されていたなどとは思いも寄らなかった。知っていれば、彼は理解した。初めて野々山明子と会った時の、狙った獲物に挑みかかるような目。今思えば、一瞬で勝負は決まっていた。情熱を込めた魅力的な目で、あんなふうに見つめられてはたまったものではない。自分に対する興味をあからさまに示され、しかも、その女が美しいとなれば、たいがいの男は女の罠《わな》にはまってゆく。気のある素振りさえ見せられなかったら、分別ある男は滅多に深入りはしないものだ。あの時望月は、刺すような視線に身体を硬直させ、増加した心拍数に耐えられず思わず視線をそらせてしまった。

その視線は、今、幾分柔らかくなっている。明子は、ゆっくりとファックスから目を上げた。

「よく調べられたわね、こんなこと」

「ああ、たいしたものだ」

「治療に役立つかしら」

「むろん」

「座ったら？」

ソファの横に立ったままの望月に、明子は座るよう勧めた。主客転倒とはまさにこのことだ。

二ヶ月の間、望月自身こんな時が来ることをどこか心の奥で待ち望んでいたのだろう。運を天に任せ、L字型のソファの明子の右頰を見る位置に腰をおろした。

「今度、君のご主人紹介してよ」

望月は、わざと夫のことを話題に上げ、明子の妻としての立場を思い出させようと努めた。

明子はビールの注がれた冷たいグラスを頰に当てたまま言う。

「いやよ、みっともない」そして、一口ビールを飲んで、続けた。

「恥ずかしいったらありゃしない、人様に見せられた代物じゃないわ」

まるで、不格好な室内インテリアに喩《たと》えるがごとき言い種《ぐさ》であった。魅力あふれる妻を持ちながら、夫はきっと現在の生活に満足してはいないだろうと容易に想像はつく。

「ねえ、先生。浅川さゆりって女性、だましていると思わない？　わたしたちを、皆」

「どういう意味？」

「彼女、自分の意志で口を閉ざしてるのよ」

「そう、思う？」

「そんなふうに見えるな、わたしには」

ただ意志の力で自分を取り巻く現実を拒否しているだけと、そう言いたいのだろうか。

「なんのために？」

「きっと、他に行くところがないから」

天涯孤独であることをファックスに発見し、明子はこんなことを言い出したのかもしれない。

「だって、松居病院って、居心地いいでしょ。だから、患者が居ついちゃうのよ。先生も院長も人がいいんだもの」

現実問題として、さゆりがずっとあのままの状態であったら、病院としては放り出すわけにはいかなくなる。

いつの間にはずしたのか、明子はブラウスのボタンを胸元まで開け、身体を横向きにして望月の膝頭《ひざがしら》に手を置いていた。

それでも、望月は執拗《しつよう》に話題を仕事の方面に持っていこうとした。そうすることによってしか、自己を保ち続けられそうになかった。しかし、彼は、激しく勃起《ぼっき》していた。これまで経験した女性は、妻以外にはひとりしかいない。まだ妻と知り合う前の、医学生だった頃のことで、その時の相手とは、三ヶ月の短い恋で終わった。

「先生のお顔、本で見たわよ」

明子はそう言って望月の首筋に顔を近づけ、『現代の精神医療』の本が置かれた正面のサイドボードに視線を飛ばした。望月は、戸惑った。本に描かれた自分の聖人君子たる像に突き当ってしまったからだ。本の中で、著者は、優秀な精神科医たる望月の人間性を実際以上に評価していた。望月は、本に描かれた像に背かぬ自己を保とうと、背筋を伸ばしかけた。今や、彼の勃起したものは、ファスナーによって閉じ込められているわけではない。一人歩きし始めた倫理感、社会によってなされた自分への過大評価、そういった鎧《よろい》に強い圧迫を受けている。しかし、それでもなお勃起は続き、膝をすべる明子の手でもう少しで一線を越えそうになった時、電話のベルが鳴った。

張りつめた空気がすっと解けてゆく。望月は身体をねじって受話器に手を伸ばした。

「もしもし……」

喉がからからに渇き、望月は一旦《いったん》唾《つば》を飲み込んだ。

「先生、ぼくです。ファックス、届きましたか？」

公衆電話かららしく、背後で車の走る音が聞こえる。声の主は健史だった。

「あ、うん、もちろん。ありがとう……、拝見させてもらった」

「先生……、寝てらしたんですか？」

「え、いや、そんなことはない」

「すみません、夜分遅く。明日にしようかなとも思ったんですが、なるべく早いうちにお知らせしたほうがいいと思いまして。もし、なんなら、明日の朝、かけ直しましょうか」

望月は時計を見た。まだ、十時を回ったところだ。

「いや、いい。そう気にしないでくれ」

「そうですか……。ところで、お送りしたレポートで、なにか不明な点ありますか？」

望月はレポートを手に取った。すると、横にいた明子も顔をぐっと近づけ、望月とほとんど同じ視点から、レポートを眺めた。頬と頬が触れ合わんばかりで、そのせいで望月の思考は途切れがちだった。

「そうだな……、六年前の九月四日に父親が自殺を遂げる二、三ケ月前から、浅川さゆりの精神状態は芳しくなかったとあるが、逆じゃないのかい？　つまり、父の自殺に直面して、さゆりはうつ状態になった……」

「いえ、宮川さんに、そのことを確認したんですが、やはりさゆりさんは、七月下旬のサマーキャンペーンのときから、ふさぎ込んでいたそうです」

「ふさぎ込むって、彼女、具体的にどんな行動を取ったわけ？」

「ホテルの部屋に閉じこもったり、食事をとらなかったり……」

「他には？」

ちょっとした間があった。

「すみません。そこのところ、詳しく聞きませんでした。今度、宮川さんに会った時、もっと詳しく聞き出しておきます」

「もしできれば……。ああ、その場合、いいかね、その宮川とかいう人の主観をいっさい交えないようにね。君が聞き出すのは、あくまで客観的な事実のみ、いいね」

ふさぎ込んでいる姿を望月が実際に観察してさえ、病状を判断するのは難しい。それを、ふたりの人間を介して行おうというのだから、たいした結果は期待できそうになかった。

「わかりました。ところで、先生、気になりますか？」

「何が？」

「さゆりさんの父親がなぜ、自殺をしたのか」

「そりゃ、もちろん。だが、今の段階ではまだ詳しくわからないんだろ」

「わかっているのは、父の修一郎《しゅういちろう》が事務所のバルコニーにロープをかけ、首を吊《つ》ったってことだけです」

健史は、明日一番で、四谷《よつや》に事務所を構える舞台照明会社ステージ・ループを訪れるつもりであった。修一郎は生前、この会社を永田という友人と共に経営していたのだ。ステージ・ループの所在場所は、宮川から教わってメモしてある。

——修一郎の自殺に関して何か知りたいのなら、永田と接触を取るのがてっとり早いよ。

健史は宮川からそんなアドヴァイスを受けていた。

「探るつもりかね？」

「ええ、明日には。先生、その秘密がわかれば、さゆりさんを救うのに役立ちますか」

「うーん……、そうだな。健史君、先に言っておいたほうがよさそうだが、人の精神なんてそう簡単に救えるものではない。ただ、家族の歴史を知ることによって、少なくとも、さゆりという女性の一部は知ることができるし、病気の原因を知る手がかりにはなる、その程度だ」

「わかりました」

「あまり、無理するなよ」

「それと、これは、たった今聞き出したことですが……、メモの用意よろしいですか」

「ああ、いいよ」

「0557―8―06××、真木洋一《まきよういち》。真実の真に草木の木、太平洋の洋、数字の一。住所のほうはまだわかりません」

望月は、健史が送ったプリントの上に電話番号と名前を書き留めた。

「五年前の四月、浅川さゆりは劇団風社のステージに立ったんですが、七月には、そこの専属俳優の真木洋一と同棲《どうせい》生活に入っています。そして、三年後の秋、ふたりは揃って劇団を退団、以後連絡を断ちました。メモしてもらった電話番号は、真木洋一の実家のものです。劇団の主宰者が、たまたま帰省先の電話番号を住所録に書き留めておいて……」

「0557……、これは、君、湖西《こさい》の市外局番じゃないか」

「そうです」

湖西市は浜松のすぐ西、浜名湖《はまなこ》のほとりに位置する。

「ということは……、浅川さゆりは、真木洋一を訪ねて東京からやって来た可能性が高いってわけだ」

「そうなんです、先生。ああ、それと、さゆりさんが病院の中庭でハミングしていた曲ですが……、あれ、さゆりさんと真木洋一の思い出の曲です。ふたりが初めて共演した時、さゆりさん、自分の持ち歌を真木洋一とデュエットしながら踊ったらしい。さゆりさんは真木洋一に手取り足取り歌を教え、それがきっかけでふたりの仲は深まっていった……、主宰者の人、そんなふうに言ってたな」

望月は心が痛んだ。健史がさゆりに好意を寄せていることははっきりしている。だが、その愛《いと》しい人は、かつての恋人との思い出に浸ってハミングをしていたのだ。たとえ、一緒に口ずさもうとも、健史には、さゆりの記憶の世界に入り込む資格はなかった。

「ところで、真木洋一の実家には電話してみたのかね」

「ええ、たった今」

「で、どうだった？」

「真木洋一という人のお母さんが出ました」

「真木洋一本人は？」

「いません」

「留守ってことかね？」

「………、今どこにいると思います？　真木洋一って人」

珍しく、健史は質問を返してきた。

「遠くなのか？」

「まあ」

カードのなくなりかけたピーという音が聞こえた。

「船の上です。第七若潮丸というマグロ船に乗り組み、今、おそらくニュージーランド沖のあたりということです」

健史は早口で、それだけ言った。

「マグロ船？」

「すみません、テレホンカードが切れそ……」

そこで電話は切れた。

浜松近郊に実家をもつ真木洋一という男の発見は、大きな収穫であった。さゆりの自殺未遂と真木洋一との間にはなにか関係があるに違いない。当然、さゆりのお腹の中にいる赤ん坊の父親も真木洋一である可能性が強い。女が四ケ月後に出産しようとしている時、男は海の上とは……。

「長電話だこと」

受話器の外側に耳をつけ、ふたりの会話を聞いていた明子が言った。

「それに、お仕事熱心ね。ほうら、こんなにふにゃふにゃになってる」

明子は、言いながら望月のファスナーに手を這《は》わせた。望月は一瞬、目を閉じた。女性問題のもつれが原因で神経症にかかり、通院してくる患者の顔が浮かんだ。気を落ち着かせるつもりで煙草に火をつけ、一服吸い込んでから灰皿に乗せ、ファックスを見るふりをした。ところが、明子は、灰皿のほうには顔も向けないで、害虫をひねりつぶすような手つきで煙草の火をもみ消してしまう。

「先生のような男が、煙草なんて吸っちゃダメ」

望月は怒りよりも先に圧迫感を覚え、このセリフを記憶に焼きつけた。

正面のサイドボード、『現代の精神医療』の横には、ハワイに旅行した際に写した家族の写真が飾ってある。埋《うず》み火のごとく暖かく燃える父と母と娘の肖像に、もみ消された煙草の吸い殻が重なった。明子ならやるかもしれない。躊躇《ちゅうちょ》なく、もみつぶし、三角形の一辺を奪い取るかもしれない。望月の胸の片隅で警鐘が鳴った。手遅れにならないうちに……。

いつ髪を解いたのか、望月はまったく気付かなかった。明子のまとめられていたはずの髪は、今はバラバラになって胸の膨らみを覆うように垂れ下がっている。望月は、一匹の蛇が無数の蛇に増殖したような錯覚にとらわれた。絡まった髪に、櫛代《くしが》わりに手を入れ、明子はしきりに蛇を手懐《てなず》けている。この後どうなるのか、その光景は望月の目にはっきりと浮かぶ。チャイムが鳴り、ドアの向こうに明子を発見して以来何度も脳裏に明滅し、その都度肉体を膨張させた光景……。どうにか振り払おうと、平穏な家族の肖像を思い描いたが、それも防波堤にならず、望月は左手を明子の腰に回して身体を引きつけていた。明子はその動きを待っていたかのように、唇を押しつけてくる。そうして、口と口とが重なり合い、舌が絡まりあったとたん、望月の理性は無数の蛇に搦《から》め捕られ、一切の動きを止めてしまった。

第二章　マグロ船

1

真木洋一は、ニュージーランド沖、東経百八十度線の海上、三百七十九トンの遠洋マグロ船第七若潮丸のブリッジにいた。この海域だけ、日付変更線が東にずれているため、まだ日本と同じ日であったが、少し東進すれば二度目の今日を迎えることになる。日本との時差は三時間、夜の十一時半を少し回ったところだ。ベタ凪《なぎ》の海は黒い鏡の表面に似ている。四時間の航海当直（ワッチ）に立つ洋一は睡魔と戦いながら、目を操舵室《そうだしつ》の床に落としていた。

空のアルミカップが航海機器の並んだ棚の前に置かれている。コーヒーのおかわりを作ろうにも身体がいうことをきかない状態だった。ガラスで囲まれた狭い操舵室の中は、これまでにない静寂に包まれていた。航海に出て初めて経験する、不気味なほどに穏やかな海。

疲労は限界に近かった。キャビンは静まりかえっているが、洋一の耳の奥にはさっきまでの喧噪《けんそう》が残っていて、なにかのきっかけでふと甦《よみがえ》り、銀色の鱗《うろこ》をきらめかせて脳裏にマグロが飛び跳ねる。数時間前まで、作業甲板（胴の間）は戦場の様相を呈していた。次々に引き上げられる体長二メートルを越すミナミマグロに、船頭以下漁師たちの目は血走った。揚げ縄も終わりに近くなって、続けざまに七尾ものミナミマグロが釣れたのだ。「しょうばい、しょうばい」の掛け声とともに、熟練の漁師たちは胴の間を駆け回り、互いに怒声を浴びせ合った。

洋一は、今日の昼間の光と騒音に満ちたシーンを細切れながら鮮やかに思い浮かべ、うつらうつらと首をかしげていた。ふと前のめりになった顔を右手で支えた際、凝固した血に触れ、鈍い痛みを右頰に覚えた。そして、傷に触れると同時に、先輩船乗りである宮崎《みやざき》に対する怒りが湧き起こった。傷痕《きずあと》は、釣り上げられた鮫《さめ》と格闘中、宮崎に殴られてできたものだ。

間違って枝縄に食らいついた鮫が胴の間に引っ張り上げられると、新米乗組員の出番となる。鮫の背にまたがってT字型の巨大な釘《くぎ》を急所に打ち込み、その息の根を止め、ヒレを取った上で海に捨てるのが彼らの役目だ。こうやって得たヒレは船上に吊《つる》して乾燥させ、日本に帰ると専門の業者に引き取られる。その売上金は乗組員だけで均等に分配することになっていた。中華料理のフカヒレスープの原料となる鮫のヒレは、船員たちのけっこうな副収入となる。本業のマグロ漁からみれば、鮫のヒレ取りはいわば副業だ。マグロを水揚げして得られる収入は、漁撈長《ぎょろうちょう》（船頭）、船長、機関長などその階級や働きに応じた比率で配分される。漁撈長ともなれば一人前の船員の二倍から三倍の金を手にする。しかし、鮫のヒレから得る金は、素人にも熟練の船乗りにも均等に分配されるため、自然とこれが素人船員の仕事として定着してしまった。

　第七若潮丸にはふたりの素人船員が乗っていた。断るまでもなく素人とは、まったく初めてマグロ船に乗り組む船員のことである。二十四歳で早くも脱サラした水越《みずこし》と、元小劇団の役者という変わり種、二十九歳の真木洋一が今回の航海の素人だった。過酷な労働現場たるマグロ船は常に人手不足で、希望すればだれでも乗ることができる。水産高校を卒業した者にとっては、それはある程度お決まりのコースで、在学中の実習で経験済みの世界でもあったが、私立大学の経済学部を出て地方都市の市役所に勤めていた水越や、やはり私立大学の文学部を出て舞台俳優の夢を追っていた洋一にとって、それまでの生温《なまぬる》い生活とは天と地ほども異なる世界であった。

　今日の午後、胴の間に引き上げられた鮫の背にまたがった洋一は、Tの字型の釘で急所を刺そうとしてしくじり、鮫は身体をひねって暴れた。すぐ横でビンダマと呼ばれる浮子《うき》を引き上げていた宮崎は、よける間もなく右頬を鮫の尾ひれで強く打たれてしまった。宮崎は一瞬脳振盪《のうしんとう》を起こしながらも海への転落を未然に防ぎ、振り向きざま、自分の顔を襲ったものの正体を見極めるやいなや、「ばかやろう、そんなもの一発で仕留められねえのか」と洋一を怒鳴りつけた上、殴りかかってきたのだ。鮫の尾ひれが宮崎に触れたとも知らず鮫と格闘していた洋一は、振り下ろされた拳《こぶし》にバランスを崩し甲板に尻《しり》もちをついた。見上げると、「ちぇ」と血の混じった唾《つば》を吐き出し、自分の仕事に戻っていく熟練船員の宮崎の姿があった。そこでようやく、洋一は鮫の尾ひれが宮崎に当ったらしいことに気付いたが、なにも殴ることはないだろうと、怒りを燃え上がらせたのだった。しかし、海以外に逃げ場のない船の上でもっとも重要なのは体力でも漁に対する勘でもなく、協調性だということを洋一はそろそろわかりかけていた。怒りを堪《こら》えることなく、そのままぶつけ合っていたら、いつか殺し合いが始まる。この船には、十九人の男しかいないのだ。

洋一は、「くそっ」という気で立ち上がり、赤銅色に焼けた宮崎のうなじのあたりをにらみ付け、怒りを込めて鮫の急所を釘で刺した。そして、手応《てごた》えを感じるとグリグリと回し、今度こそその息の根を止めた。

鮫の急所を探り当てるのは思いのほか難しい。先輩たちは、無理を承知で指図し、しくじれば怒鳴りつけてくる。宮崎もそうやって学んできたのだ。何が命取りになるかもしれず、ささいなことであっても漁師たちは怒鳴り合う。この世界のしきたりだった。だが、怒りの尾を引かぬようにするのも、しきたりだ。宮崎はことあるごとに、大学出のアマちゃんに務まるような世界じゃねえと、素人の洋一と水越をいじめにかかる。この先の、まだ半年以上も残っている航海の間、宮崎との関係が平穏無事にすむかどうか、洋一には自信がなかった。

傷痕に指をはわせるうちまたも眠くなってきた。衛星を利用した自動操舵装置が働いている以上、操舵輪に触れる必要もなく船は目的の針路を取って新しい漁場に向かう。すべて機械任せ、さしたる役割もなくただ進行方向に目を向け万にひとつの異常を見張る洋一にとって、睡魔との戦いが主な任務といっても過言ではない。

しばらくして、洋一はもう一度びくんと身体を震わせた。夢に特有の墜落感からでもなければ、船全体が揺れたわけでもない。身体の奥の奥のほうで、小さな波動をキャッチしたような気がした。心臓の鼓動が空気を圧迫し、疎密波《そみつは》となってこちらの胸に届いたような……。彼は、いつの間にか口ずさんでいた。かつて何度も歌った懐かしい歌。同時に女の匂いがした。その女との破局がなければ、洋一はマグロ船になど乗らなかった。初めて出会った時の衝撃も忘れられないし、初めて結ばれた夜の光景も強く印象に残っている。五年前の梅雨も明けようとする夜の海でのことだ。国道134号線を流れる車のヘッドライトと、異空間から響いてくるような車の音をBGMに、洋一は女を抱いた。ジーンズや下着が海水に濡《ぬ》れても一向に気にならないほど、欲望は高まっていた。暗い岩場の陰だった。濡れて滑る岩肌を自ら背負い、彼は至福の時を味わった。頭のすぐ上の暗がりを長靴を履いた釣り人が歩いたが、それでも彼は行為を止めなかった。あの時の衝動を、洋一は海の上で時々思い出す。

洋一は股間《こかん》に目を落とした。勃起《ぼっき》している。薄手のトレパンの下で、記憶に呼び起こされ、欲望がむくむくと頭をもたげている。航海に出てからの四ケ月間、洋一はマスターベーションもしてなければ、夢精もしてなかった。海の生活がことさら身体にこたえ、女に対する想像力など働かせる余裕もなかった。嘘のようだ。陸での、愛欲に満ちた、どろどろした男女の関係に身を沈めていた日々を思えば、なにか自分の身体を律する本能までもが変わってしまったような気がする。食欲や睡眠欲、排泄《はいせつ》欲に比べれば性欲などずっと下の位置にランクされるのだろう。性欲のボルテージは、一般的に文明の成熟とともに増大してゆく。肉体を酷使し、常に自然の脅威にさらされているマグロ船は、ハイテク機器に囲まれているとはいえ未《いま》だ中世以前の原始的な労働の場だ。

洋一は立ち上がり、神棚に向かって航海の無事を祈り、方向を確認してはるか北に位置する日本を思った。国には、捨ててきた女がいる。終わったのだ。ふたりの関係は、鮮血によってきれいに洗い流されてしまった。出会いの光景は洋一の欲望を刺激し、破局の光景は逆に彼を萎《な》えさせる。洋一は目を落とし、意味もなく笑った。

航海に出てまだ四ケ月が過ぎたばかり、このあとまだ一年近くも航海は続くかもしれず、その長さを考えると洋一の気は滅入《めい》った。海は不思議な存在だった。なぜ、発作的にマグロ船になど乗ってしまったのだろう。逃げるためか？　陸で起こった様々な出来事を客観的に眺めるのは、海でなければ不可能と感じられた。特に彼の場合はそうだった。問題がどこにあるのかを探り当て、絡まった糸を解いてすっきりとさせる……、彼にとって、見えなかったものをはっきりと浮かび上がらせてくれるのが〝海〟であった。

ふらふらと立ち上がり、航海日誌に現在の位置を書き込もうとした時、突然操舵室のドアが開いた。キャビンからここに至る階段を上る足音は聞こえなかった。そのことから洋一は、ドアを開けたのがだれなのかすぐにわかった。宮崎昭光《あきみつ》、昼間、洋一を殴りつけた張本人だ。彼はいつも通りの裸足《はだし》だった。キャビンを歩くとき、宮崎はなぜか靴を履かない。作業甲板で仕事をするときだけ長靴を履くが、それ以外はすべて裸足だ。だから、宮崎はキャビンを音もなく歩いた。仲間の何人かは、彼のことを幽霊と呼んでいた。今晩、宮崎はワッチに立つ必要はなかった。他の船員たちは眠りをむさぼっているというのに、こいつは一体何の用があって操舵室《そうだしつ》に顔を出すのだと、洋一は不機嫌な表情を浮かべた。洋一がワッチのとき、宮崎が操舵室に入ってくるのはこれで三度目だった。航海日誌の書き忘れを指摘するためでも、居眠りを見張るためでもない。入ってくるといつも、宮崎は意味のよくわからないことを喋《しゃべ》り、話半ばにしてキャビンに戻る。

宮崎は、洋一には目もくれず操舵室を横切り、前方下波よけ甲板のあたりに目を凝らした。昼間、洋一の頬を殴ったことなどすっかり忘れている様子だった。船の中では小突き合いなど日常茶飯事だ。いちいち覚えているはずもない。

洋一は、宮崎につられて同じ方向に目を向ける。胴の間から船首デッキに至る階段のあたりに人影があった。人影は階段を上りきり、船首中央のマストによりかかってその姿勢のまま動きを止めた。操舵室の蛍光灯がガラスに反射して見えにくいので、洋一は手でひさしをつくって両目を細めた。背が低くがっちりとした後ろ姿から、彼が船頭の高木重吉《たかぎじゅうきち》であるとわかる。

「あのジジイ、また祈ってやがる」

宮崎はそう言うとようやく洋一のほうに振り向き、「よう、おまえ、あのジジイが、何に祈ってるのか知ってるか」と尋ねた。

洋一は無言のまま、マストに左手をあてがって佇《たたず》む重吉の姿を見つめた。

三崎《みさき》港で、洋一が最初に言葉を交わしたのが重吉だった。三月終わりのことだ。洋一は、埠頭《ふとう》にオートバイを止め、横付けされた漁船を眺めていた。小学生の頃、彼はよく海に思いを馳《は》せた。船長になりたいと考えたことも何度かある。都会での生活のなにもかもに疲れ果て、憧《あこが》れに満ちた表情で、第七若潮丸と船名が記された舷側《げんそく》を見上げていると、タラップからがっちりした体格の男が降りてきた。それが、高木重吉だった。

洋一は、降りてきた重吉に、「これ、マグロ船ですか」と尋ね、「そうだ」と答える重吉に、「何トン？」と続けざまに問いかけていた。

「三百七十九トン」

重吉はぶっきらぼうにそう言い、すぐその後「人手不足でよぉ、来週の出航も覚束《おぼつか》ねえや」と呟《つぶや》いたのだった。洋一に向かって言われた言葉ではなかった。だが、彼にはなにか啓示のように聞こえた。そのときの心境も手伝い、「よかったら、おまえ、乗ってみねえか」という誘いとも受け取れたのだ。

「おれでも、この船に乗ることできるんですか？」

「もちろんさ」

重吉はそっけなく言ったが、洋一の身体をひとしきり見回し、その体格のよさを認めると、「乗るなら、いつでも大歓迎だぜ」と付け加えた。

高木重吉が第七若潮丸の漁撈長《ぎょろうちょう》、いわゆる船頭であると知ったのは、その数分後だった。船主である若潮水産の事務所で、本気で船に乗る気があるかどうか問われ、その意志を明確にした際、彼は自分の名と地位を名乗ってきた。船頭と言われても、マグロ漁業のイロハも知らない洋一には、どうもピンとこない。渡し船の船頭くらいしか思い浮かばないのだ。マグロ漁船における船頭は船長よりも地位が上だったが、今回の航海では、重吉が船長をも兼務することになっており、その意味ではまさに船の絶対権力者だった。

重吉は、背が低かったが、異様に広い肩幅をしている。黒い長靴を履き、手ぬぐいを首に巻いたその顔は、皺《しわ》だらけだ。洋一は彼の本当の年齢を知らなかった。

その重吉が、宮崎に言わせれば、船の舳先《へさき》で祈っているという。しかも、皆が寝静まったあとに……。驚きだった。眠ってしかるべき人間が二人も、こんな夜中に目を覚ましている。ひとりは音もなく操舵室に入り込み、もうひとりは船首近くのデッキに佇んでいる。

「よう、訊《き》いてんだぜ。あのジジイが何に祈っているのか、おまえ知ってんのかよ」

宮崎は洋一の肩を小突いた。

暗くてよくわからないが、あれが祈りのポーズなのだろうかと、洋一は訝《いぶか》った。重吉が祈っているとは、彼には思えない。

「祈っているのか？　重吉さんは」

「他になにが考えられる」

宮崎は血走った目で洋一を見た。洋一は宮崎が嫌いであると同時に、苦手だった。間近から、血走った目で見つめられると、胸の内までのぞき見られそうな気がして息苦しくさえなる。宮崎と相対していると均衡が崩れる感覚があった。洋一には宮崎が何を考えているのか皆目見当がつかない。しかし、宮崎は見透かすような視線を執拗《しつよう》に洋一の目に合わせ、決して自分から先に視線をはずそうとしないのだ。

洋一はたまらず目を伏せ、デッキの重吉へと視線をずらせた。重吉は、同じ姿勢のままだ。手を合わせているわけではない。だが、祈っていると言われれば、そんな雰囲気も確かにある。

「初めて見るよ」

実際その通りだった。洋一は、四ヶ月に及ぶ操業中何回かワッチに立ったが、船首デッキに意味もなく佇む重吉を見るのは初めてだった。

「いつもああなんだぜ」

宮崎は侮蔑《ぶべつ》の表情で言う。

「なぜ、重吉さんが祈っているとわかる?」

「わかるさ」

そう言って笑みを浮かべ、宮崎は拳《こぶし》でガラスをこつこつと叩《たた》いた。

「あいつが聖書を読んでいるところを、おれ、見たんだ」

船頭のくせに聖書など読むなと言わんばかりに、宮崎はガラスを叩く手の力を強めてゆく。

「おまけにあいつ、今日の午後、七尾のマグロが釣れたにもかかわらず、漁場を変えるとぬかしやがる」

漁場を変えることと、聖書を読むことの間にどんな繋《つな》がりがあるというのだ？　洋一には、語られる内容が宮崎の頭の中でどのような脈絡を持っているのか理解できなかった。

洋一は、早く宮崎に消えてもらいたかったので、返事をしないでいた。船員の平均年齢が三十七歳のこの船で、宮崎だけが洋一と同年齢の二十九歳だった。だが、洋一にはとてもこの男が自分と同じ年とは思えない。頭の上半分からすっぽりと毛が抜け落ちていて、耳の横から後頭部にかけて申しわけ程度に細く柔らかな毛がたれ下がっている。頭髪だけを見れば、六十歳と言っても疑われないだろう。しかし、顔には皺ひとつなく赤銅色に焼けた皮膚は艶《つや》やかだった。背はやや猫背で、手足も長く身体は痩《や》せていたが、肩から二の腕にかけて筋肉は逞《たくま》しく発達している。洋一も腕力自慢ではあったが、宮崎と腕相撲をして勝てる自信はなかった。一度、デッキの手摺《てす》りにぶら下がって宮崎が懸垂をしているところを見たことがある。なにげなく目にとめ、回数を数え、三十まで数えたところで洋一は自分の船室に戻った。その後も宮崎が黙々と懸垂を続けたのは明らかだ。それに加え、彼には、裸足で爪先《つまさき》だって歩く癖があった。宮崎はその理由を公言している。

——足が熱を持つからさ。

事実、彼は夜寝る時も常に裸の足を毛布の外に出し、天候が崩れて気温が下がったおりも決して足を引っ込めたりはしなかった。宮崎と同室の者が、夜中、ふと興味を持って彼の足に触ってみたところ、実際燃えるように熱かったという。

——放熱しなくちゃよォ、熱がこもって身体によくねえんだ。

それが宮崎の言いぶんだった。

どこから見てもマグロ船の船乗りらしくない宮崎が、この第七若潮丸を象徴している……、洋一にはそんなふうに思われてならない。バランスが取れてないのだ。どこか、調和に欠けている。しかも、宮崎に言わせれば、船の最高責任者たる重吉が毎晩デッキで祈りを捧《ささ》げていると言う。奇妙といえばこれもまた奇妙な光景だ。

実は、高木重吉はピンチヒッターだった。本来第七若潮丸の船頭は、三崎の伝説的な船頭、木村孝太《きむらこうた》であったが、出航を目前に控えてクモ膜下出血に倒れ、彼の特別の推薦により高木重吉が後任に就いたのだ。主に室戸《むろと》の船主のもとで船頭を務めていた重吉の経歴を、船のほとんどの人間は知らない。本当に船頭が務まるのかどうかと、その技量を危ぶむ声も多い。強く彼を後任に推した木村も、病気のため多くを語れず、船員たちはただ木村ほど名の通った船頭が後任に推すくらいだから間違いはあるまいと、曖昧《あいまい》に信じる他なかった。

そんな折りも折り、今夕短時間のうちに七尾もの巨大なミナミマグロを釣り上げたにもかかわらず、重吉は漁場を移動するという方針を打ち出した。口にこそ出さなかったが、船員たちの胸に疑問が生じたのは確かだ。帰港して水揚げした際、どれだけの報酬を手にできるか、大漁か不漁かはすべて船頭の技量にかかっている。船頭は、豊富な経験と勘で漁場を探り当て、船をそこに導き、船員たちに宝の山をもたらす。その功績によって男たちの尊敬と信頼を得る一方、船の上でのトラブルを未然に防がなければならない。重吉には、今のところリーダーとしての資質は見られなかった。宮崎が彼のことを陰で「ジジイ」と呼ぶのには、そういった意味があるのだろうと、洋一は感じていた。ふつう、船員たちは、船頭のことを親しげに「オヤジ」と呼ぶものだ。

洋一は航海日誌を開き、船の位置を書き込んだ。あと二時間で交替の当直がやってくるはずだ。

「宮崎さん、寝ないんですか」

日誌に目を落としたまま、洋一は宮崎に訊いた。同年齢とはいえ、水産高校を出てすぐ船に乗った宮崎は大先輩だった。洋一は一応さんづけで呼んでいる。

「おれがここにいると邪魔か？」

「まあね」

洋一はさらりと言ってのけた。

「実はよう、おまえに頼みたいことがあって来たんだ」

「なんだ」

「背中が痒《かゆ》い、かいてくれ」

洋一は半ば口を開けたまま、顔を上げた。

——この野郎、冗談を言っているのだろうか。まさか本気じゃねえだろう。背中をかいてもらいたくてわざわざブリッジに足を運ぶ馬鹿がいるか！

「背中が痒ければ、ベッドの手摺りに背中を押しつけて身体を動かせばいい、芋虫みたいに。おれはいつもそうしてますよ」

冗談にしろ、本気にしろ、洋一は宮崎の戯言《ざれごと》につきあう気はなかった。ところが、そう言ったきり動こうとしない洋一を尻目《しりめ》に、宮崎は後ろ向きのまま神棚に近づき、棚の角に背中を押し当てて大きく開いた両足を不格好に屈伸させるのだった。神棚に祭られた、大漁と海上での安全を祈願したお札が身体の動きに合わせて揺れ、お供え物の米を載せた皿がカタカタと鳴った。そして、宮崎は真剣そのものの表情で、船首デッキの高木重吉の後ろ姿を執拗に睨《にら》みつけ、

「それとも、あのジジイ、命乞《いのちご》いでもしてやがるのか」

とボソッと呟《つぶや》く。米の入った皿はまだカタカタと揺れていた。

洋一は何か喋《しゃべ》りかけて、出かかった言葉を飲み込んだ。彼は決して無口なほうではなかった。しかし、宮崎とふたりだけでいると、まったく会話が成立しないのだ。出かかった言葉も、なぜか切り出すタイミングを失う。早くこの場からいなくなれ……、胸の内で彼は切にそう願った。

宮崎は回転椅子に座ったままの洋一の肩に手を乗せ、耳元に口を近づけ、囁《ささや》いた。

「おまえ、女とのゴタゴタから逃げるため、この船に乗り込んだんだってな」

それだけ言うと、宮崎は操舵室《そうだしつ》のドアを開けて自分の船室に戻っていった。来たときは音もなく、しかし今度は聞こえるか聞こえないかの足音をたてながら。

洋一はしばらくの間、宮崎の出ていったドアを無表情で見つめていたが、キャビンへ降

りるヒタヒタという足音が充分遠のくのを待って、「おれが船に乗ったわけを、なぜあの野郎、知ってやがるんだ？」と呟いた。

2

漁場から漁場へと移動するとき、船乗りたちは穏やかな休日を楽しむ。その翌日、凪《な》いだ海は肉体の疲れを癒《いや》すにうってつけの揺れを提供していた。船の上での仕事といえば、漁具の手入れと故障したラインホーラーの修理ぐらいのもので、ワッチに立つ人間を除いて、船乗りたちは束《つか》の間《ま》の休息を過していた。

昨夜、ワッチが終わってたっぷりと睡眠をとったせいか、洋一はいつもより気分がよかった。好天の海は、見ていて飽きない。普段は、尾を切り落とされ内臓とヒレを除去されたマグロが転がる胴の間も、車座の酒席に変わりつつあった。酒の上での喧嘩《けんか》も多く、一月に飲むアルコールの量を制限している船も多かったが、第七若潮丸にはそういった規則はない。漁師たちは、午後になると三々五々集まり、気の合う者同士の輪を作って飲み始めたのだった。

洋一は、その輪に加わることなく、昨夜、重吉が佇《たたず》んでいたあたりの甲板に立ち、深夜この場所で考えるにはどんな内容が相応《ふさわ》しいだろうと、イメージを膨らませていた。彼はつい昔の癖で、高木重吉という役作りに没頭していたのだ。同じ場所に立ち、同じ視線で、降り注ぐ陽の光を消し、夜の海に向かって吐き出すべき言葉を思った。背後から、酔った男たちの笑い声が湧き上がり、思考は一旦《いったん》途切れる。先の航海で外地に寄港した際、偶然同じ娼婦《しょうふ》を抱いてしまった二人の男の笑い話だった。

「気付かねえうちによぉ、こいつと兄弟になっちまいやがってよぉ」

既に何度か聞かされた話だった。洋一がなるべく酒の席に加わらないようにしていたのも、そのためだ。手垢《てあか》のついた笑い話を、その都度おもしろおかしく聞くふりをする余裕など彼にはなかった。船の上の、世界の狭さをまざまざと思い知らされ、胸苦しくなってくる。

すぐ左下から、金属と金属がぶつかり合う音が聞こえた。ラインホーラーの修理を終えた重吉が、階段の半ばから海のほうへと身を乗り出し、ガイドローラーの点検をしているらしい。重吉はそのまま階段を上りきり、上の甲板に洋一の姿を認めると、救命ボートのキールにまたがった。

「よう、そんなところで何してる」

重吉が訊《き》いてきた。

「別に……」

まさか、昨夜の高木重吉を演じていたとは言えない。洋一はあやふやに答えたが、ふと本心を明かしたい気持ちに傾き、「昨夜《ゆうべ》、重吉さん、ここで……」と言いかけて、ブリッジのガラス窓を見上げた。操舵室のガラス越しに宮崎の横顔が見えた。彼が今ワッチに立つ時間かと、洋一は初めて気付き、視線を戻してなにくわぬ顔をしたが、重吉は表情の変化を見逃さなかったようだ。

「昨夜のワッチ、おまえだったかな」

「ええ」

「見ていたんだろう、じゃあ」

重吉はキールから立ち上がり、洋一のほうへ歩み寄ると、その肩に手を置いた。ごつく、肉の分厚い手だった。三崎港の若潮水産の事務所で、「おまえ、本当にマグロ船に乗る気があるのか」と問われ、「ええ、あります」と答えたところ、「もし、船の上でどうしてもがまんできない人間がいたら、おまえどうする？　喧嘩でもしかけるか？」と重吉に訊かれたことがあった。洋一が、相手の真意を探るように「もちろん、がまんしますよ」と答えると、重吉はその分厚い手をちょうど今のように、肩に乗せてきたのだった。

「一人前に喧嘩もできねえようなやつは、おれの船には乗せねえ」

そのときだけ重吉が真剣な表情をしたのを、肩に乗せられた手の重さと共に、洋一はよく覚えている。同時に、生半可な仕事ではないなと、覚悟を決めたのだった。

重吉は常々言っていた。

「一番たちが悪いのは、恨みを陰にこもらせることだ。その場その場で発散し、あとに尾を引かねえことさ。まあ、少々の喧嘩も、黙って見守る他ねえな」

とすると、今の洋一の心の状態はどうだ？　宮崎に対する憎しみを徐々に深めているような気がする。いや、憎しみとは少し違う。宮崎に対する感情にうまく言葉をあてはめることができない。扱いにくい相手、とにかく顔を見ないですませたい相手だった。

重吉は首に巻いた手ぬぐいで額の汗を拭《ふ》きながら、

「昨夜、なにをしていたと思う?」

としわがれ声で言った。

洋一は、逆に問い返したいところだ。

——昨夜の行為が人の目にどんなふうに映ると思ってるんだ?

暗い海の表面をただ見つめる行為に、なんらかの意味を見いだせというのか。宮崎は、祈りの姿と受け取ったようだが、それ以外の答えはないように思える。

「祈っていた、のですか」

妙に気恥ずかしく、洋一はわずかに目を伏せた。重吉は驚いて顔を上げ、操舵室のほうへチラッと視線を飛ばす。

「宮崎がそう言ったのか?」

「おれがワッチのとき、宮崎さん、操舵室に顔を出したんですよ」

「で、やつがそう言ったんだな」

「まあ……」

「他になにか言ってたか?」

「いいえ」

──それとも、あのジジイ、命乞いでもしてやがるのか。

宮崎は確かそんなふうにボソッと呟きもしたが、洋一は口にするのが憚《はばか》られた。

「そうか」

重吉は、眩《まぶ》しそうに目を細めながら、はるか左前方に浮かぶ島を眺めた。目を細めると、重吉の両目尻《りょうめじり》は垂れ下がり、愛嬌《あいきょう》のある表情になる。めったに笑わない男だが、笑みを浮かべたときも同じ顔になった。

左手に見えるのは、ケルマデック諸島に属する亜熱帯の小さな島だった。不意に口をつぐんだ重吉の、遠くをみつめる目は、心の奥の過去の記憶に向けられていた。

「重吉さん、クリスチャンなんですか」

逞《たくま》しい上半身のわりには細い足をしたこの男が、おぼつかぬ足取りで教会に通うところを、洋一は想像しようとした。似合わないのだ。上半身と下半身が不釣り合いなのと同様、教会で聖書を広げる重吉の姿には違和感を覚える。

「二十五年前、カトリックの教会に通ったことはある」

「今でも？」

重吉は首を横にふった。

「いや、洗礼すら受けてねえ」

「でも、祈りは欠かさず……」

「だれが祈ってるって？　おれか？」

重吉にしては珍しく、頓狂《とんきょう》な声を上げ、自分の胸を指差した。

「違うんですか」

「宮崎の野郎がそう言っただけじゃねえか」

「じゃ、なにを……」

「きまってる。新漁場《あらば》を探り出すためさ」

重吉の本心が読めなかった。いくら素人の洋一とはいえ、夜の海にぼんやりと立ち尽くすだけで新漁場が発見できるとは思ってもいない。昔なら、動物的な勘に頼って海面下の群れを発見したこともあっただろう。だが、現代では魚群探知器やソナーなど科学力を駆使して新漁場を発見するのが常識となっている。

洋一は疑わしそうに顔をしかめ、目をそらせた。視界から島影が消え、代わって海ツバメがさっと横切っていった。

「空を飛ぶ鳥の動きによっても、漁場を当てることができるんですってね」

洋一は思いついたように言った。実際、魚の動きと鳥の動きは相関関係を持っていることが多い。

「おれは鼻で嗅《か》ぎ分けるがな。夜のほうが嗅覚《きゅうかく》がきくんだ」

マグロの棲《す》む自然界の法則を、知識だけではなく、五感でもってとらえているとしたら、重吉の言葉もあながち誇張ではない。ベテランの船頭ともなれば、海の色の微妙な変化、潮の流れ、風の肌触り、船のエンジン音と波の音とのアンサンブル、日差しの柔らかさ、空を飛ぶ鳥の鳴き声……、味覚を除く感覚の総《すべ》てから、目に見えぬ海面下の魚群を探り当てる。そんなときはたぶん海面下の魚の動きに身体の一部が同調しているに違いない。しかし、夜は、最も重要な感覚器官である視覚が閉ざされている。そのぶん、嗅覚が増すというのか。

浮かれ騒ぐ漁師たちの声にかき消されたわけでもないのに、重吉の言葉は耳の奥に達しなかった。洋一は「え？」と訊き返した。

——赤ん坊がどうしたって？　どうして突然、赤ん坊の話になるんだ？　マグロの産卵のことなのか？

「おまえ、子供がいるのかって、訊いたんだよ」

——やはり、おれのことか。なんだと？　おれの赤ん坊？

「まさか、いるわけないでしょ。女房もいないのに」

わかりきったことなのに、否定するのにやけに時間がかかってしまう。

「そうか、なんだかいるような気がしたんだがな」

洋一は、昨夜、宮崎が操舵室《そうだしつ》を出る際に残したセリフを思い出した。

——おまえ、女とのゴタゴタから逃げるため、この船に乗り込んだんだってな。

「宮崎に話したんですか？」

「何を」

「おれのこと」

「おまえの何を？」

「いえ、だから……」

「おれはおまえのことなど、ほとんど知らねえぞ」

「でも、宮崎に言われましたよ。女とゴタゴタを起こしたんだろ、と」

「ばか、ちょっと前までのてめえの顔見りゃ、そんなことすぐわからあ。顔に書いてあるってやつさ。ときどきいるんだ。逃げるために船に乗るやつが……。おまえの場合は、女ってわけだ」

そこで少し間を置き、重吉はしみじみと続けた。

「おまえよぉ、船に乗ったばっかの頃、ふやけた土左衛門みてえな顔してたぜ」

そういえば、船の上で洋一は滅多に自分の顔を見ない。さゆりのマンションで、鏡に向かって熱心に役作りに励んだにしては、なんともあっさり過去の習慣を捨てたものだ。女から逃げ出した男の顔ってやつを、彼はぜひ見てみたかった。これまで何度か女を捨てた役を演じたが、ついぞ満足な演技ができたためしはない。

「今のおれの顔は？」

「ずいぶん変わった」

「どんなふうに？」

「飲み過ぎた水を吐き出し、生き返ったってところだな」

だが、洋一にはまだその自覚はない。日々の肉体労働に精一杯で、将来の方針を決めることさえできないでいる。船の上での、食って寝て起きて働いての単純な労働によって、生き生きとした輝きがもたらされるとしたら、事は簡単だった。しかし、変わりつつあると重吉に指摘されたのは、純粋にうれしかった。五感で新漁場を探り当てる重吉にしてみれば、その外面から心境の移り変わりを読み取るのはたやすいだろう。

——おれは、探り当てることができるだろうか。

彼は、変わりつつある自分を実感したかった。そして、自身の目で胸の内側を見極め、本来の生活をしっかりと摑《つか》みたいと願った。まだまだ時間は充分にある。二十九歳というのは、決して手遅れの年齢ではない。

とそのとき、重吉の目が不審気に曇った。重吉は、レーダーマストを仰ぐように見上げていたが、その下の操舵室を上下に動く人影に目をとめたのだった。洋一と重吉の立つ波よけ甲板よりも、操舵室のほうが高い位置にある。しかも、操舵室の前面には航海用の機器が胸の高さにまで積み上げられ、甲板からでは胸から下は見えない。落ち武者のような頭をした宮崎が、横顔をこちらに向けてうつろな目をしていた。昨夜と状況は逆だ。昨夜、洋一と宮崎は操舵室から、波よけ甲板に立つ重吉を見下ろしたが、今度は、洋一と重吉が操舵室にいる宮崎を甲板から見上げている。しかし、人影はひとつではなかった。操舵輪の横から、黒々とした頭髪が少しのぞいたのだ。もうひとり、狭い操舵室の中にいると見てとれた。宮崎の口が動いた。その形相から、なにか怒鳴ったように見受けられる。宮崎の手が伸び、男の頭の頂きに乗せられた。宮崎は、力を込めてその手を下に押し込んだ。

男の頭は、視界の下に沈んでいった。ガラスを通して見られるのは、宮崎の胸から上と、時々浮上しては沈んでいく男の頭髪だけだった。

「宮崎のやつ、なにしてやがるんだ」

まるでもぐら叩《たた》きのように、上に上がろうとする男の頭を宮崎は容赦なく押さえ付けていた。体罰を与える先生の姿を、洋一は連想していた。中学校の頃、宿題を忘れた生徒が机の上に正座させられたことがあった。足の痛みに耐え切れず腰を上げようとする生徒の頭が、教師の手でちょうどあんなふうに押さえ付けられるのを、洋一は見たことがある。

洋一は胴の間で酒を酌み交わす男たちの顔を見回した。船には十九人の人間しか乗っていないのだ。消去法でいけば、宮崎に頭を押さえ付けられているのがだれなのか見当がつく。機関長と通信士の姿が見えなかったが、階級からいって彼らであるはずもない。とすると、水越以外には考えられなかった。洋一と同じ素人船乗りの水越、地方公務員をやめて船に乗り組んだ虚弱な男。その弱さを肉体労働で克服しようと船に乗り込んだが、逆に彼は今ノイローゼに苦しめられている。

「もうひとりのやつ、あれ、水越じゃねえのか」

重吉も洋一と同じ結論に至ったようだ。

「たぶん、そうでしょうね」

洋一の脳裏に、突然昨夜の光景が浮かんだ。背中が痒《かゆ》いからかいてくれと背を向け、断ると神棚の端に背中を当て、足を屈伸させた宮崎の顔。

――あいつは、背中をかいてもらいたかっただけなのか？

疑問とともに、洋一は胸のむかつきを覚えた。水越は、たぶん宮崎の前で正座か立て膝《ひざ》の姿勢を取らされている。そして立ち上がろうとするところを、無理に押さえ付けられているのだ。

「重吉さん、どうにかしてやってくださいよ」

洋一は、怒りを込め、低く囁《ささや》いた。だが、それに対する重吉の答えは、洋一からみればまるでピントがずれているとしか思えない。彼はこう言ったのだ。

「おれは、宮崎に殺されても、文句の言えねえ人間なんだ」

言葉の意味を考えるより先、殺されても文句の言えない人間がもしいるとしたら、それは自分にとってだれなのだろうと、洋一は自問していた。問う必要もなく、答えはわかっている。ただ、確認をしたかった。一度はっきりと、自分の命をある女の前に差し出したことがあった。そのとき、妙に幸福な気持ちになったものだ。恐さではなく、ほっとしたような気持ち。やはり、逃げようとしたのかもしれない。しかし長くは続かなかった。直後、意志に反して巻き起こった力が、自分の身体だけではなく女をもなぎ倒していた。そうだ、なぜ、発作的にマグロ船になど乗ってしまったのか……、あのときの力の源をより強固にするための衝動だったと、洋一は思い至った。海という自然との闘いにより、養われる力がある。

キャビンのドアが開き、機関長の上田《うえだ》が油まみれの顔をのぞかせた。なぜ、船乗りになったのかまるで合点がいかないタイプの四十三歳の男だ。動作は鈍いが、思いやりのある性格のせいで皆から慕われている。彼にとっての適所は間違いなく船以外のところにあると、だれもが認めていた。しかし、それがどこなのか、彼にも彼の家族にも彼の友人たちにもわからない。結局わからないまま、上田は残りの人生を海に捧《ささ》げるのだろう。

「おい、だれかちょっと手を貸してくれねえか」

半開きのまま、上田は悠長な声を出した。

「どうかしたのか」

酒のなみなみとつがれた湯飲み茶碗《ちゃわん》を口の前で止め、すぐ近くにいた二、三人の男が振り返った。

「水越が階段の下に倒れている。動けねえらしいんだ。手を貸してくれや」

上田が言うと緊迫感がそがれ、そのせいで周りの人間の動きまでスローになる。大時化《おおしけ》の時もこの調子なので、却《かえ》って頼もしく映ることもあった。

「よっしゃ」

と三人の男が同時に立ち上がった。たぶん、水越のやつ、階段から足でも滑らしたんだろうと、だれもがその程度の異変としか取らなかった。

「おやじ、ちょっと来てくれねえか」

上田は波よけ甲板にいる重吉に向かって手招きをした。波よけ甲板からキャビンに行くには一旦《いったん》胴の間に降りなければならない。上田が重吉を呼ぶとは、これはただごとではないなと、さっきから操舵室の様子をうかがっていた洋一もその後にしたがって階段を降りた。上田はめったなことでは動じない。彼が船頭を呼び寄せる場合、それは緊急時に限られる。

水越は、操舵室からキャビンに降りる階段下の暗がりで、放心状態で座り込んでいた。下半身から力が抜けきってしまったらしく、薄緑色のジャージの股《また》のあたりに色濃い染みができている。

「漏らしゃぁがった」

うしろのほうで、だれかが呟《つぶや》いた。口に出さずとも、狭い空間にたちこめた臭いですぐにわかることだ。三人の男たちをわけて重吉が進み出て、水越の腰から下、足のあたりに手を当てた。骨にも筋にも異常は見られなかった。顔の表情や座り方からしても、階段から滑り落ちたのとは違うようだ。

「おい、どうしたんだ?」

重吉は、正面から水越の目を見据えた。目の色が変わっている。

「な、なんでもありません」

水越は、壊れそうなほどに肩を揺らせ、震え声で言う。

「なんでもねえわけないだろ」

「いえ、ただちょっと」

水越は立ち上がろうとして、キャビンの廊下の壁に手を這《は》わせた。手を貸そうとする上田を制し、重吉は水越の動きを間近から見守った。水越は正座の姿勢から立て膝になるのが精一杯で、それ以上はどうしても身体が持ち上がらなかった。

「おい、立てねえのか？」

非難するのではなく、驚きと哀れみを込めて、重吉が訊《き》いた。水越は困惑の表情を浮かべる。自分の身体に起こりつつあることが、わからないのだ。立てるはずなのに、立てない。腰のあたりで身体をひねり、両手を壁に這わせる手の震えには、理解不能からくるもどかしさがにじみ出ている。

「あそこから、落っこちたのか？」

上田は悠長に顎《あご》で階段の上を指し示すが、水越は立とう立とうとあせるばかりで、返事をしない。やがて、水越の顔はくしゃくしゃと歪《ゆが》み、力尽きて廊下にへたり込み、涙を流し始めた。ぶざまで、男が泣く姿としては、これほどみっともないものはなかった。

「よぉ、おやじ。こいつ、一体どうしちまったんだ？」

「階段から転げ落ちて、骨でも折ったんと違うか？」

「でもよぉ、どこにも怪我はないみてえだぜ」

若い甲板員が次々と口を開いた。水越の身体に触れさせまいと、両手を広げていた重吉は、その手を水越の狭い肩に乗せた。

「立てるか？」

水越は泣き声を上げた。その声の上げ方は、思うように下半身が動かないことを切に訴えている。

しかし、洋一には、水越の身に起こったことの見当がある程度ついていて、怒りを込めて階段を振り仰ぎ、はっきりと周りに聞こえる声で「宮崎、おまえ、水越に何しやがった」と口走った。

洋一の言葉を合図としたかのように、操舵室《そうだしつ》のドアが開いた。宮崎の身体が逆光の中に浮かび上がっている。操舵室のガラス窓には午後遅くの陽が注ぎ、その光を背に受けているため彼の顔の表情はよくわからない。だが宮崎は、「そんなところで、みなさん、何してるんだぁ」としゃあしゃあと言ってのけた上、半開きのズボンのチャックを上げたのだった。

「おい、みんな、水越をベッドに運んでやってくれ」

宮崎の顔を見ると同時に、重吉は目をそらせ、若い者に命令を与えた。

「着替えも忘れねえようにな」

その場にいた人間の中で、精神的なダメージによって水越の足が立たなくなったのだろうと判断したのは、わずかに洋一と重吉だけだった。そして、そのダメージを与えたのが宮崎であることにもふたりは薄々気付いていた。彼らだけは、操舵室のガラス越しに見えた宮崎の横顔と、そのすぐ横で浮き沈みする水越の頭部を、はっきりと見ていたからだ。

熟練の船乗りである重吉は、何度か水越の陥った症状に出会ったことがある。典型的な心因性反応であり、当然外傷は見当らない。彼の場合、立ち上がろうとする意志はあるのに、肉体がいうことをきかないのだ。横臥《おうが》したまま起き上がれなくなった船乗りを、何度か目にしたことがあった。珍しい例では、喉《のど》に痙攣《けいれん》を起こして一言も喋《しゃべ》れなくなってしまった男もいる。多くは、「環境に適応できなかったから」という理由で片付けられてしまう。船という閉鎖世界のため、心因性反応を起しても、即座に環境を変えることもままならない。地方公務員という日常に嫌気が差し、海に活路を見いだそうとした水越ではあったが、自然は正直に彼の肉体を拒絶しにかかった。いや、それ以上に宮崎による悪意のこもったいじめが直接の原因なのだろうが、海が水越の住む場でなかったのは確かだ。おそらく、陸の文明社会に戻りさえすれば、水越の病気は癒《い》えるだろう。

　航海に出て半年もたたぬうち、人員をひとり失う痛手に、重吉は「ちぇ」と舌を打った。船に乗せたままで、水越の回復を待つのはまず不可能だ。ここはひとつ予定を早め、洋上診療補給船に水越を移し、そこで治療を受けながら日本に帰ってもらう他なかった。ただ、そのぶん人員を補充するかどうか、重吉は迷うところだ。いくら働きの少ない素人船員とはいえ、船内でのヒエラルキーを考えれば水越は必要な存在だった。水越が抜ければ、洋一の肩に二人ぶんの重さがかかることになる。その重みに耐え切れず、洋一までつぶれる恐れがある。重吉は洋一のことが気になり、狭い廊下で振り返った。前方では、水越の船室のドアが開かれ、何人かの男の手によって横抱きにされた身体が運び入れられるところだった。振り向くと、そこには、さっきと同じ姿勢で、階段の上、操舵室の入口に立つ宮崎とじっと目を合わせる洋一がいる。重吉は廊下を戻り、洋一の肩を押して、明るい日差しの胴の間に連れ出した。そうして、なにをするんですか、という顔の洋一をぐいぐいと押し、胴の間の端、ラインホーラーのあたりに腰を降ろさせる。

「一人前に喧嘩《けんか》もできねえようなやつはおれの船に乗せねえ、そう言ったのは重吉さん、あんたですよ」

あぐらをかくなり、洋一は勢い込んでそう言った。

「ばか、宮崎は相手にするな」

「なぜです？」

「理由などない。あいつは特別なんだ」

どう特別なのか訊こうとして、洋一はためらい、考え込んでしまった。それは、第七若潮丸の船内に漂う奇妙な不調和と関係があった。もっと正確に言えば、船頭の高木重吉と宮崎昭光との関係だった。重吉は、宮崎になにか負い目がある、そういった気配を洋一は確かに感じるのだ。

「宮崎と、なにかあったんですか？」

洋一は詰問した。宮崎の勝手な行動を押さえるのは、船頭の責任でもある。

タイプが違うとはいえ、洋一は水越をある意味で尊敬していた。というのも、水越には、自分の人生を捜そうとする真剣さがあったからだ。公務員という安定した地位にありながら、そこに安住することなく、おそらくだれが見ても畑違いの船の生活に挑戦する覚悟は、破れかぶれで乗り込んだ洋一からすれば賞賛に値する。並大抵のことでは、コースからはずれる勇気は湧かないものだ。束の間《つかま》の自由時間に、洋一はよく水越と言葉を交わした。こと体力という点では、洋一のほうが水越より圧倒的に勝っている。だが、道を捜そうとする「あがき」においては、五歳年下の水越に負けると常々感じていた。持って生まれた体力、知力は人それぞれ異なる。与えられた領域の中で、精一杯あがかなければ生きる意味がないことを、洋一は水越から学んだつもりだった。その水越が、今、小便をたれ流し、自ら立つこともできぬ身体になっている。やり切れぬ思いだった。

「宮崎が嫌いか?」

重吉は穏やかな声で訊いた。

「あたりまえですよ、あいつのせいで水越は……」

「宮崎のせいなのか?」

「あいつは、特におれと水越をいじめた」

「いい大人が、いじめた、なんて言葉を使うんじゃねえ」

「じゃ、なんて言えば……」

「大学出だろ。考えろ、そんなこと」

——他になんと表現すればいい。

洋一の脳裏には灰色の光景が浮かぶ。時化《しけ》の操業で、胴の間には海水が流れ回り、へたをすれば舷側《げんそく》を跳び越えて海にまっさかさまという状況の中、それでもどうにか恐怖に耐え、エラやはらわたを取り除く通称「解剖」と呼ばれる作業をしている水越に向かって、宮崎は動作が鈍いと魚かぎで尻《しり》を突いたのだ。「バカヤロー、なにモタモタしてやがる。てめえを解剖しちまうぞ」という悪意に満ちた罵声《ばせい》と共に。

「なぜ、あんな野郎が、この船にいるんだ」

言いながら、洋一は身体中の筋肉が硬くなるのを感じた。握り締めた拳《こぶし》で、鉄の柱を打っている。

「おれもそう思ったことがあったさ」

重吉は立ち上がり、周りを見回して人のいない場所を捜した。そうして、「ちょっと来ねえか」と洋一を船尾デッキに導いてキャプスタンの上に腰を降ろし、「おまえには、言っておいたほうがいいだろうな」と、はるか二十五年前の体験を話し始めたのだった。

右舷《うげん》側の彼方《かなた》を、またひとつ島がゆっくりと流れてゆく。その島ではなかったが、重吉の体験談は南方の孤島と深く関係があった。

訥々《とつとつ》と語るうち、重吉のまぶたには燃え上がる炎が甦《よみがえ》った。同時に、肉の焦げる異臭が鼻をつき、鎖骨下の動脈を切断した感触が手の先から胸へと這《は》い上がってくる。血に濡《ぬ》れた口、折れた歯、前後バラバラの、断片的な映像。しかし、洋一に理解させるためには、順序通りに並べ替えなければならない。ヤシの木の下に寝かされた死体が、ものごとの始まりではなかった。それは結果に過ぎない。では、始まりがどこにあるのだろうか。重吉は中途半端なところから話し始めるより他なかった。

直後の映像の鮮明な記憶のせいか、重吉はきっかけが何だったのか、忘れかけていた。以後のことは、かなり正確に覚えている。だが、なぜあの男が、喧嘩をしかけてきたのか、非は自分にあったのか、それともいつも通り実習生への単なる言い掛かりだったのか、本当にあの男のいうとおり自分はニヤニヤと笑みを浮かべていたのか、今となってはどうしても明らかにすることができない。

スコールを降らせた雲の切れ間から、カロリン諸島の島々が鮮やかに浮かび上がろうとしていた。当時、航海士見習いの実習生として、百三十五トンのマグロ船第二海宝丸に乗り組んでいた二十歳の重吉には、急激に移りゆく空の色をのんびりと眺めている暇はなかった。これで最後という揚げ縄で、二メートル近くもあるメバチが次々と引き上げられていた。血走った漁師たちの目と、怒号の中、だれかが自分の名前を呼んでいるような気がして、わけもわからず振り向いたところ、重吉は脳振盪《のうしんとう》を起こして甲板に倒れた。ことの始まりはそれだった。ぼんやりとかすむ視野に突然ひとりの男が入り込んだかと思うと、次の瞬間には空と胴の間が上へ下へと回転していった。

「なに、ニヤニヤ笑ってやがる！」

という声が耳の奥に残っている。自分が笑っていたという自覚もなく、殴られたとわかるまでずいぶん時間がかかったような気がする。

この操業が終われば、餌はなくなり、帰途につかねばならない。大漁とはほど遠い状態だったが、餌が底をついた以上、母港へ帰るほかなかった。いつもなら、帰港を直前に控えれば漁師たちの目には喜びと期待の色が宿る。しかし、今回に限って彼らの気は重い。当時、満船になれば、漁師たちは陸《おか》で働く数倍もの収入を得た。しかし、今回の出漁で得られる額はしれていると、だれもが予想していた。正月前の帰港なら、たとえ漁獲量は少なくとも相場に期待できようが、夏場ではそうはいかない。特に、家族持ちの漁師にとって、これは死活問題で、最後の揚げ縄の喧噪《けんそう》の中には、もっていきどころのない不満が充満していた。しかし、航海士見習いの実習生という立場で船に乗り組んだ重吉にしてみれば、学生という身分のため収入に関する不満などあろうはずもなく、三ヶ月ぶりで日本に帰れるということがただひたすらうれしかった。日々の睡眠時間が三、四時間という、この地獄から早く逃げ出しさえすればそれでよかったのだ。

その男の言葉を信じれば、重吉は、ビンダマを引っ張ろうとして、手をとめ、ふと頰を緩めたらしいのだ。今思えば、国に残した恋人の顔が脳裏に浮かび、笑いかけたのかもしれない。だが、妻と幼い子供を持つその男は、重吉の笑い顔に神経を逆なでされた。次の航海に出る頃には、既に航海士という地位についているであろう水産講習所の学生が、小憎らしくて仕方なかった。いずれは船長になり、まかり間違えば、自分はその下で働くことになるかもしれないのだ。こんな若造にこき使われる自分の姿を考えるのは辛《つら》く、情けない。ことあるごとにいじめてきたつもりだったが、まだニヤニヤ笑うほどの余裕が残っていることにもむしょうに腹が立った。

殴り倒された直後、船首右舷側で砕けた波に船は傾き、重吉は仰向けのまま胴の間をずずと滑って舷門《げんもん》の横の船べりに頭を打ち付けた。裏返ったカエルのようなぶざまな格好だった。目の下がくすぐったく、手で拭《ぬぐ》うとねっとりと血が付着している。傷口が、舞い上がった波しぶきを浴びて痛んだ。男は、殴っただけでは気がすまず、アップアップと溺《おぼ》れる格好の重吉の股間《こかん》を蹴《け》り上げようとした。それまでどうにか保っていた重吉の理性がぷつりと切れた。腰をひねって裏返しになると、彼は素早く起き上がり、「このやろう！」と身構える。

あともう少し辛抱すれば日本に帰れるというほっとした気持ちは、瞬時にして闘争本能にとって代わった。重吉自身航海の間中、この男に我慢していた。男は、十歳年上の熟練の船乗りだったし、立ち居振舞も漁師としては堂にいったものだ。ただ、性格の特異さと、短気のせいで、仲間からはつまはじきにされ、孤立していた。特に船頭は、なにかにつけて反抗的な態度を取るその男を、心底嫌っていた。重吉が、男の挑戦を受けて構えたのには、そういった背景があった。いざというとき、船の仲間は自分の味方についてくれるだろうという楽観。そういった、船の上での力関係のバランスを量る目は、意識したものではなく、「このやろう！」とタンカを切るとほとんど同時に、見開かれたものだ。

刃向かおうとする重吉を見て、男は少したじろいだが、表情も変えず、重吉に飛びかかっていった。

旧型の氷蔵船第二海宝丸に乗り組んだ二十四人の男たちはいずれも一癖も二癖もある海

の荒くれ者ばかりであった。刺青《いれずみ》のある者もいれば、これみよがしに甲板でナイフを研ぐ者もいる。船長の目を盗んで持ち込んだ拳銃《けんじゅう》を、自慢気に仲間に見せる者さえいた。彼らは、すきっ腹に焼酎《しょうちゅう》を流し込みながら花札をし、勝ち負けのバランスが著しく崩れたり、アルコールを飲み過ぎたりして、よく喧嘩《けんか》を起こした。一旦《いったん》喧嘩になると、周りの男たちは、すぐには止めなかった。存分にやらせ、勝敗が決したあたりで、「もうそのへんでよさねえか」と止めにはいる。止めるのが遅れて、片方が死ぬこともあった。ただ、いくら喧嘩の相手とはいえ、海に放り込むことは滅多になかった。それは、海の男の仁義ともいえるものだ。ナイフで殺し合うのは構わないが海に投げ捨てるのはタブー、妙な話だ。だが、こういった暗黙の掟《おきて》もなく放置すれば、派閥に分かれて争いが起こった場合、笑い話ではなく船の上にはだれもいなくなる。喧嘩の最中、相手が海に落ちそうになれば、手を伸ばしてこれを助け、引き上げておいて喧嘩の続きをすればいい。

　重吉とその男の喧嘩も、周りの男たちは始めのうち黙って見守った。いや、見守るというほど時間はかからなかった。

「喧嘩する暇があったら、さっさとしょうばいに戻らねえか！」

　という船頭の怒鳴り声がどこからともなく聞こえた。魚かぎに獲物を引っ掛けたまま舷門の途中で止め、「喧嘩だ！」の声に振り向いた拍子にメバチを取り逃がした漁師は、甲板長にさんざん頭をひっぱたかれた。ラインホーラーがカタカタと延縄《はえなわ》を巻き上げていく傍らで、放り投げられたメバチはエラを取られ、内臓を抜かれている。それぞれがその持ち場で漁を続ける中、重吉と男だけが持ち場を離れ、とっ組みあった。

ほんの一発二発顔面やら頭などを殴り合っただけで、ふたりはすぐに組み合い、胴の間を転がった。相手の鼻先に頭突きを食らわせ、膝頭《ひざがしら》で腹を打ち、馬乗りになって顔面を殴り合い、痛みを感じる余裕もなく重吉の目は闇に包まれていった。そして、闇の底からじわじわと殺意が湧いてくる。相手からも同じ思いが感じられた。やるかやられるかの闘いには、恐怖よりも高揚感があった。突如、腿《もも》のあたりに、これまでとは異なった鋭い痛みが走った。相手の右手に握られた刃物のきらめきから、長靴に隠し持っていた手製のナイフで刺されたらしいことがわかった。重吉はナイフの握られた相手の右手首を両手で支えた。力尽きれば、そのまま自分の命をなくすことになるのだ。そして、どうにか相手の手首を逆にひねり上げたとき、横波を受けて船はもう一度大きく揺れた。耳元で悲鳴が上がった。夥《おびただ》しい血が重吉の耳と肩に降り注いでいる。手首を逆にひねり上げたところ、船の揺れでバランスを崩して男が重吉の上に倒れ込み、ナイフで男の左肩を突き刺してしまったらしいのだ。ここに至ってようやく、潮に濡れた長靴独特の足音が四方八方から近づき、重吉と男は引き離された。男の身体が眼前から消えると、重吉は久しぶりのように太陽の光を浴び、仰向けに倒れ、ぜいぜいと胸を上下させた。時間の感覚が麻痺《まひ》している。たぶん一分かそこらの短い闘いだったが、それ以上に長く感じられた。

仲間の漁師たちは、重吉よりも、相手の男の身体を心配気に見下ろし、「やべえぞ、こりゃ……」という声を口々に漏らしていた。肩口をナイフで刺したくらいでなにを大げさにと、上半身を起こして横を見ると、男の肩からは血が噴出している。しかも、取り囲み、見下ろしている男たちの顔には、諦《あきら》めの表情が浮かんでいた。どうも、ナイフの刃先は、左肩鎖骨下の動脈を切断してしまったらしいのだ。なす術《すべ》もなく、漁師たちに見守られる中、男は息を引き取った。メバチのはらわたやエラの散乱する胴の間に、身体中の血を浴びせかけたあげくの死だった。

漁は一時中断され、船頭、船長、機関長始めすべての乗組員が胴の間に集まった。もちろん、死体をどう始末するか相談するためである。冷凍設備の整った新鋭船なら話は簡単だった。死体を冷凍して日本に持ち帰れば、それですむことだ。しかし、旧型の氷蔵船ではそうもいかず、日本までの航路と熱帯から亜熱帯に至る気候を考えれば、このまま持ち帰るわけにはいかなかった。乗組員が船の上で死んだ場合、船頭の権限で水葬にすることは可能だ。だが、第二海宝丸の船頭はためらった。前の航海中、やはり事故で乗組員を亡くし水葬にしたところ、死んだ男の家族から文句が出て一悶着《ひともんちゃく》を起こした経験があったからだ。

そのときちょうど、第二海宝丸はカロリン諸島のひとつと思われる無人島のすぐ近くを行き過ぎるところだった。燃えるような日差しを浴びるその島影からひらめきを得て、船頭は判断を下した。ボートで死体を島に運び、そこで茶毘《だび》に付せばいい。遺骨を日本に持ち帰るのだ。ところで、だれにこの任務を遂行させるべきか。ことの起こりの張本人たる重吉に、その罰の意味も含め、ひとりでやらせるのが筋だろう。

翌日の朝早く、第二海宝丸は投錨《とうびょう》し、ボートを降ろした。死体とともに乗り込んだ重吉は、徐々に離れていく船べりを見上げながら、心細さを増していった。心細いなんてものではない。海の色までが、凄味《すごみ》を帯びてきたように感じる。胸に、つい数日前まで佃煮《つくだに》の貯蔵に利用していたガラス製の容器を抱き、ポケットにはオイルライターが入っていた。積み上げた熱帯の木々にライターで火をともし、男の死体を焼き、遺骨をこのガラス瓶に詰めて持ち帰る……、そこまでが重吉に科せられた仕事だった。一度だけ、火事跡で焼死体を見たことがあった。まだ、十歳になるかならないかの頃だ。焼け焦げた死体は、一見しただけでは人間とわからず、肌の色や血の色、目鼻立ちまでが消えて黒に染まり、そのせいで生々しさを失っていた。「目」というものを消せば、畏怖《いふ》もある程度消える。ところが、今、男の死体はオールをこぐ重吉の足元に横たわり、いくら顔をそむけて見ないようにしても、どこかしらに男の視線を感じてしまう。自分の手で引き抜かれた命だった。太陽が昇り始めると、見る角度により、青白い頬は時折生きているかのように輝くこともあった。

やがて、重吉のボートは島の砂浜に乗り上げた。

船の上から眺めたとおり、島に人影はなかった。島の反対側の海岸か、あるいは密林の内部に集落のある可能性もあったが、少なくとも海岸の様子からは人の住む気配は感じられない。重吉は、海に向かって湾曲したヤシの木にロープをもやい、砂浜へとボートを引き上げた。そして、マングローブの密林を分けてしばし中の様子をうかがい、ボートから死体と軽油の入った缶を降ろした。太陽は刻々と高さを増し、風は止まっている。沖に停泊中の第二海宝丸は島からちょうど真東に位置し、デッキで動くいくつもの人影は、真っ黒く見えた。死後十五時間を経過した死体は、暑さのため腐臭を発し始めている。

どうやって人間を焼けばいいのか、重吉にはわからなかった。ただ焦がすだけなら造作もないことだ。しかし、広口のガラス瓶に収まるまで火力で肉をそぎ落とし、灰に近い遺骨にしなければならない。ともかく薪になる木々を集めようと、重吉はマングローブの茂みに分け入った。

火を起こそうとする意思を砕き、植物はみな青々としてみずみずしい。ブーゲンビリアだろうか、燃えるような紅色が緑にアクセントを添えているのを見て、重吉は先輩船乗りの自慢話をふと思い出した。大漁で帰途についた南洋の海でのこと、船を停泊させて島で遊ぼうということになり、男たちはヘアリキッドの入った小瓶を頭に縛りつけてそれぞれ泳いで島に渡った。そうして、待ち受ける島の娘たちの身体にヘアリキッドをべたべたと塗りつけ、褐色の肌の滑りをよりよくして、戯れ合ったのだった。若い重吉は、話を聞きながら、その光景を思い浮かべ、「すげえ」を連発したものだ。男たちが島を去るときに娘の髪に差したというブーゲンビリアの花は、今は炎の象徴のように、真っ赤に咲いている。

それでもどうにか、重吉は倒れた木々を拾い集め、たぶんこうするのだろうという方法で櫓《やぐら》を組んだ。そうして、木と木の隙間に、南国特有の柳のように細く柔らかな松の葉をかきあつめて、敷き詰めた。松の葉だけが、わずかに黄色味を帯び、燃えやすそうな色合いを放っていたのだ。その上に軽油を降りかけると、珊瑚礁《さんごしよう》を下敷きにした堅い砂浜に、即席の火葬場が出来上がった。重吉は死体をその上に乗せ、少し離れてバランスを見た。オイルライターを握りしめたまま四方八方から眺めるだけで、それ以上先に進めない。火をつければ、たぶん死体は燃える。自分の手で殺した人間を、重吉は今さらながら、あらゆる角度から眺め続けた。高さを増してゆく太陽にさらせば、火の力を借りずとも、肉体は黒くひからびて小さくなるだろう。

軽油の臭いは、その場にそぐわなかった。彼はもう一度密林に分け入り、ブーゲンビリアの花を何本か摘み、死体の胸の上に置いた。罪の意識もなければ、後悔もなく、日本に帰った自分にどんな運命が降り掛かるのかも考えなかった。目に鮮やかなヤシの林を背景に、真っ赤な花に包まれて横たわる男の死体。プンと鼻をつく軽油。熱帯に突如作られたこの絶対的な不調和を前にして、重吉は畏怖した。神に近い存在だった。血が抜けて白くなった男の顔は、神々しい。手に持った木の切れはしに火をつけ、重吉はぽんと放り投げた。

音を立てて燃え上がる炎は、ほんの一瞬、死んだ人間に再度生命を吹き込んだ。男は顔を歪《ゆが》めて反り返り、下に押しつけられた頭と足は、それを支える木の枝をがさがさと揺らして折った。口が小さく開き、叫んでいるようにも見える。足もとのほうにいた重吉は、頭へ回り込み、男の喋《しゃべ》る言葉を聞こうとした。男は口をとがらせ、泣き言を並べている。髪の毛をジリジリと逆立て、何を言おうとしているのか……。

風が起こり、煙と異臭が一方向に流れ始めると、重吉は空を見上げた。遠くの地平線で雲が動いている。せっかく燃え上がったばかりのところへ、スコールがきたりするとやっかいだった。早く骨になってしまえと、棒の先でつつくと、焦げて堅くなった皮膚を破ってはらわたがとび出してきた。そこにはまた別の生き物がいた。はらわたは、むくむくと盛り上がり、新しい火にあおられて色を変え、形を変えていった。人間の身体が燃えてゆく過程をつぶさに眺めるうち、その色も臭いもなにもかもがしっかりと頭に刻み込まれた。重吉の内部で、同時にめらめらと燃えるものがあった。細胞の燃焼。火が弱まると、重吉はその部分に軽油をかけた。ところが、なぜか足先だけが身体の他の部分に比べて焼け残っていた。黒い棒と化した骨の先端に、まだ肉の残る足の爪先《つまさき》が見え、重吉は何度も何度も足先に軽油をかけなければならなかった。火力の強いほうに押し込めても、指先の爪はなかなか黒くならない。二本の足の先は、最後まで抵抗して燃え残った。

そうして、約八時間かけ、男の肉体は黒い骨と化した。ガラス瓶に詰めて第二海宝丸に持ち帰ったときには既に夕暮れが迫り、西の海面が赤く染まりかけていた。男の身体は黒い骨となったけれど、重吉の頭髪は逆に白く変わっていた。火と肉の焼ける臭いが身体と心を一日足らずのうちに老いさせたことに、仲間に指摘され重吉は初めて気付いたのだった。

3

「なあ、おれは何歳に見える」

重吉にそう訊《き》かれて、洋一は首筋から顎《あご》にかけての深い皺《しわ》をまじまじと見直した。潮と陽に焼かれて、ところどころに斑点《はんてん》が広がっている。首から上だけを見れば、七十歳過ぎの老人だった。だが、こんな問いをするところを見ると、見かけよりもずっと若いに違いない。

「こう見えても、四十五歳だぜ」

重吉が言った。

「若いですね」

「あの一件で、めっきり年をとっちまいやがった」

死体を無人島で焼いて船に戻ると、「おい、どうしちまったんだ、おまえ」と重吉は仲間たちにのぞき込まれた。恐る恐る鏡に向かい、そこに十歳以上も老け込んだ自分の姿を発見したのだ。変わったのは外見だけではなく、それから日本に帰り着くまで重吉はほとんど口をきかなかった。殺人という行為より、たった一人熱帯の孤島で、人間を焼いて灰にした行為が、心身ともに変化を与えたのだ。

「遺骨はどうしたんですか？」

洋一が訊いた。

「もちろん、家族に渡したさ。女房と、幼い子供がいてよぉ……」

帰港するとすぐ、重吉は殺した男の家に出向いた。薄暗い畳の部屋で、彼は、佃煮用のガラス瓶ではなくちゃんとした骨壺《こつつぼ》に入れた遺骨を、無表情な女の前に差し出した。女は暗い顔でうつむいていたが、夫の死を悲しんでいる様子はなかった。事情を説明しても、「はあ」と力なくうなずくばかりで、憎しみをあからさまにされる以上のやるせなさを、重吉は感じた。妻であっても、常に海に出ている夫に愛情を抱いてないのだろうか。それどころか、船の上での男の行動から量れば、この陰気な女房を大事に扱っているとは思えず、男の暴力から逃れ、女はむしろほっとしているようにも見える。ただ、これから先、幼い子供を抱えて、どうやって暮らしていけばいいのかと、曇りがちな頭で、一生懸命そのことだけを考えている様子がうかがえた。

事故、あるいは正当防衛とはいえ、人ひとり殺したにもかかわらず、重吉の罪は本当に裁かれなかったのだろうかと洋一は気になった。船乗り同士口裏を合わせ落水事故として葬ったというが、重吉に反感を持つ人間が真実を漏らさないとも限らない。しかし、それ以上に、気になることがあった。

――このエピソードと宮崎昭光の間に一体どんな関係があるっていうんだ。

考えながら、洋一のイメージの中、母の傍らに座る子供の姿がクローズアップされていった。ふとひらめくものがあった。

「幼い子供って、男の子、ですか?」

「ああ、そうだ」

洋一は、間違いないという確信を得た。

「その男の子が、宮崎なんですね」

重吉は、やっとわかったか、というふうに洋一のほうに顔を向けた。

「そうだ。あいつも、おれが殺した父親同様最低の男だ。だが、わかるか。おれには責任がある」

父と息子の血の濃さを思い、重吉はブルッと身を震わせた。宮崎が常に足が熱いと言い回っていることを、重吉は知っている。一度など、宮崎が両足を毛布の端から出して寝ていると噂で聞き、この目で確かめようとしたこともあった。夜中、彼のキャビンのドアをそっと開けると、噂通り足の先だけがニョッキリと外に出ているのが目に入った。茶色の毛布が火のように見え、重吉の背筋は凍えた。嗅覚《きゅうかく》の記憶までが甦《よみがえ》り、重吉の鼻は肉の焼ける臭いを再現していった。焼け残った足の先にかけた軽油の臭い、積み上げた木々の隙間から、やはりニョッキリとはみ出した両足は、記憶に生々しい。火に包まれた足の熱が怨念《おんねん》とともに、息子の血の中に伝わってしまったのだ。重吉は我を忘れ、恐怖のあまり叫び声を上げそうになった。

殺した男の息子に対して、重吉はどんな責任を持つべきなのか。また、責任は生涯持ち続けねばならないものなのか。それは個人の問題だろう、と洋一は思う。重吉は、自分に科している。法の裁きを受けなかった代償として、残された遺伝子への責任は持つ。たぶん、彼の性格からすれば、生涯持ち続ける以外にない。

「重吉さん。あんたは、宮崎に対して責任があるかもしれない。でも、おれには何もない。あんたと宮崎の関係を知ったとしても、おれにとって宮崎は相変わらず嫌なヤローなんだ」

「もちろん、そうだろう」

「これ以上あいつをのさばらせて、船の中の秩序が乱れるとしたら、船頭としてなんらかの手段を取るべきだ」

「排除する、のか？」

排除という言葉が、どこか凄味《すごみ》を持って聞こえた。排除とは、ようするに、あってはいけないモノをそこから取り除きなくしてしまうことだが、重吉が、宮崎の父親に対してしたことはまさにその言葉通りのことだ。殺した上、灰に変えてしまう。世界から跡かたもなく消し去る。

「別にそういうわけじゃ」

「なあ、洋一。宮崎は放っておくしかねえんだ。あいつを押さえ付けようとすると、船の上でとんでもねえことが起こりかねない。おれは、二十五年前、一人の人間を徹底的に排除した。船の仲間もおれと同じ気持ちと見越したからだ。だが、もう二度とあんなことはできねえよなぁ」

洋一は黙った。集団にそういった力があることを、小劇団という集団を経験したせいで理解していた。異質のものを排除するシステムは、閉ざされた狭い世界ほど堅固に出来上がっている。船は、喩《たと》えてみれば、海に浮かぶ閉鎖病棟のようなものだ。

「じゃ、どうすれば……」

「諦《あきら》めるんだな」

「諦める？」

「ああ」

「ちょっと待ってくれよ」

重吉は笑った。

「宮崎には構うな。あいつととことんやれば、片方が死ぬことになる。どっちが死ぬか……、たぶん、おまえだぜ」

誇張ではなかった。重吉の言葉は真実味にあふれている。言葉の響きに、洋一の身体はわずかに震えた。宮崎のような男と、殺し合いを演じると思うと怖気《おぞけ》をふるってしまう。それこそ犬死にだ。第七若潮丸に乗ることになったのも、いってみれば九死に一生を得たからだ。せっかく拾った命を、そんなことで無駄に失うわけにはいかない。新しい生き方を捜すために、未知の領域である、マグロ船の世界に乗り込んだのだ。死に場所を求めてではない。洋一はそう自分の胸に言い聞かせた。

4

　十月に入ってすぐ、第七若潮丸は南太平洋海域を就航する四千トンの洋上診療補給船・第二邦洋丸から燃料、食料、エサなどの補給を受けた。外地に寄港して必要物資を補給するだけでなく、マグロ船は定まった航路を就航する補給船からも補給を受けることができる。定期的に利用すれば、一回も陸に上がることなく航海を終えるのも可能だった。しかし、ときには陸に上がって乗組員の英気を養う必要もあり、洋上での補給は必要最低限度内に押さえられていた。

　日本の家族から手紙や荷物などが届いていれば各自受け取り、身体の不調を訴える者は、船医の診察を受けた。受け取るばかりではなく、逆に受け渡すものもあった。船乗りからの手紙類、そして、宮崎の悪質ないじめによって足腰が立たなくなった水越。船医の診察を受けた水越は、一種のヒステリー反応らしいと診断され、診療を受けながら日本に帰ることになった。無意識のうち船上の過酷な生活から逃避しようとして足腰が立たなくなったらしく、オークランドあたりの港で降り、そこから飛行機で日本に帰りさえすれば、おそらく心の傷も癒えるだろうと判断された。洋一は、水越の症状がそれほど重くないと聞いて、ほっと胸をなでおろした。互いに励まし合った戦友の離脱は残念だったが、日本に戻ったらまた会おうと堅く約束を交わし、洋一は水越を見送った。

家族のある船員は、ほぼ例外なく補給船に託された手紙や荷物を受け取った。洋一は何も期待していなかった。彼の家族といえば、年老いた母と広島に赴任しているサラリーマンの兄だけだ。母には、三崎から出港する前日、マグロ船に乗ることと、その船の名前だけを電話で知らせておいた。なにか言いかけた母を遮り、受話器を置こうとして、洋一は母の悲痛な叫びを聞いた。

「待っておくれ、この……」

咎《とが》める口調が、ガチャンと強く置かれた受話器の送話口から流れ出て、いつまでも余韻として残った。母は、「この、親不孝」と言おうとしたのだろう。とにかく、あまりに一方的な航海の通知だった。気を動転させ、怒る余裕も与えない作戦だったが、受話器を置く直前になって、母は怒りを爆発させたようだ。出港前の事件を思えば、母が怒るのも無理はなかった。心配ばかりかける親不孝な息子に母が荷物を送るはずもなく、荷物を受け取って喜ぶ仲間の船員たちを尻目《しりめ》に、洋一は寂しい思いで海面に目を漂わせていた。

ところが、そんな洋一も思いがけず荷物を手にした。宛名《あてな》は確かに真木洋一となっている。間違いなく、彼宛の荷物だ。ところが、送り主の名前にまったく思い当るところがない。

「すなこ、たけし」

彼は声に出して、三回ばかりその名を読み、響きを確かめた。どこか記憶の奥にしまい忘れているのだろうかと、小学校や中学校の頃まで遡《さかのぼ》って友人の顔ど名前を思い浮かべたり、養子に入って以前と名字が変わったのかもしれないと、姓と名を切り離して考えたりもした。しかし、どうみても心当りがない。差出人の住所が浜松になっているところを見ると、高校までの知り合いだろうと見当をつけた。洋一は十九歳のとき、大学入学のために湖西市から上京したからだ。

デッキを歩きながら、洋一は包みを開封してみた。中から出てきたのは、一本のビデオテープと封書だった。船乗りたちは、よく家族からのビデオレターを受け取る。日本を出て一年もすれば、ハイハイしていた乳児も歩くようになり、子供の成長を映像で見せられたりして屈強な船乗りたちが嗚咽《おえつ》することもしばしばあった。ビデオテープ自体は珍しくはなかったが、見ず知らずの人間から受け取ったテープに彼の好奇心はかきたてられた。キャビンに戻ると、部屋に備え付けのデッキにテープを押し込み、洋一は十四型のブラウン管すれすれに顔を近づけて映像が流れるのを待った。

画像は一旦《いったん》揺れ、病院らしき建物の白壁が映し出された。背景になっている木々の茂みから、蟬の声が降り注いでいる。夏の終わりを告げるオーシイツクツクという鳴き声。日本らしい風景と響きに、洋一は望郷の思いにかられたが、そんな感傷的な気分を吹き飛ばすようにして、ひとりの若い女性の姿が画面の中ほどを横切っていった。ゆっくりとした足取り……、以前よりも痩《や》せたようだ。髪の毛も長くなっている。化粧気のない顔。顔色はあまりよくなく、長い睫《まつげ》に縁取りされた瞳《ひとみ》は、わずかにうつむきかげんだった。

「さゆり……」

洋一は、呼びかけようとして、喉《のど》をつまらせた。

画像は一旦途切れ、次のシーンではベンチに腰をおろしたさゆりの姿が映し出された。ビデオカメラを持っている人間は、太陽を背にしていて、その影がさゆりの足元のあたりまで伸びている。若い男の声がすぐ間近から聞こえた。

――はい、さゆりちゃん、笑って。

――そうそう、そのまま正面を向いて。

――こっちだよ、こっち、こっち。

子供に対するような喋《しゃべ》り方。だが、聞こえるのは男の声ばかりで、さゆりは声ひとつ出さない。顔がアップになると、目の光が鈍くなっているのに洋一は気付いた。ここにいるのは、かつてのさゆりではない。

――ここはどこなんだ？

洋一は、もう一度差出人の名前を見た。

「砂子健史」

――今、カメラを構えているのが、砂子健史なのだろうか。

カメラはさゆりの身体を今度は斜めから撮《うつ》し、しばらくお腹のあたりに焦点を合わせてから、徐々に上がって横顔を映し出した。ベンチの向こうを、白衣を着た女性が二人連れ立って歩いていく。

――間違いない、さゆりがいるのは病院だ。どういうことだ？　まだ彼女は退院してないのか？　あれから、半年以上もたつというのに。

洋一は、この映像の意味するものを考えた。なにを訴えたいのだ？　意図はまだ不明だが、むしょうに腹立たしかった。捨てたはずのもの、逃避した現実が、こんなふうに海を渡って追ってくる。しかし、同時にまた懐かしく、愛《いと》しい。彼の胸は両極に揺れ、意識レベルでの制止もきかず肉体は激しく反応していった。嗚咽とともに涙が溢れ出たのだ。まったく予期しない反応だった。航海に出てから彼女のことを思うことはよくあった。しかし、これが映像の力なのだろうか、どうにも抑制がきかずあとからあとから涙がほとばしる。

さゆりは無言でベンチに座り、うつろな視線をカメラのほうに向けている。以前は輝きを放っていた瞳から、光が失《う》せていた。焦点の定まらないふたつの視線からはどんな感情も読み取れず、洋一は袖口《そでぐち》で目を押さえて画面から顔を逸《そ》らせた。後悔、という言葉が頭をよぎる。もう一方では、これでよかったのだという声。告発、そして自己弁護。彼は、弾《はじ》かれたように身体を上げ、我に返り、同封されていた封書を開いた。

前略　真木洋一様

突然のお手紙、さぞ驚かれたことでしょう。同封のビデオのほうご覧になりましたか。ご存じのこととは思いますが、映っているのは浅川さゆりという女性です。彼女は現在、浜松市郊外にある精神神経科松居病院に入院中です。七月二十三日の夜、中田島海岸にて入水《じゅすい》自殺を試み、そのショックで、記憶、言語、感情などあらゆる面で障害を受けてしまいました。

私はたまたま同時期に入院していてさゆりさんと知り合ったわけですが、なにしろ素人のため詳しい病状をうまくお伝えすることはできません。実は精神科の先生ですら明確な診断を下せない状態なのです。ただ、はっきりしているのは、コミュニケーションが一切閉ざされているということです。ですから、あなたのことは彼女の口から直《じか》に聞いたわけではなく、劇団パニックシアターの主宰者である宇神《うがみ》さんからうかがいました。失礼ながら、宇神さんからは、例の事件のこともうかがわせてもらいました。もちろん、いくらかでも治療の役に立てればという意図からで、人のプライバシーを覗《のぞ》き見する趣味からでは毛頭ございません。さゆりさん担当の精神科医（望月というとてもすばらしい先生です）から聞いた話では、治療を施す場合、それまでの病歴や家族歴等が非常に重要なヒントになってくるらしいのです。ところが、まったく身寄りのないさゆりさんからは、こういった情報を得ることが出来ず、治療はますます困難にならざるを得ません。ひょっとしたら、一生このまま外部と意思の疎通を欠いたままかもしれないのです。

そこで、お願いがあります。もしよかったら、彼女に関することをなんでもかまいませんから、お聞かせ願えないものでしょうか。私が調べた限りにおいて、あなた以上にさゆりさんと深く付き合った人はいないように見受けられます。まったく失礼な申し出であることは重々承知の上です。彼女の心に光を当てるためにも、ぜひ協力をお願いいたします。

そして、もうひとつどうしてもお知らせしなければならないことがあります。ビデオをご覧になってお気付きかもしれませんが、さゆりさんは妊娠しています。現在、妊娠六ヶ月ばかりと推定できます。この点につきましてもよろしくお願い致します。

九月二日　　　　　　　　　　　　　　　砂子健史

読み終わって、まず洋一は最後の文句が気に掛かった。

――この点につきましてもよろしくお願い致します、だと？　一体、砂子健史はおれにどうしろと言うのだ。さゆりを妊娠させたのがおれなのかどうか、知りたいということなのか。それとも、生まれ出る赤ん坊のことを少しでも考えるなら、一刻も早く日本に帰って母子ともに責任をとれと、そういうつもりなのか。

いずれにせよおせっかいこの上なく、彼は手にしていた手紙を握りつぶした。しかし、そのあとすぐ、さゆりが妊娠したという事実がじわじわと胸の底に定着していく。九月二日の時点で、妊娠六ヶ月。彼は、逆算した。数え方は、だいたい知っている。可能性がなくはない。

――たぶん、おれの子だ。

直感が働いた。と同時に、入水自殺を試みた理由も理解できた。妊娠が判明して、さゆりはその父親を捜した。そして、湖西の実家をつきとめて訪ね、洋一がマグロ船に乗って南太平洋にいることを知った。逃げられた、と悟ったのだ。洋上を漂う船の上と聞いては、追うこともできない。しかし、腹の中の子供はどんどん成長していく。あげくの果て、ノイローゼになって夜の海に飛び込んだ。太平洋に面した中田島の海岸、逃げた男と繋《つな》がりのある死に場所を選んだのだ。

手紙を読んでいる間も、すぐ横のビデオはつけっ放しだった。音がなかったので、映像が流れていることをしばし忘れていた。洋一は、もう一度画面を見た。まだ同じ姿勢で、さゆりは病院の中庭のベンチに座っていた。同じ表情で、膝《ひざ》の上に両手を乗せている。肘《ひじ》の当ったお腹の部分に目を凝らした。わずかに膨らんでいるように見える。見つめているうち、心臓の鼓動が高まっていった。すべてから解放されたいという思いに突き上げられ、彼はエジェクトボタンを押してテープを取り出し、手紙といっしょに乱暴に引っ摑《つか》みデッキに走り出た。そうして、助走をつけて、海に投げ捨てた。手紙のほうはすぐに離れ舷側《げんそく》にぶつかって海面に浮かんだが、テープは回転しながら弧を描き、小さなしぶきを上げて海に飲み込まれて消えた。洋一が望んだことだった。消してしまうこと……。これまでの生活をすべて捨て、新しい人生を見つけるため、船に乗ったのだ。にもかかわらず、こんなものを見せられてはたまったものではない。彼は、二度と思い出さないよう、映像を投げ捨てた。

──さゆりはもうおれの人生とは一切関係がない。たとえ、おれの赤ん坊を腹に抱いていてもだ。
反対の声も聞こえる。だが、彼は耳を閉ざした。ところが、決意とは裏腹に、砂子健史の質問に答えるかのように、さゆりとの経緯が順を追って思い出されてゆく。もはや返事を書くことはできない。差出人の住所もテープと共に海に没した。ただ、問題がどこにあったか、自問自答することはできる。さゆりとの出会い……、それはいつのことだったか。五年前の夏だ。学生生活最後の年。卒業を間近に控えても就職への決心がつきかね、サラリーマンになる以外になにか方法はないものかと、自分の生き方を模索していた頃のことだ。終わったのは、忘れもしない、半年前、鮮血とともに、さゆりとの生活は終わった。

5

一斉に木の幹に張りついていた蟬が飛び立った。洋一は驚いて顔を上げ、蟬の羽音が霧となって消えてゆくのを目で追い、上半身を起こした。すぐ横に迫る図書館の赤レンガの色が暖かく膚《はだ》に染み込み、周りを行き来する学生たちの喧噪《けんそう》が次第に大きくなっていく。蟬の羽音などすっかり消えている。大学の掲示板で見た就職案内に気分が暗くなり、目的もなくキャンパスを徘徊《はいかい》したあげく東門を見下ろす図書館前のベンチに横になってうたた寝をしてしまった。目覚めの瞬間に見た蟬の夢は生々しく、洋一は目をこすりながら空を見上げた。今にも蟬の声が聞こえてきそうだった。しかし、蟬の鳴く季節にはまだ一ヶ月ばかり早い。夢に奇妙な懐かしさを感じてしまう。過去に対する懐かしさならわかるけれども、近い将来に起こるであろう季節の変化を、夢の中で垣間見《かいまみ》て懐かしいと思うのは不自然だった。

まだ六月。にもかかわらず、学生たちは、群がっている。友人たちの会話の中身はほとんど就職に関する情報交換で、洋一は群れを避けてひとりでいることが多くなった。彼は立ち上がって、東門に至る坂を下り始めた。

坂を下りながら、歩道の街路樹の陰に止めたオートバイの傍らに、髪の長い若い女が立っているのが目についた。女は、四百ｃｃ単気筒バイクのスピードメーターをのぞきこんだり、ガソリンタンクのなめらかなカーブを両手でさすったりして、なにか特別な感情をバイクに注ぎ込んでいるようだった。自分のバイクが若い女に興味を持って扱われるのを見て、洋一は身体が愛撫《あいぶ》されるときのぞくっとする感覚を味わった。女は、薄いピンクのブラウスに、ふわっとしたグリーンのスカートといった服装だった。格好だけを見れば、まるでオートバイとは縁がなさそうだ。門のほうに背を向けていて、まだ顔は見えない。ただ、長い髪の分け目からは色白のうなじがのぞいていた。

近付いてくる洋一の足音にも気付かず、女は両手で抱くようにしてバイクを撫《な》で回し、アクセルを軽く握って開いたり閉じたりの動作を繰り返していた。洋一はすぐ横に立ち、ポケットからキィホルダーを取り出した。

「ちょっと、ごめん」

キィを指で回す動作で、バイクの所有者が自分であることをそれとなく告げた。

女は、「え?」と言いながら振り返った。

「あ、これ、あなたのオートバイ?」

「うん、そうだけど」

洋一はイグニッションにキィを差し込み、ハンドルロックを解除すると、改めて女の顔をのぞき込んだ。笑顔で顔が歪《ゆが》んでいた。無理な笑い顔……、しかし、その微笑が引くにつれ、卵型の整った顔立ちが明らかになった。

「ごめんなさい」

女はアクセルに置いていた手をそろそろと引いた。

「いや、いいんだ」

「これ、速いの?」

女は、もう一度バイクのほうに目を戻す。

「遅い」

洋一はぶっきらぼうに答えた。4サイクル単気筒のバイクが速いわけがない。

「そう、でも速そうに見える」

「2ストのゼロハンにだって負けるかもしれない」

「うそでしょ」

「ま、腕次第だけど」

「わたし、免許とろうかと思ってんだ」

「君が？」

「ヘン？」

「いや、変じゃないけど」

「あると便利なのよね、バイク。どこでも行けるでしょ」

洋一はヘルメットホルダーからヘルメットを取ろうとして、手を止めた。このままエンジンをかけ、走り去るのがためらわれた。ごく自然に、しかも女のほうからリードされるかたちで会話が弾んできたからだ。

女は、洋一と同じ大学の学生ではなく、劇団風社という小劇団に所属する女優のタマゴだと、自己紹介をしてきた。一ヶ月後に迫った公演のポスターをキャンパス内の掲示板に貼らせてもらうために、やってきたという。今、手に何も持ってないところを見ると、首尾良く任務を果たせたと察しがつく。掲示板と聞いて、また就職のことを思い浮かべてしまったが、そのすぐ横にこの女性の出演する芝居のポスターがあると思うと、洋一の心は和んだ。小劇団活動の実態は知らないけれど、応援してあげたい気分になってくる。

「乗せて！」

憧《あこが》れに満ちた目で、女はそう訴えてきた。言葉だけでなく、目も顔も身体も、表現できるすべてで、女はこのバイクに乗せて欲しいと訴えた。話の腰を折る、幾分唐突な申し出だった。

「ダメだよ、ヘルメットがない」

しかし、洋一の返事は事務的だった。たぶん、アメリカ映画かなにかだったら、即座にノーヘルでフリーウェイを飛ばすところだろうが、日本の都会でそんなことをしたら即座に捕まってしまう。

「ダメなの？」

女は残念そうに身をすくめた。

「無理だよ、おれ、あと二点で免停なんだ」

「そう」

女は残念そうな面持ちで、バイクのタンクを軽く叩《たた》いた。そこでふたりの会話は途切れた。どちらかが「じゃあね」と言えば、このまま終わってしまいそうな危うい雰囲気が、一瞬すっとよぎった。どこにでもいるナンパな男に見られるのが嫌で、洋一は喫茶店に誘うに誘えないでいた。口に出したとたん、自分が軽く見られるような気がしてしかたがない。出会いを大切にしたい思いと、自分を特別な人間と見做《みな》す自尊心の両方が邪魔をしている。

ところが女は、急に表情を変えると、こう言ってきた。

「じゃ、代わりに、お昼御飯ごちそうして」

本気か冗談かの区別がつきかねて、洋一はもう一度女の顔をのぞき込んだ。

「お願い、何か食べさせて。わたし、お腹ペコペコなの」

洋一は、イグニッションからキィを抜き取った。

「マジで、言ってるの？」

「うん」

知り合ったばかりの男にごちそうしてと言える大胆さが、洋一には新鮮に感じられた。なんとなく、以前からの友人のようにも思えてくる。例えば、初めてにもかかわらず以前どこかで聞いたと思えてならない曲があって、洋一はそういった曲を必ず好きになる。自分の感性の鋳型に合うものは、最初から決まっているのだろう。

洋一はキィをポケットにしまうと、「ついておいで」と、いきつけのコーヒーショップに女を案内した。

これが、洋一とさゆりとの出会いだった。その後ふたりは軽くランチをとり、名前と電話番号を教え合った。さゆりが元アイドル歌手と聞いて、洋一はさらに魅《ひ》かれた。多くの若者はこの女性に憧れを抱いたに違いないという幻想……、そして、その女性と今、一対一で向き合っているという幸運。ほとんど無名の歌手にもかかわらず、なにか自分が特別な人間になった気分にさせられ、洋一の自尊心はくすぐられた。

翌日、洋一は彼女のためにヘルメットを購入し、三日後にはさゆりをリアシートに乗せて三浦《みうら》半島にまでツーリングに出掛け、夜の海で泳いだ。一ヶ月後の劇団風社の公演に、洋一は手伝いに駆けつけ、酒の勢いと仲間たちの強い勧誘もあって、打ち上げの席で劇団への入団を決め、役者として生きる道を人生の選択肢に加えた。それとともに彼の就職に対する迷いは吹き飛んでしまった。サラリーマンとなる人生に言いようのない不満を感じていたのだ。だからといって、それに代わる生き方を持っていたわけではなかった。だが、さゆりとの出会いと、劇団への入団が、覚悟を与えた。洋一はふっ切れたようにアルバイトに精を出し、さゆりとの同棲《どうせい》生活へと入っていった。

一緒に暮らし始めてしばらくの間、洋一はさゆりの持つ暗い影に気付かなかった。歌のうまいエキセントリックな子という第一印象は、ふたりだけの時間が多くなるにしたがって歪んでいった。心の奥深くに見え隠れする不安定な性格が、生来のものなのか何らかの経験によって形成されたものなのかは、まだ判断のしようがない。しかし、それはなんといっても彼女の魅力のひとつだった。同世代の若い女性はみな個性に乏しく、そんな中にあってさゆりの摑《つか》み所のない性格は、神秘的な光を放っていた。

さゆりは2DKの小綺麗《こぎれい》なマンションを所有していた。前年亡くなった父から相続したものだ。母も、さゆりが生まれて二年もたたないうちに亡くなったような口振りだった。洋一は詳しく聞こうとはしなかった。父の死因、そして母の死因、真相には触れてほしくない気持ちが明らかで、洋一には聞くのがためらわれた。

もちろん、時々見せるさゆりの異様な側面を、両親共に死に別れたという事実に帰するのは簡単だった。しかし、あまりに一般的過ぎる解釈で、エキセントリックな性格の説明にはならない。洋一は、さゆりの心の奥底には、もっと何かがありそうな気がした。孤独だけではない、何かが……。

「助けてほしいの」

ある夜、ふたりで暮らす雪谷《ゆきがや》のマンションに帰るやいなや、さゆりはそう言って絨毯《じゅうたん》の上に崩れ落ちた。アルバイトが終わって流れ出た夜の渋谷で、劇団の仲間たちと酒を飲み「ただいま」と玄関のドアを開けたまではよかったが、部屋に入る一歩ごとに顔色を変え、とうとうへたり込んでしまったのだ。

「助けてほしいの」

もう一度、同じセリフを繰り返した。何から、どうやって、助ければいいのか洋一に説明するでもなく、ただ、助けてほしい、助けてほしい、と反復した後、今度は「追い詰められているの」と言い出す始末。稽古中《けいこちゅう》に見せるわざとらしいハシャギぶりからは想像もできない沈んだ声だった。絨毯に目を落とし、残暑が厳しいというのにときどきブルッと肩を震わせたりもする。ところが、「だれに追い詰められてんだ?」という洋一の問いに口を閉ざしたまま、さゆりはハミングを始め、歌詞を乗せ、「どう? こんな曲?」と、それまでとは別人のような明るい顔をし、アドリブで曲を作り、とたんに元気を取り戻したように振る舞う。目まぐるしく変化する表情に、とても洋一はついていけなかった。どの表情に正面から立ち向かえばいいのか、まるでわからないからだ。

洋一はそれ以後二度とさゆりの口から「助けてほしい」という言葉を聞かなかった。だからといって、感情そのものが消えたわけではなく、せっぱつまった思いは、そのときどきで表現を変えてさゆりの目や口からこぼれ落ちてはいた。

　こんなこともあった。同棲生活も一年になろうとする初夏の朝、まだ眠っている洋一の傍らで、さゆりはトランプ占いに精を出していた。何を占っているのか、洋一は半分目覚めた状態でぼんやりとさゆりのひとりごとを聞いていた。

「わ、やだー」

「邪魔しないでよぉー」

「恋のかけ引きはねえ、割り算なの」

　などと二十歳の娘らしいたわいもないセリフを口走りながらカードを切り、自分の行く末を占っていたが、ふと、うずくまり、それまでと違った硬い声の表情で、

「やっぱりね、あなたまでそう言うのね、二分の一だって……」

　と言う。さゆりはトランプに向かって「あなた」と呼びかけていた。

　洋一は布団から起き上がって訊《き》いた。

「おい、なに占ってるんだ」

「別に……」

「なにが二分の一なの？」

「あら、聞いてたの？　やぁねー」

「聞いてるもくそも、うるさくておちおち寝ていられないよ」

洋一は、別に怒っていたわけではない。

「わたしと、洋一がね、シアワセになる確率」

「それが五分五分だというのか」

「そう」

洋一が気になったのは、その前の「やっぱりね、あなたまでそう言うのね」というくだりだ。大学を卒業しても就職しないで、本気で芝居に取り組み始めていた洋一は、人間がセリフを喋《しゃべ》る時の心の動きに興味があった。「やっぱりね、あなたまでそう言うのね」というからには、さゆりはそれ以前にも同じことを言われていなければならない。二分の一。自分がシアワセになる確率が二分の一だってことを、だれかに言われてなければならないのだ。

「前にもそんなこと言われたのか？」

「うん？」

「だから……、五分五分だってことを」

さゆりは、形容しようのない表情で洋一を見た。これが芝居だったら、この後どんなセリフが飛び出すか予想もつかない。濃厚なラブシーンに移る前の顔といっても通じるし、死の覚悟を決めた時の顔といっても通じる、なんとでも解釈できそうな奇妙な表情だった。

ところが、さゆりはすぐに表情を緩め、広げていたカードを片付けてケースにしまうと、

「うわ、オシッコ、オシッコ」と叫びながらトイレに駆け込んでいった。続いて起こった

のは、洋一の頭に生じたほんの小さな疑問を洗い流すかのような、勢いのいい放尿の音だ。

　こんなふうにしていつもかわされていた。なにか問題の核心に触れそうになると、さゆりは話をそらし、裾《すそ》を翻す。それでいて、洋一にはいつもなにかを訴えたがっていた。

　ふたり揃ってアルバイトを休み、映画館に足を運んだこともあった。その日に見たのは、巨匠と言われるフランス人の映画監督が撮った作品だった。とりたててドラマチックなストーリーがあるわけではなく、二つの家族の日常がフランスの片田舎を舞台にたんたんと描かれていた。しかし、スクリーンを見ながらさゆりが独り言を言うのに、洋一は閉口した。しかも、周りに他の客がいるというのに、声も落とさずいつもと同じトーンで喋《しゃべ》るのだ。

「違うのよね、わたしは、そうじゃないの」

　さゆりは爪を嚙《か》みながらそう言ったが、反応したのは洋一だけでなかった。すぐ前に座っている男性客は、抗議の意味を込めてだろう、正面に向けていた顔を斜めにしてすっと元に戻した。

　さゆりは周りの迷惑も顧みず、

「だって、それじゃあまりに……」

　と考え込み、「あーあ」と溜《た》め息をつく。ところが、しばらくして、

「ねえ、あの女の人、どうして泣いているの？」

　と映画の内容を洋一に訊いてきた。そこで初めて、さゆりの独り言が、映画のストーリ

ーとは関係なく発せられていたことを、洋一は悟った。感情移入の結果、登場人物に思わず語りかけてしまったのではなく、スクリーンとはまったく別のシーンが彼女の頭の中に展開していたのだ。本を読みながら、意識が他に飛ぶことはよくある。しかし、たとえ映画を見ながら他のことを考えていたとしても、それを声に出す必要はない。

「黙って見ていろよ、そうすればわかる」

洋一は声を押し殺して言った。

「いじわる」

そう言ったきり、さゆりは顔を正面に戻したが、意識はまだ別の空間を浮遊しているらしく、独り言をやめなかった。そして、すぐ前に座る男の客は、何度も顔を斜めに向けて無言の抗議を繰り返すのだった。さゆりは一体何を考えていたのかと、洋一はいつまでも気にかかった。

考えてみれば、普段の生活の中にもこれと同じことは何度もあった。洋一との会話の途中、さゆりはまったく唐突に話題を転じることがあったが、あれは人の話を聞きながら別のことを考えていたためではないかと、思い至ったのだ。そして、映画や会話の最中、彼女の意識の飛ぶ場所は、決まって同じところなのではないかとも……。

ふたりは、他の劇団員より生活はずっと楽だった。なにしろ、さゆりには父から受け継いだマンションがあり、受け取った生命保険もばかにならない額だった。大都会に暮らして住居の心配がないというのは、計り知れないほどの余裕を生む。しかし、年三回行われる劇団の公演の合間、ふたりは常にアルバイトに明け暮れていた。居候の身の洋一は、きっちりと自分の分の家賃を入れ、さゆりは親から相続した財産を食い潰《つぶ》すことを極度に嫌って、逆に貯《たくわ》えを増やすほどだった。

結婚ということばを口にしたのは洋一のほうが先だった。さゆりのいない生活など考えられなかった。年中喧嘩《けんか》していたが、三日もすればころりと忘れて猫のようにじゃれ合った。そして、行為の後は、いつまでも相手の身体に触れているのが好きだった。実に満たされた気分になり、さゆりの両頰を手の平で挟みながら、洋一は俳優として成功した自分の姿を思い浮かべたりした。たとえ成功しなくても、こうやってさゆりと暮らすだけでもいいかもしれないと、普通の生活を想像したりもする。ようするに、さゆりさえそばにいれば人生の方向がどう変わろうとも構わなかった。

さゆりが二十三歳で洋一が二十七歳の時、ふたりは、所属していた劇団風社を退団した。以前から主宰者でもある演出家と犬猿の仲の洋一は、我慢の限界に達したのだ。演技に関する言い争いが原因で、演出家は、言う通りの演技ができないのなら洋一をさゆりの相手役からおろすと脅しをかけた。

「役をおろすなら劇団をやめる。当然さゆりも連れていく」

洋一がまくしたてると、演出家はあわてた。洋一がやめるぶんには構わないが、さゆりにまでやめられてはかなわない。その気持ちが態度に現れると、洋一は自分の存在価値が否定されたように思え、かっと頭に血がのぼった。

「これまで何のために役者をやってきたと思ってやがる。おまえのくだらない戯曲を少しでもましに見せるためだぜ」

その言葉で喧嘩になった。なにがどうなったのかよくわからないうち仲間に分けられ、気が付くと演出家は鼻から血を流し、仰向けのまま動かなくなっていた。洋一はといえば、肩の関節がひどく痛んだ。何人かの劇団員たちが絶望的な面持ちで見守る中、洋一はさゆりの手を引いて稽古場《けいこば》の外に出た。公演はもう間近に迫っていて、この段階での仲間割れは致命的だ。公演に向けての仲間たちの苦労を思うと、洋一はいたたまれなかった。仲間たちにはなんの罪もない。自分と演出家との喧嘩のせいで公演をつぶすのは、あまりにも気の毒だ。だが、彼は、たんかを切って退団する他なかった。

「おい、おまえはこれでよかったのか?」

渋谷の公園通りを興奮状態で歩きながら、洋一はさゆりに訊いた。劇団風社は着実に観客動員数を増やしていたが、そんな上り調子の劇団の看板女優の座から、勝手な理由で引きずりおろしてよかったかどうか、訊かずにいられなかった。

「いいの」

と、さゆりは洋一の手を取った。

「その代わり、洋ちゃん、わたしのこと、絶対見捨てないでね、きっとよ」

これもまた切羽詰まった言い方だった。だが、洋一はそういった声の響きに気付かなかった。自分の先行きのことが頭の大部分を占めていて、さゆりの声の質にまで注意を向ける余裕はなかった。

「捨てるわけねえだろ」

さゆりはまだ確信が持てないらしく、洋一の手をさらに強く握ってくる。

「ねえ、これからどうするの？」

「商業劇団のオーデションでも受けようと思う」

「うまくいくといいね」

そっけない言い方だった。胸の奥底で、うまくいくはずがないと確信しているような言い方だった。

「おい、おれが信用できねえのか」

さゆりは返事を返さなかった。

「なんとか言えよ。うまくいくはずがないって思ってんだろ」

さゆりはまだ答えようとしない。洋一はさゆりの手を振り払って先に歩きかけた。劇団をやめたことに後悔はなかったが、むしょうに苛立《いらだ》った。振出しに戻った気分だ。東京だけで何千という小劇団があり、その数倍の人間が俳優を目指している中にあって、役者として生計をたてられる人間はほんの一握りしかいない。可能性としては、劇団風社をメジャーな劇団に成長させ、それとともに自分を伸ばす方法以外にないと、洋一も他の仲間たちも考えていた。その道を自分の手で断ってしまったのだ。こんなとき、愛する女から強い信頼を見せられれば、ある程度気も治まる。洋一には、人生を切り開きたいという強い願望があった。演出家が手をついて謝れば、洋一はいつでもさゆりとふたりで劇団に戻っただろう。他の劇団で一から出直すのは、年齢的に苦しい。できればやりたくなかった。だが、自分から謝るのは論外だ。あんな場合は、筋を通して退団する他ない。だが、メンツを保ったまま劇団に戻れる方法があれば、洋一はたぶんそうしていただろう。

「洋ちゃん！」

さゆりは、数歩後ろから洋一に声をかけた。振り向くと、泣いているのがわかった。洋一は立ち止まって、彼女の近づくに任せた。

「洋ちゃん、実は、わたしね、子供が産めない身体なの」

こんな時に告白するにしては、なんとも唐突な内容だった。なぜ、今、この場で、言い出さねばならないのか、その必然性がわからなかった。洋一は、驚くでもなく、さゆりの顔を見下ろした。

「それがどうした？」

平然と言ったつもりだった。

「それでもいいの？」

「ガキなんて当分いらねえよ」

洋一は言い放った。

「当分、じゃないのよ。永久によ」

「同じさ」

「よかった」とさゆりは胸をなでおろす。

また、手をつないで歩いた。だが、洋一は内心穏やかではなかった。なにかが嚙《か》み合わないのだ。

――子供が産めない身体だって？　だって、おまえ、変じゃないか。いつも、しくじらないように、細心の注意を払っているのはなんのためだ？

洋一の胸に浮かんだ疑問に気づかないのか、さゆりはつないだ洋一の手を無邪気に振り続けていた。

――一体あのセリフはなんだったんだ？

「わたしね、子供が産めない身体なの」

子供は産みたくないという意思表示と、洋一は解釈せざるを得なかった。

――毎朝基礎体温をつけているのを、おれが知らないとでも思っているのだろうか。

さゆりは毎朝基礎体温を計ってこっそりと表に書き込み、排卵日が近づくと決して洋一の誘いに応じようとしなかった。最近ではその周期が洋一に知れて、彼のほうからも求めようとしない。子供の産めない身体だったら、基礎体温を計る意味はなかった。言うことと行動が矛盾している。あまりに見え透いた嘘だと、洋一は決めつけた。

ところが、それから一年ばかりたった頃、生理が半月遅れていると、さゆりは見るも無残な慌て方をした。「まさか」と、唇を嚙み、笑おうとして笑えず、目を左右にせわしなく動かした。困った時の癖だ。

洋一は、覚悟ができていた。もちろん、妊娠したのなら、産んでもらうつもりだった。そして、同時に籍を入れる。さゆりと暮らすことになんのためらいもなかった。

「医者に診てもらってこいよ」

洋一は努めて優しく言った。声の響きに、ぜひとも産んでくれという祈りをこめたつもりだった。

「ううん」

しかし、さゆりは、上目づかいのうつ向きかげんで、首を横に振った。一緒に芝居をやらなくなって一年が過ぎている。

――こいつは演技がヘタになった。

表情からして、彼女が恐がっているのは明らかだった。恐いから、嘘をついた。子供が産めない身体だと嘘をついたのだ。

――問題なのは、何を恐がっているのかってことだ。

洋一は、その疑問には一言も触れないで、さゆりの頭を軽く小突き、言った。

「とにかく、さっさと医者に行ってこい」

思いのほか物分かりよく、さゆりは保険証をバッグに入れ、「わかった」と外に出た。

ところが、診てもらったのは婦人科の医者ではなかった。

病院から帰るのを待って、洋一が、「どうだった?」と訊《き》くと、さゆりは生返事を繰り返した。一向に埒《らち》が明かず、困惑した思案顔に、洋一の怒りも我慢の限度を越えた。

「いいかげんにしろ！　できたのかできねえのか」

洋一は怒鳴っていた。怒鳴りながら、さゆりのハンドバッグをひったくり、逆さまにした。ところが、中から舞い落ちたのは産婦人科の診察券ではなかった。診察券にはこうあった。

『精神神経科内藤クリニック』

しかも、日付は間違いなく今日になっている。

「おまえ、産婦人科の医者に診てもらったんじゃないのか」

洋一は茫然《ぼうぜん》とした。ほんの一瞬ではあるが、さゆりはとんでもないことを隠していると いう思いが、頭をよぎった。子供ができたかどうか、医者に診てもらってこいと言われ、精神科に行く人間がどこにいる？　拍子抜けして、それ以上怒るに怒れず、「なにするのよ、いじわる」と言いながら絨毯《じゅうたん》を這《は》いつくばってバッグの中身を拾い集めるさゆりが、意味もなく哀れに思われた。彼女の肩が震えていたせいかもしれない。

「いやになったんなら、捨てればいい」

さゆりは、そんなことも口走った。洋一は戸惑い、きれいごとを並べた。一緒にいたい、子供ができたなら産んで育てたい、だから、籍を入れよう、結婚しよう。嘘偽らざる本心からの、言葉だった。

さゆりは、顔を膝《ひざ》にうずめたまま、返事を返さなかった。結婚の申し出が嬉《うれ》しいようでもあり、困っているようでもあった。

「なあ、どっちなんだ」

やさしく訊いたつもりだったが、やはり返事はない。結局その日一日、さゆりは無言で通した。

さゆりはかなりの葛藤《かっとう》にさいなまれたに違いなく、真相を聞き出すために洋一は細心の注意を払った。へたにせっつけば、より強固に口を閉ざすのは目に見えている。一晩中、さゆりは二者択一を迫られた者特有の溜《た》め息を漏らして何度も寝返りを打ち、すぐ隣に寝ている洋一までもが眠れなかった。

翌朝、洋一はさゆりに訊いた。

「なぜ、産婦人科にいかないで、神経科の医者のところに行ったんだ？」

さゆりはやはり答えない。この問いに答えることはすなわち葛藤に結着をつけることなのだ、と洋一はそんな気がした。さゆりのかかった内藤クリニックに出向き、さゆりが受診した理由を聞き出せればそれに越したことはない。だが、精神神経科の医者が患者の秘密を漏らすはずもなく、その線から押すことはできなかった。ふと、思いついたことがあった。知り合う前の年にさゆりの父親は亡くなっているが、それがどうも自殺らしいという話を洋一は耳にしたことがある。さして気にも留めなかったが、こうなってくるとそのこととの関係が疑われた。

——父親の自殺？

話題にするのは悪いだろうと、直接さゆりに問い質《ただ》したわけではない。どこか根の深いところで、本人だけではなくその父親まで巻き込むかたちで、秘密が眠っているように思われてくる。

洋一が野島恵子《のじまけいこ》と再会したのは、そんなときだった。人生には必ず落とし穴がある。健康な状態だったら滅多に落とし穴にはまるようなことはないのだが、抵抗力の弱った肉体にウィルスが繁殖するのと同様、抵抗力の弱った精神は思わぬ陥穽《かんせい》にはまりがちだ。それは、うんざりするくらいに、見事な罠《わな》だった。野島恵子が悪女という意味ではなく、彼女を取り巻く状況が洋一にとって典型的な罠だったのだ。その頃、洋一は受けるオーディションをみな落ちていた。いいところまでいったものも何回かあったが、最後の段階になるとあっさりと振られた。ハードルを越えるにはコネかなにかが必要ではないのか、とそんなあたり前のことに気付き始めた時、洋一は、野島恵子の父が重役を務める旧財閥系の企業が、あるミュージカル公演のスポンサーであることを知った。洋一と恵子はかつて一度小劇団の舞台で共演したことがあった。恵子の芝居に取り組む姿勢も演技力も学芸会のレベルだったが、彼女自身は育ちのよさをさりげなく表すタイプの、天真爛漫《てんしんらんまん》なかわいい女だった。洋一は、無意識のうちにさゆりと比べていた。なにからなにまで対照的だったからだ。

日生劇場のロビーで久しぶりに出会って、洋一は恵子の明るい性格を再認識した。最後に会ってから二年たっていたが、恵子はなにも変わらない。さゆりの背後に見え隠れする宿命的な暗さを、いくぶん持て余し気味に感じ始めていた洋一にとって、恵子の理屈抜きの明るさは救いだった。女としての魅力ではさゆりのほうが数段勝るが、摑《つか》み所のない性格のさゆりといると妙に不安になったり疲れたりした。恵子は逆だった。徹底したオプティミズムは、洋一の疲れを癒《いや》した。

恵子は後ろから洋一の肩を叩《たた》き、「うわー洋一さんじゃない、久しぶり」と、声を上げた。振り向くと、屈託のない笑顔にぶつかった。大きな瞳《ひとみ》は無邪気に輝き、ふっくらとした頰の線も、豊かな胸の張りも、発散するすべてが健康的な色香を漂わせている。洋一は、目が眩《くら》む思いだった。女性の持つ柔らかさと丸さと暖かさが、凝集されている。

当然のように、近況を報告し合いながらお茶を飲むことになった。洋一は、商業劇団のオーデションに挑戦しては失敗ばかりしていることを告げ、恵子の口からは、自分の才能に見切りをつけて今では芝居の制作の方面で飛び回っていることを告げられた。そのあと、恵子は真顔で言った。

「洋一さん、顔いいし、才能あるんだもの。がんばるべきよ」

「相変わらずおめでたいね。がんばってどうにかなるものなら、とっくにがんばってるよ」

洋一は、呆《あき》れ顔でそう言い、馬鹿にした笑みを浮かべた。

「そういえば、ねえ、今《いま》田《だ》事務所のプロデュース公演で役者を何人か募集してるんだけど、洋一さんよかったらやってみない？」

洋一は笑うのをやめた。

「本気《マジ》かよ」

「うん、パパの会社がスポンサーだし、それにプロデューサーとは知り合いなの」

「どうにかなるのか？」

「一応かたちだけオーデション受けてみて。あとはどうにかするから」

洋一は小躍りしたい気分だった。興味ある公演だったたし、最後のハードルがこうも簡単に越えられるとは思いもよらなかった。

「ぜひ頼むよ」

声に力が入った。知らぬ間に頭まで下げていた。

「あーん、でもいいのかな。あんまりいい役じゃないのよね、それ。洋一さんじゃもったいないくらい」

「冗談じゃない、出られさえすればなんでもいい」

苦労知らずの恵子にはわからない。その頃の洋一は、死体の役でもいいから舞台に立ちたいと考えていた。贅沢《ぜいたく》の言える身分ではなかった。洋一はこの点を何度も念を押した。

「どんな役でもいい、たとえ通行人の役でもね」

「わかったわ。パパにお願いしておく」

洋一はほっと胸をなでおろしていた。

その後ふたりの話題は芝居を離れた。

「最近どうしてる?」

恵子はストローでアイスコーヒーを吸い上げながら、洋一に顔を近づけてきた。洋一が以前からさゆりと付き合っているのを知っていて、今でも関係が続いているのかどうか、それとなく探りを入れていると察しはついた。だが、洋一は隠した。というより、さゆりのことには一切触れなかった。二年前、恵子が洋一に対して見せた気のある素振りを覚えていて、かすかに下心が首をもたげたのだ。さゆりを捨てようと、考えたわけではない。だが、チャンスをもたらすかもしれない恵子に、心が動かなかったといえば嘘になる。明るいイメージを抱かせ、しかも、洋一の将来を切り開く力を持った恵子に乗り替えたいという願望がなかったとは、言い切れない。

だから、洋一は隠した。恵子にさゆりのことを言わなかったと同様、さゆりにも恵子に出会って役を摑む可能性が出てきたことを隠したのだ。

「今日、めずらしいやつと会ったよ」

などと、普段の洋一らしくその日のうちにさゆりに報告していれば、なんの問題も起こらなかっただろう。洋一は、さゆりに隠れてその後何度か恵子とデートをした。デートといっても喫茶店でお茶を飲む程度のものだったが、後ろめたさからか、行動に落ち着きがなくなった。

結局洋一は、今田事務所のミュージカルでどうにか役を摑み、さゆりにそれを告げた。

さゆりは、洋一の予想をはるかに越える喜び方をした。もちろん、陰でバックアップした恵子の存在も知らず、単純に洋一の才能が認められたとばかり考え、自分のことのようにはしゃいだのだ。さゆりが心から喜ぶ姿を見るのは、洋一には辛《つら》かった。

「そんな、たいしたことじゃないよ」

洋一はさゆりに黙るよう言った。だが、さゆりは、「やったー、やったー」と叫び続け、部屋中を飛び跳ねた。

「よさないか」

洋一はさゆりの華奢《きゃしゃ》な身体を抱き締め、口を両手で塞《ふさ》いだ。

「うるさいって、言ってんだろ！」

徐々に声をあらげ、顔をゆがめていく洋一を見据え、さゆりはようやく口を閉ざし、目を大きく開いて今にも泣き出しそうに口をへの字に曲げた。

「どうしたのよ、一体、洋ちゃん……」

「どうもこうもない、うるさいから黙れって言ってんだ」

ドスが効いていた。抱き締められた洋一の両腕の中で、さゆりは身を震わせ、見る見る青ざめた。

「どうしたのよ、ねえ、どうしたの。わたしが嫌いになったの？」

さゆりの声は次第に先ぼそりしていった。

「変よ、この頃の洋ちゃん、なんかヘン」

「ヘンなのは、おまえのほうだろ」

「まさか、他に好きな人でもできたんじゃない……」

そう言いかけて、さゆりは下からじっと洋一の目を覗《のぞ》き込んだ。洋一はそれを承知で、顔を逸《そ》らし口元をほんの少し緩めた。鏡を目の前に置いて自分の表情を見れば、わかっただろう。生涯で最高の演技、知られたくないという感情を前面に出しながら、その実微妙なニュアンスで相手に事実を伝えてしまおうという表情。洋一は一瞬の表情で同時にいくつものことをさゆりに伝えた。心のどこかでは露見することを望んでいたのだ。

さゆりは理解した。長年のパートナーらしい見事な勘で、洋一の演技の意味するところを理解した。さゆりは、胸を波打たせてハーハーと大きく息を吸い込んだかと思うと、悲鳴を漏らした。

「いやー！」

悲痛な叫びとともに、洋一の身体をはねのけ、例のごとく目をせわしなく左右に動かした。

「だれなの？」

挑みかかるような姿勢を保ちながら、しかし、さゆりは一歩二歩と後じさった。

「野島恵子だ、おまえも知っているだろう」

言ってしまってから、洋一はふと冷静さを取り戻し、早まって恵子の名を口走ったことを強く後悔した。

「野島恵子……」

　さゆりはつぶやいた。

「いや、ちがう。そうじゃあない。野島恵子とは何の関係もない」

　支離滅裂だった。洋一は、ほんの数秒前のセリフを必死で否定した。

「関係ないって、今、名前を言ったじゃない。野島恵子って」

「いや、ちがうんだ。信じてくれ。そうじゃあない」

「だって、今、言ったじゃない、名前を」

「だから、野島恵子とおれとは何の関係もない」

「寝てないってこと？」

　洋一はうなずいた。

「好きでもなんでもない。ただ、何度か会ったってだけだ」

「じゃ、どういうことなのよ。なぜ、そんなに慌てるわけ？　ちっともわかんない、わたしには」

　さゆりは絶望的な表情をした。洋一はますます腹立たしくなった。この顔に、束縛されてゆく。今処置しておかないと、一生縛りつけられることになる。

「女房面するんじゃねえ。夫婦じゃないんだから、おれがどこのだれと付き合おうが、おまえの知ったこっちゃねえだろ」

　さゆりは腹の底から声を絞り出すようにしてうめいた。

「ううん。違う。そうじゃない。わたしたちそういった関係ではダメなのよ」

洋一には、意味がわからなかった。

「そういった関係って？」

「だから……、だから……」

さゆりは言葉を失った。そして、あふれ出ようとする言葉を押さえて流しに走り、嘔吐《おうと》した。言葉を吐き出せない代わりに、胃の中のものを吐き出したのだ。

——たぶん、つわりだ。やはり、こいつは、妊娠している。

吐く姿を見たとたん、洋一は急に可哀そうになり、背中をさすった。さっきから感情は十秒ごとに目まぐるしく移り変わっていた。怒りを覚えたかと思うと、急に優しくなり、苛立《いらだ》ち、哀れに思ったりと……。

「あの女を利用して役を摑《つか》んだだけさ」

そんなふうな言い方で、洋一は恵子との経緯をかいつまんで話した。もちろん、ほんの一瞬ぐらりと恵子のほうに傾きかけたことは執拗《しつよう》に伏せた。さゆりは黙って洋一の話に耳を傾けた。納得したのか、それともまだ疑っているのか、判断のしようはない。ただ、いくら強調したところで、さゆりの心を白紙に戻すのは不可能だった。

野島恵子との経緯を聞いてさゆりがもよおした吐き気は、つわりではなかった。強烈な嫉妬《しっと》が体内で煮え立って胃壁を刺激したのだ。翌日、普段よりかなり遅れてやってきた月のものを見て、さゆりはそれとなく洋一に告げた。洋一はまったくの無表情だった。ほっとした気持ちでもなければ、残念に思う気持ちでもなかった。ようするに、さゆりが子供の産める身体だということがいよいよ明らかになっただけで、妊娠という事態が引き起こす問題が未来に先延ばしされたに過ぎない。

洋一とさゆりの間には、よそよそしい雰囲気が流れた。苦労して話題を見つけても、会話が長続きせず、さゆりはといえば、洋一が摑んだミュージカルの役のことばかり聞きたがった。しかしそこに触れると、ふたりの脳裏に同時に野島恵子の像が浮かび、自然消滅するように会話は立ち消えになり、黙り込んでしまうことが多かった。そして、原因がわかっているぶん、ふたりの間はさらに気まずくなる。だから、ふたり揃って部屋で過す時間は次第に少なくなっていった。

そんなある日、洋一は恵子と会った。芝居の打合せという名目のもと、以前から会う約束を交わしていたのだ。喫茶店で待ち合わせ、夕食を一緒に食べ、ふつうならそれで別れるところが、洋一のほうから飲みにいこうと誘った。恵子はふたつ返事で、洋一に従った。沈んだ気分を吹き飛ばすように洋一は飲み、その勢いで恵子をホテルに誘っていた。さゆりとの間にはここ二週間ばかりなく、酔いも手伝って欲望がむらむらと湧き起こったのだ。洋一は、それ以上の解釈を与えたくはなかった。こんな場合よくありがちな男の本能だと。

恵子の身体は頑《かたく》なで、触れ合うことによる愛情の深まりを少しも感じさせなかった。ただベッドに横たわって女の声を上げ、昔から憧《あこが》れていた男性に抱かれる喜びをあからさまにし、涙さえ浮かべて洋一をしらけさせた。彼は、むしょうにさゆりが愛《いと》しかった。さゆりは、触れるだけで喜びを引き出すことができる身体だった。精神的な面だけでなく、肉体的にもさゆりと深くつながっていると思い知らされた。洋一は恵子を抱きながらさゆりのことばかり考え、恵子とはこれで終わりにしようと心に決めた。そして、さゆりに対してはもっと素直になるべきだと、神妙な気持ちにもなれた。意地を張り合っていたら、ふたりの関係は少しもよくならない。自分のほうから折れて優しく振る舞えば、ことは簡単かもしれない。

こうして、さゆりとの関係にもう一度新風を吹き込もうと決意して、洋一は最終電車でマンションに帰った。さゆりは起きて待っていた。二つある個室の和室のほうに、布団が敷いてあった。ベッドを置くスペースを節約して、ふたりは布団を上げ下げする生活をしていた。この数日間の無言の圧力を解消する笑みを、洋一は浮かべたつもりだった。他の女と寝てきたといううしろめたさもなく、洋一は迷いを解決した満足気な面持ちで布団に転がり込んだ。

二月下旬の、寒い夜だった。酔いも手伝って洋一はすぐにうとうとしかけた。春の訪れを予感させる強い風が、サッシ窓を揺らしていた。寝入ってすぐ、下腹部を撫《な》でられる感触を覚え、ふと目覚めて顔を上げた。へその真上にさゆりの頭があり、長い髪の数本が洋一の裸の腹に垂れていて、その下の部分がさゆりの唇に触れた。足のほうに正面を向けているせいで、さゆりの顔は見えない。ただ、後頭部を被《おお》う髪の束が腹の上で揺れていた。

なぜこんな夜中にと、不思議に感じつつ、洋一はされるままに任せていたが、突然あることに気付き体を硬直させた。さっきホテルで恵子と二度にわたって交わったが、一回目が終わった時は確かにシャワーを浴びた。だが、二回目は……、記憶している限り、浴びた覚えはなかった。洋一は行為の真意を悟った。さゆりは、今、舌の先で他の女の味を嗅《か》ぎ取り、痕跡《こんせき》を探ろうとして、おおいかぶさっている。

「よせ！」

叫ぶと同時にさゆりは振り返り、洋一の耳元にまで這《は》いのぼってきた。

「寝てきたんでしょ、野島恵子と……」

もちろん、嘘をつく余裕も否定する気力もなかった。洋一は、パジャマとブリーフを膝《ひざ》まで下げられたぶざまな格好で横たわり、妖《あや》しげに光るさゆりの視線を避けるようにして目を天井に向ける他なかった。

それ以後、さゆりが見せた嫉妬の炎は、常軌を逸していた。同棲《どうせい》を解消してしばらく別れて生活すべきだろうと何度も考えた。だが、少なくとも洋一のほうからは、別れようと言い出せない。秘めた思いが、さゆりの中で激しく波打つ様子が垣間見《かいまみ》え、別れ話を持ち出したとたん、身体ごと岩に当って砕けてしまいそうに思えてならなかった。

夜中、さゆりはしばしば、ヒステリーの発作に襲われることがあった。突然の叫び声のあと息苦しさに目覚めると、さゆりは洋一の上におおいかぶさって胸を拳《こぶし》で叩《たた》いていたりする。その、同じ手が、洋一の喉《のど》にあてられていたこともあった。「なにするんだ!」と払い除《の》けると、さゆりは身を震わせて嗚咽《おえつ》を漏らす。おそろしく気を滅入《めい》らせる、まるで救いのない泣き方だった。もう二度と恵子には会わないと何度約束しても、さゆりは納得しなかった。納得するしないの問題ではなく、理屈ではわかっていても肉体の奥の奥のほうで深く拒絶していた。

男と女が互いに傷つけ合うシステムは際限がない。一旦《いったん》歯車が狂い始めると、ことは悪いほう悪いほうへと転がってゆく。あれほど愛していたさゆりを憎む瞬間が胸のうちに何回か出現し、同時に愛しさもまた湧き上がり、洋一は縞模様《しまもよう》をなして目まぐるしく移り変わる自分の感情を制御できなかった。そういった心の状態ほど苦しいものはない。一体どこからおかしくなってしまったのか、原因を捜し出して手当しようにも治療はきかず、第一どこまで遡《さかのぼ》っても、ふたりの間に生じた亀裂《きれつ》の原因を特定することができない。出会う以前に問題が隠されているのは明らかだった。父親が自殺しているという事実だけでなく、さゆりがどんな夫婦のもとでどんな期待を担って誕生し、どんな育てられ方をしたかということを、洋一は知らなかった。さゆりを理解しようとしたら、誕生の瞬間にまで立ち至らざるを得ない。ところが、ふたりが出会う以前のことは、空白となってポッカリと抜けている。洋一も訊《き》こうとしなかったし、さゆりも殊更に隠して語ろうとしなかった。

その頃のさゆりは、芝居からも音楽からも完全に遠ざかっていた。時々思い出したように、デビュー曲の『鏡の中』を口ずさむことはあっても、新曲を作ろうという情熱は身体のどこからも湧いてこない状態だった。無気力に包まれ、精神神経科内藤クリニックで処方してもらった精神安定剤を常用し、しばしば瞑想《めいそう》センターに顔を出して、自己の心の内を凝視する毎日……。そのうち、瞑想センターで知り合った人間から、生まれたばかりの黒猫をもらってきて飼い始めた。洋一は、さゆりが子猫に向かって「メメ」と名前を呼ぶのを聞き、その音から「女々」という漢字を思い浮かべた。女々しい自分の姿を子猫に反映させ、そんな名前をつけたのだろう。

三月になっても、洋一とさゆりの緊張関係は一向に収まる気配はなく、逆にますます激しさを増していった。ある夕方、渡されたばかりの芝居の台本を持って寝転がり、洋一はドレッサーの前に座って化粧するさゆりの背中をそれとなく眺めていた。芝居の稽古《けいこ》が始まったばかりで、洋一は出演者たちのレベルの高さを目の当たりにして、幾分自信を失っていた。発声にしろ、身体の動きにしろ、基礎から叩き込んである役者が多く、小劇団で自己流の指導しか受けなかった洋一は圧倒され、ハンデを克服するのは努力以外にないとばかり、暇さえあれば台本を開いて役作りに励んでいた。しかし、その夕方、本読みに精を出す洋一の意識は、さゆりの背中にばかり飛んだ。出かけるあてもないのに、さゆりが夕方から化粧したことなど、かつて一度もなかったからだ。

鏡に反射して、洋一はさゆりの視線を感じた。初めは気にもならなかった。だが、そうやって、鏡を介して見つめる時間の長さと、視線の強さにぎょっとして、台本を横にずらして様子をうかがうと、さゆりは口紅を取り出して自分の唇にあてた。しかし、あてたまま、横に引くでもなく、さゆりは自分の顔ではなく、鏡に映った洋一の身体ばかり眺めていた。洋一は台本に熱中しているふりをした。やがて、トントンというガラス面を叩く音が聞こえ、目を上げると、唇にあてていたはずの口紅が鏡の表面を叩いていた。口紅の先が折れて転がり、金属の部分がガラスを走り、キーと嫌な音をたてる。不意に洋一は、鏡の表面に殺意を感じた。もはや意識の集中は不可能で、台本を畳の上に強く投げ捨てると、立ち上がって表に出た。あてもなく、外をぶらぶら歩きながら、しばらくさゆりと別れて暮らしたほうがいいなと考えていた。このまま一緒に暮らしていたら、とんでもないことが起こるという予感があった。

——今晩、冷静に話し合おう。別にアパートを借りて、しばらく離れて暮らそう。

洋一は、そう切り出すつもりだった。

夜の九時過ぎ、帰ってそのことを話すと、さゆりはうって変わって神妙な面持ちで、「うん」と素直にうなずいた。そうして、洋一にではなく、膝の上で丸くなって赤ん坊に似た鳴き声を上げるメメに向かい、虚脱しきった声で喋《しゃべ》り始めた。

「重荷なのよね、きっと。いいわ、別れてあげる。メメと一緒に暮らすもん、わたし……。でも、洋ちゃん、芝居の稽古で今たいへんだから、わたしたちのほうが出ていく。ね、メメ、そうしましょ」

そんなふうに言いながら、冷蔵庫から缶ビールを二本取り出してきた。ぞっとするほど悲痛な声を聞いたあと、洋一にとって缶ビールは救いだった。

「その代わり、これ飲んでみて」

と、さゆりは洋一と向かい合い、床に放り投げてあったハンドバッグを引き寄せ、中から精神安定剤の錠剤を取り出し、ビールで流し込んだ。

「ね、洋ちゃんも、これ、飲んでみて」

「なぜ？　おれが……」

「ねえ、お願い。わたしの言うこと聞いて」

さゆりから切羽詰まった思いが伝わってきた。しばらく離れて暮らそうと言った今晩を、特別な儀式で飾りたいのなら、そうしてあげよう……、洋一はできる限り優しい口調で、訊いた。

「どうしてほしいんだ？」

さゆりの膝で戯れていたメメが、鳴き声も上げず、すうっと離れていった。

「これを飲むだけでいいの」

さゆりは数個の錠剤を手の平にのせて差し出す。精神安定剤を飲んで死ぬようなこともないだろうと、洋一は迷わず一錠を口に入れた。

「もっと、もっと、飲んで」

「なぜ？　おれがこんなものを……」

「これ飲んで、すると、すっごく気持ちいいの」

「やったことあるのか？」

さゆりは、「うん」とうなずく。

「おれ、とか？」

「あたりまえじゃない、わたし、洋ちゃん以外の人としたくないもの」

洋一はもう一錠を口に入れ、飲み込んだ。さゆりは、飲んだふりをして吐き出さないように、錠剤が洋一の喉を通って胃の中に納まるまでを、わずかに左右の大きさの違う目で、じっと見つめた。さゆりの言うがままに錠剤を飲み込むのは、洋一の強い愛情の表れだった。こうして欲しいという願望を、その理由に頓着《とんじゃく》なくかなえてあげようとするのは、なかなかできるものではない。

「もっと、もっとよ」

さゆりは、なおも懇願した。洋一は最後の一錠を口にほうり込むと、もうおしまいだと残りの薬を投げ出した。しきりに頭を振ってみた。頭に向かってなにかが押し寄せてくる……、そんな思いに駆られた。ところが実際は、なにかがやってくるというより、徐々に力が抜けていった。畳に横たわり、なおも頭を振った。どこかで止めなければ、体中の力が全て抜け切ってしまいそうだった。精神安定剤を飲み過ぎた場合の症状なのか、それとも、飲まされた薬はなにか他の薬なのか、洋一は疑惑を口にしようと、首を持ち上げかけた。強烈に襲いくる睡魔と戦いながら、両目を無理に見開いた。疑問が湧き上がる。

――こんなモノを飲ませて、おれをどうする気だ？

さゆりは立ち上がり、胸の内で疑問を繰り返す洋一をしばらく黙って見下ろし、おもむろに服を全部脱いで、裸になった。

——おい、こんな状態じゃ、立たないよ。

洋一は、そう言ったつもりだったが、声がうまく出なかった。たとえ出ても、舌がもつれて明瞭《めいりよう》な言葉を形成しない。これまで力にあふれていた肉体から、あらゆる機能が奪い去られていた。

さゆりは傍らにひざまずき、洋一の身体も裸にし、母親が赤ん坊に示す愛情をもって、丹念に愛撫《あいぶ》を加えていった。抵抗もせず、なすがままに任せ、鈍っていく思考、支離滅裂に陥りかけた意識の中、ああ、これこそがさゆりの望んでいたことなんだなあ、と洋一には納得するところがあった。

——こいつは、おれの心、おれの身体、そのすべてを所有したかったのだ。そのために、こんな薬を飲ませ、身体から抵抗力を奪い去った。

洋一は、ふとこの後のことを考えた。当然の帰結が待っていると気付いた。恐いという気持ちは湧かなかった。それほどまでに、意識は鈍り、朦朧《もうろう》としていた。だが、一方では、鋭い警告の声が響いていた。

——意識を強く持ち続けろ！　決して眠るな！　眠ったら、最後だぞ！

さゆりに両足を抱えられ、リノリウムの床を引きずられてユニット式のバスルームにまで運ばれた。そうして、ホーローの床に尻《しり》を接し、流し台の曲面に背中を押し当てる格好で、洋一は座らされた。洋式便器の蓋《ふた》が、アームレストの代わりだった。洗面器からあふれ出た水が滴って、頭を濡《ぬ》らしている。すぐ前の浴槽の縁に、さゆりが腰をかけた。

——おい、何をする気だ？

眠ってしまいたいという欲望と、生への欲望の戦いだった。眠れば、楽になる。誘惑だった。閉じたり開いたりの洋一のまぶたは、浴槽の縁に腰かけたさゆりの腹のすぐ前にあって、見るともなし視線を下げれば陰毛の奥深くから精液が滴り落ちて、太ももの内側を伝わるのが見える。ついさっき、さゆりと交わした行為を、洋一はまるで覚えてなかった。朦朧とした身体のくせに勃起《ぼっき》し、そのあげく射精したのが妙におかしかった。ところが、皮肉にもこの事実は洋一に一種の自信を与えた。失いかけた力のほんの一部を取り戻した気分だ。射精するだけのエネルギーがあるのなら、いざというとき残っている力を結集するのも可能だという自信。

突然、洋一の目の前で、ステンレスの刃先がキラッと光り、次の瞬間、鮮血がほとばしり出た。さゆりの左手はパクリと割れ、切断された動脈からは、間歇《かんけつ》的に血が溢《あふ》れ出る。音はなくても、洋一はさゆりの心臓の鼓動を、感じることができた。血の吹き出すリズムに合わせ、さゆりの心臓が伸縮を繰り返す様子が見えるようだ。どうにかしなければならないと、身体の奥に眠っていた最後の力が動きかけた。

さゆりは左手をバスタブの上に置いたまま、洋一の耳元に口を近づけた。

——洋ちゃんと、わたしの血で、このバスタブを一杯にするの。そうして、よくかきまぜる。血の細胞の一個一個が結ばれてようやく、わたしと洋ちゃんは、一緒になれる。ね、そう思わない？

そんなふうに聞こえた。耳から入ってきたというより、直接胸の内に訴えかける言葉だった。しかし、彼にとってそんな絵空ごとはどうでもよかった。大事なのは、パックリと開いたさゆりの傷口に対して、なにをすべきかということ。このまま見逃すことはできなかった。自分の身がかわいいからではない。愛《いと》しいひとの消えようとする命は、直接本能に働きかけてくる。

――ね、いいでしょ。

さゆりは洋一を誘っていた。死ぬことなど恐くはなかった。さゆりの血で洋一の全身は濡れ、ステンレスの刃先が何度も洋一の手首に触れて、引っ掻《か》いた。血で温められ、切れ味を欠いた刃の感触には、妙なリアリティがあった。死が身近にあると実感させるだけの、生々しさだ。

だが、洋一は、残っている力を振り絞り、最後の抵抗を試みた。まず、さゆりの傷口を塞《ふさ》ぐ。それが、行動の原動力だった。頼りなげなメメの鳴き声が、バスルームの外から聞こえた。細い縦長の曇りガラスの向こうを、小さな黒い影がさっきから何度もよぎり、閉ざされたドアに爪をたてている。その影に向かって、洋一は拳《こぶし》を振り上げ、内側からドアを押し開けた。しかし、はっきり覚えているのはそこまでだった。がむしゃらに、洋一は床を這《は》い進んだ。最後に見せた洋一の力のほうがさゆりより勝っていて、どうにか振り切ったのだ。そのあと記憶にあるのは、細切れのシーンだけだ。受話器を握った感触。男の声も聞いた。ろれつの回らない状態で、先方に事情を伝えるのに時間がかかったが、ともかく、洋一は沈んでいく意識の底で、救急車のサイレンを聞いた。そして、近づきつつあるサイレンの中、さゆりの命が助かることを望んで、深い眠りに落ちていった。

6

さゆりの映像を収めたビデオテープが波間に沈み、砂子健史からの手紙もしばらく海面を漂った後、海水を吸った重みで水中へと没した。洋一の脳裏に、さゆりとの最後のシーンが、強烈な色彩をともなってフラッシュバックしてくる。眼前に広がる海の色を押しわけ、鮮血に染まった狭いバスルームの壁が、閃光《せんこう》のようにきらめく。

——できたとしたら、たぶん、あのときか。

洋一は、デッキに立って海面にじっと目を落とし、神の皮肉を憎んだ。死のうとする直前に交わり、避妊する女はいない。さゆりが自らの手で命を終わらせようとした瞬間、その胎内で、新しい命が芽生えたのだ。確かに洋一は、さゆりの股間《こかん》を伝わる自分の精液を見た。そのあとすぐ、さゆりは救急車で病院に運ばれ、絶対安静のまま朝を迎えたわけだが、その日か次の日のうちに、受精が完了したことになる。そして、死を望んだ母胎の中、生命を求めてあがいた命は、手紙が船に届くまでの約一ヶ月を加算して既に七ヶ月に成長しているのだ。このまま順調に発育すれば、間違いなく洋一の子供は生まれ出てくる。

――おれには、関係ない。

それでも、彼は拒否したかった。

さゆりは、結局二週間入院することになったが、その間、洋一は一度として見舞いに出向かなかった。精神安定剤を飲み過ぎたせいか、それとも単に精神的な理由からか、虚脱状態のまま二、三日間夢見心地で過し、正気を取り戻してみると、洋一は身体の底の底のほうからにじみ出る恐怖に悩まされた。ぱっくりと切り裂かれた手首や、目に飛び込んで網膜を被《おお》った鮮血が、現実と夢を問わず現れて、脅《おび》しをかけてくる。道連れにされて消えていたかもしれない命の重みに、今さらのように怯えたのだ。

しかも、その間、警察からの事情聴取にうんざりさせられ、芝居の稽古《けいこ》は一週間続けて休んで仲間たちから取り残され、果てしなく沈み込む気分を味わった。食欲もなく、飲んで荒れることを恐れて酒も飲まず、左手首にできた引っ掻き傷のかさぶたをぼりぼりかきながら、マンションの部屋に寝転がってぼうっとしていた。いくら住み慣れた部屋とはいえ、マンションの所有者はさゆりであり、それを考えると部屋で過すのも苦痛だった。

ちょうど一週間目の朝、何度か鳴った電話のベルを無視し、バイクでも走らせようと駐車場に降りたところで、恵子に出会った。

「もう、洋一さんったら、何度電話しても出ないんだもん」

さゆりが自殺未遂で入院中と知って安心し、その隙にのこのこ訪ねてきたのかと思うとむしょうに腹が立った。怒りをあからさまにして受け答えしていると、恵子もついに怒り

出し、

「つらいのはわかるけど、いつまで稽古を休むつもり？」

と、恩着せがましく忠告してくる。

「あなたにとって今がどんなに大切なときかわかってるの？」

まるで受験期の息子に対する母親の口調だった。

ふいに洋一は、自分が切り開こうとする将来がしっかり他人の手に握られている現実に、強い嫌悪感を感じた。さゆりには殺されかけ、恵子は保護者になりたがる。そういった関係のすべてが、いやになった。今年には二十九歳になり、来年は三十歳だった。とりたてていい加減な人生を送ってきたわけではないのに、三十歳という年齢を目前にして、今の自分をとりまくすべてから脱却したい衝動が生まれた。やっと摑《つか》んだ商業演劇の役を棒に振っても構わない、無一文になっても構わない、居場所を失っても構わない、とにかくこれまでの自分を捨て去りたかった。役者で成功したいなどという夢が馬鹿らしく思え、もっと肉体を酷使する職場で、一心不乱に働きたいという欲望が生まれた。そうすれば、血や汗に混じって身体にたまった汚物が流れ出て、それまでと違った自分に生まれ変わることができる……。

思いつきは願望に変わり、「どけよ」と恵子の肩を押し、バイクにまたがったときはまだマグロ船に乗ろうなどとは夢にも思わなかった。だが、よくさゆりとツーリングにでかけた三浦半島の海沿いを走るうち、知らぬ間に城ケ島《じょうがしま》に至り、それとなく沖を眺《なが》めていると帰港するマグロ船が目についた。デッキには数人の男たちが立っている。遠過ぎて、表情まではとても見えない。だが、豆粒ほどの身体から、帰港する喜びがあふれている。仕事を終えた満足感と家族に会える喜びで、デッキの上が生き生きと輝いているのだ。洋一は、沖合から伝わってくる生命力に導かれて埠頭《ふとう》に向かい、接岸されたマグロ船を見上げているところで高木重吉に出会い、その場で航海に出る決心をした。一旦《いったん》マンションに戻ってメメを友人にあずけ、荷物をまとめて埠頭に戻ってからは、出港のための準備に汗を流した。決心が鈍るのを恐れ、結局さゆりには逢《あ》わず終《じま》いだった。

　その結果が、今洋一の眼前に広がる海だ。三崎の埠頭から眺めた海とは、まるで種類の異なる世界。過酷といえば、これほど過酷な労働の場はない。仕事自体きついけれど、時《し》化《け》の操業では常に命の危険が伴う。では、生まれ変わることはできたか……、洋一にはまだなんともいえない。結果が出るのはもっと先のことだろう。ただ、船での生活が長くなるにしたがって、さゆりとの心中のシーンが次第に頭から離れていったのは確かだ。身体つきも、それに当然のごとく食べ物の好みも変わった。性欲の処理のしかた、他の船員たちとの接しかた、すべては陸のやりかたと異なる。しかし、こんなところまで、さゆりは執拗《しつよう》に追いかけてきて、変わりつつあった肉体を台無しにしようとする。洋一の心は再び揺れた。

　必要な物資の供給を終え、洋上補給船は去ろうとしている。汽笛が鳴った。漁場から漁場へ向かう途中の、ささやかな休息の時は終わり、明日からはまた過酷な操業が始まる。

洋一は、掛け声を上げて船尾に駆け寄り、物資を運ぶ仲間たちの中心に立った。倉庫へのタラップを降りながら、彼は祈った。新漁場《あらば》には、釣り切れないほどのミナミマグロの群れがいて、迷いもなにもかも吹き飛ばすほどの労働が始まればいいと。

第三章　ウォールフルーツ

1

十月に入ると、急に涼しくなり始めた。洋一のいる南太平洋の海域はこれから春へと向かうが、日本は秋の空気が濃くなっていく。

望月の住むマンションの十六階は、窓を開け放しておくといい風が入ってきて、夏でもクーラーをかける必要はなかった。夕食後の団欒《だんらん》に、望月は言葉少なに夕刊を読んでいた。が、その吹き込む風の冷たさが気になった。ときどき顔を上げ、柱時計の針を見る。ズボンの尻《しり》ポケットからサイフを抜きだし、スポーツジムの会員証が入っているかどうか確かめた。

スポーツジムの会員になって一ヶ月以上たつが、望月は実際にジムでのトレーニングに汗を流したことはなかった。だが、妻の尚美は、望月が週に一回はジムに通っていると思い込んでいた。いくら石鹸《せっけん》の匂いをぷんぷんさせて帰っても、ジムに寄ったと説明すれば疑われる心配はない。

野々山明子との約束の時間は八時だった。三十分前になると、望月はそわそわとして、新聞を読んでいても内容が頭に入らなくなった。車でほんの十分の距離にある公園で落ち合い、その公園の駐車場にどちらかの車を止め、一台に便乗したうえで目的のところに向から……。この方法をとるようになって、今晩で三回目だ。

「ちょっと、ジムに行ってくるよ」

望月は、広げた新聞紙で顔を隠すようにして、妻に声をかけた。常日頃から夫の運動不足を指摘していた尚美は、望月のジム通いには大賛成で、いつも快く送り出す。

「下着とか、タオル、用意しましょうか」

食器を洗い上げ、濡《ぬ》れた手をタオルで拭《ふ》きながら、尚美は寝室へ入ろうとした。

「いや、いい。自分で用意する」

望月は即座に断り、立ち上がった。妻に手伝わせるわけにはいかない。なんら疑いの色も見せず詮索《せんさく》もしないで送り出す妻に、下着の用意までさせる無神経さは望月になかった。いたたまれない気持ちで、望月は、決して汗まみれになることのないトレーニングウェア、シューズ、タオル等を手早くスポーツバッグに詰め、靴を履こうと玄関先に腰をおろした。

「帰りはたぶん十時過ぎになると思う」

立ち上がって振り向くと、すぐ正面に妻の顔があった。そして、いつの間に来たのか、娘の香苗《かなえ》までその横に立っていた。ふたりの顔に視線を走らせるうち、望月は次第に落ち着きをなくし、足元のほうから制御できないほどの震えが立ち上がってくる感覚を覚えた。

——今晩で、もう、終わりにしよう。

何度も同じ言葉を言い聞かせた。

「パパ、がんばってダイエット、ダイエット」

Vサインを出し、微笑みながら娘が言う。望月は、強く目をつぶって妻と娘の像を消すと、身を翻してドアの外に出た。心臓の鼓動が激しい。精神的にも、肉体的にもあえいでいた。いざ神経症にかかったときの用心に、信頼のおける精神科医をひとり捜しておいたほうがいいな、とそんな冗談で気を紛らせようとしたが、冗談になりそうもないくらいに動悸《どうき》は長く尾を引いた。

車に乗ってルームミラーの角度を調整していると、一ヶ月ばかり前に診察した女性患者の顔が頭に浮かんだ。ちょっと診ただけで、かなりの困惑を抱えているとわかったが、神経症というほどではなかった。彼女の場合もまた、夫以外の男性への恋心が困惑の原因となっていたのだ。

その患者は、なに不自由なく暮らす四十二歳の主婦で、夫は地元の大企業の重役だった。ところが、そんな理想的な立場にいる女性が、息子の家庭教師として雇った地位も名誉も金もない妻子持ちの男性を心から愛してしまったという。愛したといっても、家庭教師がやってくる日、胸をときめかして待つだけの、純粋にプラトニックなものだった。

ところがある夜、家庭教師がやってくる日にだけ妻が念入りに化粧をするという符合に気付いた夫は、その意味を妻に問い詰めた。夫は、妻の不倫を疑っていたわけではない。だが、妻は返事に窮した。妻が女学生のような恋心を家庭教師に抱いているらしいと知って、夫は怒るよりも先、容色の衰えた妻をさんざん嘲笑《あざわら》った。妻の精神は深く傷つき、以来極度の食欲不振に陥ってしまったのだ。

こんな例は無数にある。突然の婚約破棄、三角関係のもつれ、不倫の果て……、殺人にまで発展することさえ珍しくない。これまで望月は心の片隅で、こういった問題に直面する人間は、ようするに生き方を知らないのだと考えていた。人の心の内を想像するなんて芸当もできなければ、どうすれば人を幸せにできるかもわからない。生きるに下手な人間が陥りがちな落とし穴で、人間に関する知識が豊富であれば、そんな陥穽《かんせい》にはまることもないだろうと。

しかし、今、彼が向かおうとしている場所は、まさに落とし穴だった。妻に嘘をついて家を出るときの心臓の鼓動が、正直に告げている。逢引《あいびき》の誘いを断りさえすれば簡単なのに、それができない。なぜ、できないのか。純粋に肉体が望んでいることを、理性の力で押し込められないからだ。もうすぐ愛人に逢《あ》えるというのに、彼の胸は激しい葛藤《かっとう》にさいなまれていた。

八時数分前、望月は公園の駐車場に車を止めた。明子はまだ到着していないらしく、他に車の影は見当たらない。ライトをスモールにおとし、エンジンはかけたままにしておいた。カセットテープをデッキに押し込み、ハンドルに両手を乗せて待っていると、恋のもつれが原因で神経症に陥った患者たちの顔が望月の脳裏に次々と浮かんでは消えていく。

——終わりにしよう、今夜で。

何度同じ言葉を繰り返せば気が済むのか、まるで患者を自己暗示にかけるようなものだ。

ところが、何度目かにその言葉を口にしたとき、リアウインドウからフロントへと舐《な》めるようにヘッドライトの光が走り、光の方向に目をやると、駐車場の入口を曲がる小型のクーペが目に入った。ダッシュボードのデジタル時計は、ちょうど八時を示している。車から降り立った明子は、ベージュのワンピースに身を包み、サングラスをかけていた。アスファルトにハイヒールの音を響かせて近づいてくる様子を、望月はルームミラーの中に見守った。サイドガラスをコツコツと三回叩《たた》いて助手席のドアを開け、膝《ひざ》を揃えてシートに滑り込むやいなや、明子は望月の首に両手を回して唇を押しつけてきた。その温かな柔らかさと、香水を一滴もつけない地肌の匂いは、あっという間に望月の官能に灯《とも》を点し、お題目のように唱えていた決意は吹き飛ばされていった。

下半身をシーツにくるみ、組んだ両手を頭の下に敷いて、明子はこころもち上半身を反らせて豊かな胸を突き出した。そうして、両足をふわりと持ち上げてベッドの端に腰かけ、サイドボードに置かれた紙袋から思い出したように一個の果物を取り出した。

果物は薄紙で包まれた西洋なしだった。

「これって、知ってる？」

明子は西洋なしを胸の高さに持ち上げた。

「西洋なしだろ。どうしてそんなもの持ってきたんだい？」

望月が身体を起こして尋ねると、明子はさもおかしそうに笑った。

「出掛けに、うちの人が持たせたのよ」

「君のご主人？」

「麗子《れいこ》のところに行くって出ようとしたら、じゃあこれ持っていけって、うちの人に渡されたの」

明子は麗子という友人を訪ねると嘘をついてうちを出たに違いない。だが本当に、夫は妻の嘘を見抜けなかったのだろうかと、望月は少し心配になった。

望月の不安げな顔色を読み取って、明子は言う。

「だいじょうぶよ、間違っても麗子のところに電話かけて探るような人じゃないから。今頃はもうお風呂《ふろ》に入って寝る頃よ」

「寝るっていっても、まだ十時前だ」

「うちの人、朝、早いから……」

「仕事？」

夫の仕事に話が及ぼうとしたとたん、明子は、手に持ったままの西洋なしをお手玉のように軽く放り上げ始めた。夫の仕事のことには触れてほしくないらしく、しきりに話題をそらそうとしている。望月は明子の夫の職業をまだ聞かされてなかった。

「西洋なしって、ウォールフルーツ？　ウォールフルーツの一種なのよ。知ってた？」

「ウォールフルーツ？　ウォールルって、壁って意味の？」

「うん、そう。これ、壁にもたせかけて保護してあげないと、うまく実らないのよ。寒さとか風に弱いから」

パーティで話し相手がなくひとりぼっちの人のことを、ウォールフラワーと呼ぶのは知っている。だが、ウォールフルーツという言葉は彼には初めてだった。

明子は、西洋なしを望月に手渡し、「食べて」とすすめる。

望月はしばらくの間、西洋なしとにらめっこをした。寒さや風雨から保護するため、壁にもたせかけて育てる果実。ようするに、大切にしてあげないとうまく実らないのだ。入院患者ひとりひとりの顔が連想された。松居病院にいる者はみな多かれ少なかれこの果実と同じだった。

望月が食べあぐんでいると、明子は「もう」とじれったそうに奪い取り、一口かじりつき「おいしい」と言って唇を手の甲で拭《ぬぐ》う。ふっくらとした曲線を描く黄色の西洋なしは、その一部を明子の唾液《だえき》で濡《ぬ》らし、ピンクがかった室内の照明を表面でとらえていた。満月の浅瀬にいる、ナマコのようだ。

「残り、先生にあげる。食べて」

「え」と驚いたまま、望月は受け取るに受け取れず、手を伸ばそうとはしなかった。入院患者とイメージが重なった以上、もはや食欲は湧かない。

「食べたくないんだ」

「もらってよ」

「いいよ」

明子は、「あら、そう」とやけにあっさりと諦《あきら》め、ためらうことなく食べかけの西洋なしをゴミ箱の中に投げ捨てた。底に積もったティッシュペーパーの山をクッション代わりに西洋なしは鈍い音をたて、ゴミ箱の底に転がった。

「その代わり……」

言いながら、明子は望月の胸に指を這《は》わせてきた。「その代わり……、ねえ、先生の、ちょうだい」

「わたしの……、何を？」

半分察してはいたが、望月は訊《き》き返した。

「だから、先生の……」

明子は望月の下半身に手を伸ばし、その一方で顔をぐっと耳元に近づけた。

「先生の、あかちゃんよ」

答えをためらったわけではない。どんなふうに答えていいのか、わからなかったわけでもない。ただ、沈黙のみを返した。こんな場合よくありがちな、沈黙で全てを伝える手段しか取れなかった。男と女が深みにはまっていく、そのお決まりのコースを辿《たど》ることに未《いま》だ実感は湧かなかったが、望月はふと将来のことを頭に思い描いたりしてしまう。

「だいじょうぶ、安心して。絶対に、バレないようにするわ。先生には、迷惑をかけない」

望月は沈黙を続けた。

「もう三十三歳よ、子供のひとりくらいいてもおかしくない。でも、いやなの、夫の子供なんて産みたくもない、先生のじゃなくちゃ、いや」

「………」

「認知してほしいなんて、絶対に言い出さないわ」

望月は、煙草を一本抜き出すと、ライターで火をつけて深く吸い込んだ。ところが、一口吸っただけで、その火はまたも明子の手で揉《も》み消された。

「先生、血液型A型でしょ、わたしもA。夫は0なの。だから、子供はAか0しかできない。この点もだいじょうぶ。顔なんて少しくらい似てなくても、怪しまないものよ。うちのなんて特に鈍いし」

望月は、肘《ひじ》をついて上半身を半分起こしかけた。

「夫にバレないよう、浮気相手の子を孕《はら》むなんて簡単なのよ。わたしなら百パーセント確実にできるわ。毎朝体温計ってるもの」

婦人体温計で毎朝きちんとグラフに記入していれば、排卵日を知ることもある程度可能だ。その数日後、夫と形式的に交わってごまかせば、ほとんど疑われず他の男の子供を孕むことはできる。

返事をしない望月に失望した様子もなく、明子は無言でベッド脇に立ち、バスルームに消えていった。

それから数分間、ゆったりと湯船につかっているのか、望月のところにまで水の音は届かなかった。仰向けの姿勢でベッドに横たわり、望月は心持ち顔を上げてバスルームのほうに耳を澄ました。ピンクの照明がすぐ頭上で輝いているが、その派手な色合いに不釣り合いなほど部屋は静かだ。わざと音をたてないようにして、望月の考えが自分のほうに傾くのを待っている……、調和の欠けた静寂に、望月はなんらかの意図を読み取ろうとした。

望月には、子供がほしいと願う明子の気持ちに偽りがあるとは思えなかった。少なくとも、夫の子供は欲しくないというのは間違いなく本音だ。

——彼女ならやりかねない。夫に内緒どころか、このわたしに秘密にしてまで、わたしの子供を産みかねない。

そんな思いが、望月の胸をよぎる。今はまだ、実感が湧かない。だれにも迷惑をかけないんだったら産ませてもいいかなと、ふと気を許しがちになる。しかし、将来、家族に災厄が降りかかるのは明らかだ。

やがて、小さなハミングがバスルームのドアの隙間から流れ出てきた。両目をつぶった明子が、うなじまで湯に浸して気持ちよさそうに歌う姿が目に浮かび、深刻に考え込んでいる自分がばからしくなった。

気分転換にハミングしようとして、すぐにメロディが口をついて出てきた。だが、タイトルが思い出せない。何度か繰り返して記憶に刺激を与えるうちに、浅川さゆりの持ち歌『鏡の中』であることに気付いた。診察のときもさゆりはよくこの曲を口ずさんでいて、望月は知らぬ間に覚えてしまった。

浅川さゆりの病状にあまり変化はなかったが、身体つきは日を追うごとに変わっていた。妊娠も八ヶ月目に入っている。大きな腹を抱えて中庭を散歩するさゆりの姿は、どことなく滑稽《こっけい》でもあった。砂子健史が収集した情報によれば、お腹の子の父親は真木洋一とみて間違いなかった。さゆりを救う唯一の方法は彼の手に握られている……、望月は漠然とそう考えていた。だが、その彼がマグロ船に乗ってニュージーランド沖にいるというのでは見通しは暗い。女を捨てて逃げたという以外、解釈のしようがなかった。

望月は、浅川さゆりに関する情報をもう一度頭の中で整理してみた。精神科のカルテには、患者のみならずその家族の辿った人生まで事細かに書き込まれ、紙数は膨大な量になる。だれひとり身よりのないさゆりの場合、正確なカルテを作るまでにはいかなかった。しかし、健史が探り出した情報から、漠然とではあるがさゆりを取り巻く家族の問題が浮かびつつあった。もっとも大きな疑問は、父の修一郎が自殺した理由は何かということだ。健史が、修一郎の共同経営者であった永田に会って話を聞いたところでは、彼の死は間違いなく自殺だった。だが、遺書はなく動機に関しては不明なところが多い。ただ、自殺する直前、修一郎が精神科の医師の診察を受けていたという事実に、望月は引っ掛かった。永田によれば、自殺する三ヶ月ばかり前から修一郎の様子が変わり始めたという。まず、物忘れがひどくなった。仕事の打合せをしていても、つい昨日の契約を忘れることがしばしばあって、永田を唖然《あぜん》とさせた。しかも、永田がそれを指摘すると、逆に修一郎は怒り狂って手のつけられない状態に陥ってしまったという。原因もなく怒りの発作に襲われることもあって、周りの人間はとかく迷惑を被《こうむ》ったらしい。仕事上のミスも多く、それまでのバイタリティは微塵《みじん》も感じられない。顔の表情から歩き方まで、どこかこれまでと違った印象を受ける。皆が皆、ちょっとおかしいんじゃないかと囁《ささや》き、暗に精神科の医師の診断をすすめた。そうして、修一郎はとうとう医師の診断を受けた。健史は、修一郎がかかった医院の名前まで調べ出していた。精神神経科内藤クリニック。

同じ精神科の医者として、望月が気にするのも当然だ。修一郎が精神の病に冒されていたのかどうか、もし実際に病気だったとしたら、その病名は何か。怒りっぽくなり、物忘れがひどくなった……、突然の人格の変化。原因は？　神経症によるものか、あるいは分裂病性、器質的精神病によるものか、それとも、アルコール、麻薬、覚醒剤《かくせいざい》による中毒が引き起こした人格の変化か。望月は様々な病名を思い浮かべ、症状を比較した。しかし、あまりにも情報が少な過ぎる。もうひとつのキィワード、修一郎の娘のさゆりも、最低二度自殺未遂を起こしているという事実。六年前、さゆりは歌手としてデビューを果たしたが、サマーキャンペーンの途中から神経のバランスを崩し、しかもその二ヶ月後には父に自殺され、ショックから立ち直れず、歌手としての将来を棒に振ってしまった。翌年、真木洋一と知り合い、五年近く同棲《どうせい》した後、今年の春に心中未遂、そしてほんの二ヶ月前、妊娠五ヶ月の身体で中田島の海岸で、入水《じゅすい》自殺を試みる。望月は、ひょっとして、修一郎の病気には遺伝的要素があるのではないかと憶測した。父と娘の繋《つな》がり、血の絆《きずな》……。

——まさか。

ある疑念が浮かんだ。五十万人にたった一人という罹病率《りびょうりつ》の恐るべき精神疾患。望月は、上京して精神神経科内藤クリニックに赴き、浅川修一郎のカルテを見せてもらいたい欲求に駆られた。カルテに記された病名にヒントが隠されている可能性がある。現在のさゆりの症状、彼女の身にのしかかる宿命の重さは、カルテの家族歴の欄に記されているのではないか。

仕事へと集中しつつあった意識は、バスルームから出てきた明子の濡れた身体にあっけなく妨げられた。長い入浴によって肌は朱に染まり、腰から胸、首筋へとかけて泡だった汗の粒に被《おお》われていた。タオルで拭《ふ》いても、発汗はなかなかやまない。だが、生乾きのまま、明子は下着を着けていった。やがて、ワンピースのファスナーを上げ終わり、望月のほうに向きなおった。罠《わな》と知りつつも男がのめり込んでゆくのは、垂れた髪の間で一際輝きを増す野性的な瞳《ひとみ》だった。子供っぽい無邪気さも浮かべれば、妖《あや》しげな色も浮かべる変幻自在の瞳が、自分の願望をかなえるべく男を誘い込もうとしていた。

2

東京で開催された日本精神医学会に出席したあと、望月は大田区にある精神神経科内藤クリニックに足を延ばした。精神科医の世界はそれほど広くなく、つてを辿るうち望月の師でもある浜松医大の龍波《たつなみ》教授と内藤が懇意にしていることを突き止め、電話での紹介は既に済んでいた。

——治療に必要とあらば、浅川修一郎のカルテの概要を郵送しましょうか？

内藤は親切にそう申し出たが、望月は断り、学会のついでに伺っても構いませんかと訪問したい旨を伝え、約束をとりつけていた。患者の生い立ちから親兄弟の病歴まで詳しく書き込まれ、カルテは一冊のファイルとして保管されている。できることなら、現物に触れ、隅から隅まで目を通したかった。

腕時計を見ると、午後七時を過ぎていた。訪問が七時以降になる場合、自宅のほうを訪ねる約束になっていて、住所と電話番号は手帳にメモしてあった。望月は、もう一度住所を確認し、駅から五分の道のりを歩いた。

内藤は、クリニックのすぐ近所にアパートを借り、ひとりで住んでいた。二階建ての木造アパートで、開業医が住む住居としては不釣り合いだ。それほど繁盛していないのか、それとも妻のない独り身に贅沢《ぜいたく》は似合わないと質素に暮らしているのかと、望月はいらぬ詮索《せんさく》をしてしまう。

内藤は、髪が真っ白な上、痩《や》せて腰も少し曲がっていた。だが、龍波教授と同年齢というのだから、今年ちょうど六十のはずだ。

玄関先に望月の顔を見て、内藤は「やあ、いらっしゃい」と愛想のいい声をかけた。なにするでもなく過す夜、同業者である望月の来訪が嬉《うれ》しそうだった。２ＤＫのアパートは風通しもよく、外見からは想像もできないほど小綺麗《こぎれい》な作りだった。すぐ前は公園になっていて、静けさも申し分ない。

——なるほど、これがこのアパートに住む理由か。

望月は、ひとり納得して、部屋を見回した。洋室のドアが開いていて、書物で埋まった内部の様子が見てとれた。どこもかしこも隅々まできちんと整理が行き届いている。

「いいところですね。ここは、もう長いんですか？」

「二十年も住み続けると、引っ越す気なんてなくなりますよ」

内藤は本で埋まってない和室に望月を案内した。

二人は共通の人物、龍波教授の近況をひとしきり話した上で、望月はおもむろに今回の訪問の意図を述べ始めた。浅川さゆりという若い女性が、自分が副院長を務める浜松の松居病院に入院中であること、彼女の不幸の原因を探るうちにその父親の浅川修一郎の病気に突き当り、ぜひとも彼のカルテを見たい衝動に駆られたこと。

状況証拠だけで組み立てた病名が、今、望月の脳裏で明滅していた。カルテを見れば、真相は明らかになる。

「先生は、浅川修一郎という患者さん、覚えていらっしゃいますか？」

望月はまず最初にその点を確認した。内藤は、ゆっくりとうなずく。

「もちろん、覚えてますよ。確か、六年前のことです」

「もちろん、と言いますと？」

「だって、あなた……」

内藤はそこで言葉を止めて立ち上がった。

「まず、これをごらんになったらいかがです？　あなたからの電話を受けて、一応確認しておきました」

彼は用意しておいたカルテを、望月に差し出した。

神秘的なものに触れる思いで居住まいを正し、望月は何を見ても驚くまいと覚悟を決めた。順にカルテをめくっていった。最初のページだった。英語で記された病名が望月の目に飛び込み、脳裏に強く焼きついた。

『ハンティントン病』

——思っていた通り、ハンティントン病！

望月は顔を上げ、しばらく内藤と見つめ合った。予想が当っていたのだ。不謹慎と思いつつ、望月は湧き上がる興奮を押さえ切れなかった。

六年前、内藤が浅川修一郎の病気を目の当たりにしたときも、同様の感慨があった。

「精神科の医師になって三十年以上たちますが、この病気の患者に当ったのは、彼が最初で最後です」

しみじみとした口調で、内藤は浅川修一郎との出会いを述懐した。

忘れられるものではない。何回か診察を重ねて身体の不随意運動を調べ、修一郎の親兄弟の病歴だけではなくその祖父母の病歴まで辿《たど》って、彼は病名を確信した。修一郎の母は四十歳のとき事故で亡くなり、診断の下しようはなかったが、祖父は原因不明の精神疾患で自殺していた。しかも、四十三歳で亡くなった伯母《おば》には、死の直前明らかな痴呆《ちほう》の症状が見られたという。それらの事実と、身体の表面に現れた不随意運動や人格の変化、記憶の欠如、思考の混乱などからみて、病名は明らかだった。

——ハンティントン病。

しかし、病名を聞いても、修一郎はポカンと口を開けて、訊《き》き返すだけだった。医師以外で、この病気を知る人間はあまりいない。日本人の場合、罹病率は五十万人に一人という、極めてまれな病気だった。

内藤は、修一郎にこの後発生するだろう症状を簡単に説明していった。聞いているうち、修一郎の表情は硬くなり、それに反して両目だけがせわしく動き出した。何を考えているのか、内藤にはすぐにわかった。一人娘のことだ。同じ運命が娘にまでのしかかると思うと、死んでも死に切れない……、修一郎は歯ぎしりしたい思いだったに違いない。

「修一郎は、娘のさゆりに、病気のことを話したのでしょうか」

望月が訊いた。

「娘さんの生き方に係わることですから、話さないわけにはいかないでしょう。その点は何度も確認しておきました」

「で、どうなんでしょう。実際は……」

「もちろん、娘さんはご存じです。父の病気のことでずいぶん悩んだらしく、クリニックに来たおり詳しく説明しておきました。その後もちょくちょく来院しましてねえ。しきりに訊くんですよ、発症前の診断方法はまだ発見されないのかどうか。どうも口振りからして好きな男ができたらしい。……残酷なものです」

ちょうど歌手としてデビューしたてのサマーキャンペーンの頃、さゆりは理由もなくふさぎ込み、歌手生命を縮めてしまった。その原因がこれではっきりした。自分の運命を知って強いショックを受けたのだ。しかも、その二ヶ月後には、父の自殺という悲劇に見舞われ、立ち直るために半年以上の月日を要することになる。健史の作成した浅川家の年譜によれば、翌年の六月頃、さゆりは真木洋一と出会うのだが、彼との恋愛が心の治療薬になったのか、あるいは、より大きなジレンマとなって胸にのしかかったのか……。

望月は、そんなことを考えながらカルテをめくっていたが、さゆりの母、由布子《ゆうこ》に関する項目のところで、ふと手が止まった。さゆりが物心つくかつかぬ頃、母は亡くなったように聞かされていたが、カルテにはそう書かれてなかった。

——修一郎二十八歳のとき、妻由布子（二十七歳）と離婚。

この点に関して確かめると、内藤はメモを頼りに、浅川家の過去をするすると引き出してきた。

「舞台照明の仕事をしていた修一郎は、女優のタマゴだった由布子と知り合ってすぐ結婚し、さゆりさんをもうけるんですが、それから二年ばかりして、由布子はほとんど駆け落ち同然に家を出ています」

「駆け落ち？」

「男ができたんです」

「妻の由布子に？」

「ええ。その後、送られてきた離婚届に修一郎は判を押し、正式に離婚が成立したのですが、当時一歳六ヶ月だったさゆりは父のもとに残ることになった。悪いのは母親のほうだからと、修一郎は娘を絶対に手放さなかったのです」

「そうですか……、ところで、由布子が今、どこにいるかご存じですか？」

「まさか……、そこまではいくらなんでも」

望月は素早く暗算をした。離婚当時二十七歳だとしたら、現在由布子は五十に手が届く。

「言い忘れましたが、さゆりは今妊娠八ヶ月なんです」

望月は、なぜ由布子の居所が気になるのか、理由をそれとなく内藤に告げたつもりだった。

「なるほど、そうだったんですか」

内藤は、意図を理解した。

出産後、さゆりの症状に変化がなく、しかも男のほうが責任を放棄し続けたら、当然赤ん坊は乳児院にあずけられることになる。しかし、さゆりの母親が生きているとなれば、話は別だ。由布子は、生まれ出る子にとっての祖母にあたる。引き取る引き取らないはともかく、由布子にはことの次第だけでも知らせておく必要があった。万が一さゆりが回復して退院の運びになった場合、身元引受人になれるのもたぶん由布子だけだからだ。

「わからないでしょうかねえ、由布子の現住所」

望月の溜《た》め息に、内藤も溜め息で答える他なかった。

「ケースワーカーに相談したらいかがです。こんな場合だったら、捜し出してくれるんじゃないですか」

もちろん、浜松に戻り次第、市の福祉事務所に連絡を取り、しかるべき手続きを取るつもりだった。事情さえ許せば、望月はこの調査をもう一度健史に任せたいところだ。短期間のうちに、さゆりに関する様々なことを調べ上げて年譜にまとめた手際は、専門のケースワーカーも及ばないほどだ。探偵の真似事が性に合っているのか、本人はけっこう楽しそうにやっていた。東京の会社は正式に退社して、なにするでもなく実家に身を寄せる毎日だった。健史も、これからの進路を考えなければならない。案外ケースワーカーという仕事は彼に向いているのではないか。おりを見てそんなアドヴァイスをしてみようかと、望月は思うのだった。


夜の八時半だった。小売店の半分は店じまいしようとしている。タクシーで三十分もからないという内藤の言葉を信じ、望月は商店街をゆっくりと歩き、バーボンのポケット瓶を一本購入してからタクシーで東京駅に向かった。九時二十五分発のひかりに間に合えばいいのだから、そう焦ることはない。

あまり強いほうではなかったが、今晩の望月はむしょうにアルコールを欲していた。昼間の学会での収穫はほとんどゼロに等しい。なによりも、ハンティントン病という病名が心に重くのしかかっていた。修一郎の血を受け継いださゆりは、二分の一の確率で同じ病気に罹《かか》る運命にある。現在見られる精神症状が、ハンティントン病によるものだとすれば、もはや打つ手はなかった。できることといったら、さゆりの母由布子を捜し出して、生まれ出る赤ん坊を渡すくらいのものだ。しかし、皮肉にもその赤ん坊にも運命はつきまとう。無力感に陥りかけたとき、望月は酒に手を伸ばす癖があった。

3

病院近くの喫茶店でランチを取りながら、昨日東京の内藤クリニックを訪れ、修一郎の病名を確認したまでの経緯を説明したところ、なぜここでさゆりの父の病気が問題になるのか理解できず、健史は不審気に顔を曇らせた。

「ハンティントン病？」

わずかの沈黙の後、健史は訊《き》き返した。まったく初めて耳にする病名とあっては、訊き返す以外に反応のしようがない。残っていたサンドイッチを口に放り込み、健史は話を聞く体勢を整えた。

望月は、病気の説明を始めた。

「一八七二年、アメリカのジョージ・ハンティントンによって記載された極めて稀《まれ》な病気で、しかも、恐ろしく宿命的なんだよ、これが。精神疾患とは、ほとんどが環境に左右され、遺伝的要因も複雑にからんでくるものなんだが、ハンティントン病は、百パーセント遺伝子によって生じる病気なんだ。つまり、病気の原因はと聞かれれば、答えは簡単、DNAに組み込まれた遺伝プログラムの異常。それ以外の原因は有り得ない」

望月は、ガラスのテーブルにノートを広げ、鉛筆で黒丸と白丸の組をひとつと白丸と白丸の組をひとつ作った。人間の細胞核には対《つい》になった染色体があり、子供は両親からそれぞれひとつずつ譲り受けることになる。望月は、遺伝の法則をわかりやすく説明するために、染色体の対を黒丸と白丸、白丸と白丸に喩《たと》えた。

「メンデルの法則は知ってるかね？」

「名前だけなら……、でも高校の生物で習っただけで、中身はもう忘れました」

望月は、意味もなくうなずいた。

「ハンティントン病は、優性遺伝するんだ」

「優性遺伝……」

「遺伝には、劣性遺伝と優性遺伝があるんだが、なかには、親から優秀な遺伝子を受け継ぐのが優性遺伝で、短所を受け継ぐのが劣性遺伝と勘違いしている人もいるが、そうではない。遺伝子が優性というのは、つまり、伝える形質を担う一組の遺伝子が他方を押さえて優性になるってことなんだ。ハンティントン病の人間は、この病気を発症させる優性遺伝子を持っていて、もし、その子供がこの病気の遺伝子を運ぶ染色体を受け取ることになれば、その子供もまた発病することになる」

健史は慌てて、手で制した。

「先生、あの、もうちょっと、わかりやすく言ってもらえませんか」

「つまりだな……」

そう言って、望月はノートに描いた黒丸と白丸の対と白丸と白丸の対を線で結んで、四つのパターンを書き出していった。黒と白の染色体を持った父と、白と白の染色体を持った母から子供が生まれる場合、子供が受け継ぐ染色体の組み合わせは、黒白、黒白、白白、白白の四パターンがありうる。

「いいかい。黒丸がハンティントン病の遺伝子で、白丸が正常な遺伝子だとする。ほら、黒と白の組が二つ出来上がるだろ。優性遺伝とは、この場合簡単にいえば、黒の性質が白を押さえて発現するってことだから、ようするに、片方の親がハンティントン病の場合、その子供が発病する確率は五十パーセントってことになる」

「もしこの病気が劣性遺伝だとしたら？」

「異常な遺伝子は正常な遺伝子に押さえ込まれ、黒と白の組であっても保因者となるだけで発病はしない」

「じゃあ、両親とも、この病気だったら？」

「極めて稀な病気で、そんな例はありえないが、もしあったとして、その確率はいくらだと思う？」

健史は、答えを出そうとして一旦《いったん》ひっこめ、自信なさそうな顔で言った。

「百パーセント、ですか」

「いや、そうじゃない」

今度は黒丸と白丸の組を二つ描き、望月は互いに線で交差させて説明を加えた。組み合わせてできるのは四通りだった。黒黒、黒白、白黒、白白。見て明らかな通り、正常な遺伝子の組（白白）がひとつだけ出来上がる。

「わかるかね、両親ともこの病気だったとして、黒と黒の組、黒と白の組、白と黒の組、この三つまでが発病し、残りのひとつ、白と白の組は発病しない。つまり、発病する確率は、七十五パーセントということになる」

「なるほど……」

健史は理解した。そんなに難しいことではない。

「わかりました。いえ、まだ、どうもはっきりしないところはありますけど」

望月はそこで一息ついて、コーヒーをすすった。

「でも、いいかね。この病気の本当の恐ろしさは、そんなところにはない」

水分で喉《のど》を湿らせてから、望月は言った。その真剣な表情に、健史は思わず身構えてしまう。

「同じ優性遺伝病でも、その大部分は、身体各部の形の異常などであって、生まれてすぐ異常が発見されることが多い。しかし、ハンティントン病は違う」

「といいますと？」

「通常、三十代後半で病気が発現するまで、自分がこの遺伝子を受け取ったかどうかわからない」

「三十代後半？」

「もちろん個人差はあるが、平均するとだいたいそんなところだ」

「つまり」

健史は頭を働かせた。内容を整理するためには、自分に当てはめて考えるのが一番てっとり早い。

「今、ぼくの両親のうちどちらかがハンティントン病と診断されたとする。ぼくは二十四歳だから三十代後半までの約十年間、発病の恐怖に怯《おび》えながら過さなければならないことになる、ってわけですか？」

「そうだ」

「そ、それじゃ、ロシアンルーレットと同じだ。しかも、確率は五分五分」

想像の中で、健史は、六連発のリボルバーに三発の弾丸をこめ、自分の頭に銃口を向けて撃鉄を上げてみた。そして、その状態のまま、十年間過すことを考えた。想像しただけで、こめかみのあたりの血管がムズムズしてくる。

「わからないんですか、ほんとうに？　自分がこの病気になる運命にあるのかどうか」

「今のところはね。最近、遺伝子の異常が第四染色体に存在することが明らかになり、P

ET（ポジトロン・エミッション・トモグラフィー）で、尾状核の萎縮《いしゅく》、あるいはブドウ糖代謝の低下等を調べることにより、発症前の診断が可能になりつつあるんだが」

「もう一度、くどいようですが、さゆりさんの父がハンティントン病だとして、今現在、さゆりさんがこの病気の遺伝子を受け継いでしまったかどうか、わからないってことですね」

「まあ、そうだ」

「とすると、さゆりさんのお腹にいる子供に、この遺伝子が伝わってしまう確率は、今のところ四分の一」

「そう、しかし、さゆりさんが発病したとたん、その確率は二分の一に跳ね上がる」

健史は正面に座る望月から顔をそむけ、窓の外、なだらかな丘の斜面を見下ろした。斜面の下に光る沼の辺では、木々が色づき始めている。穏やかな、見慣れた風景だった。彼は、目を正面に戻した。

「先生、ところで、それって、どんな病気なんですか？」

「不随意運動と精神症状と両方あって……。ああ、つまりね、不随意運動とは、身体が本人の意思通りに動かなくなってしまうことなんだが、手足、あるいは、顔面、舌、口などに見られ、歩こうとしてもうまくいかず、踊っているかのように見えてしまう。それに、言語も不明瞭《ふめいりょう》になる」

「わかりました。ところで、精神症状のほうは？」

「記憶力の低下、集中力の低下。それに、怒りっぽくなったり、抑うつ症状や、妄想などが現れる。ま、人格がまったく変わってしまうと思えばいい。自殺も稀《まれ》ではない」

「自殺……、病気を悲観して？」

「いや、精神症状のひとつとして自殺がめずらしくないってことだ」

「じゃあ、さゆりさんのお父さんは」

「おそらく、そういうことだと思う」

健史は、ちょっと間を置いて、メガネの縁を上にずらせた。

「で、この病気、治るんですか？」

望月は、短く首をふった。

「いや」

治る見込みがまったくないことは、望月の表情からも明らかだった。

「とすると、症状はどう進むのですか？」

「末期になると、立ったり座ったりもできない。当然、歩くこともできない。だから介助が必要になる」

健史は、顔色を変えた。心臓の鼓動が早くなるのがわかる。これ以上は、聞きたくもなかったが、知らないですますわけにはいかない。

「人格は？」

「破壊される。もはや、その人間であった形跡はとどめない」

——さゆりさんが壊れてゆく？　どうなっちまうのだ、その後は？

「で、それから？」

「痴呆《ちほう》が進行し、…………やがては、死に至る」

健史は、しばし茫然《ぼうぜん》として、望月の目を見つめた。

——なんてこった！

さっきから、意味のない言葉が胸に響いてくる。

——なんてこった！　どうかしてる。世界は狂っている。

ハンティントン病は、人為的な災厄ではない。自然界の片隅に、これほど宿命的な病気が存在しようとは、健史は夢にも思わなかった。長い進化の過程で、偶発的に誕生したハンティントン病の遺伝子は、邪悪な意志力で生き延びようとするかのように作用する。幼い頃から病気への認識があれば、出産に関してある程度の防御が働くだろうが、顕在化するのが出産適齢期を過ぎてからとあっては、それも不可能だ。なんという、悪知恵。

健史は目を閉じて心を無にし、自己に対して正直になるよう努めた。運命をあらかじめ知っている人間は、いない。不確実でないものは、なにもない。喫茶店を出てすぐ、車にはねられて死ぬかもしれないし、近いうちに癌で死なないとも限らない。しかし、二分の一というはっきりとした確率が、恐るべき現実感を伴って健史の胸にのしかかってくる。

健史は、ある覚悟を持って目を開いた。さゆりが口ずさんだメロディが、すうっと脳裏をかすめる。そうして、望月の目を見据えて力強くうなずいたが、望月にはまだその意味するところが理解できなかった。

「さゆりさんは、ひょっとして、もう既に、ハンティントン病に冒されているんじゃないんですか」

おそるおそる、健史は尋ねた。

「いや、それが、まだわからないんだ」

「でも、あの症状は……」

「臨床症状がまるで違う。特有の不随意運動は見られないし、精神症状も明らかに異なる。大学病院に回して、CTスキャンによる尾状核の萎縮を確認してからでなくては、ちょっと判断できないなあ」

さゆりが現在陥っている昏蒙《こんもう》状態が、ハンティントン病によって引き起こされているとは考えにくかった。尾状核の萎縮が認められれば明らかだが、あまりに稀な病気のために臨床経験が乏しく、望月はまだ自信を持って診断を下せない状態だった。浅川さゆりは現在二十五歳。二十歳未満の若年発症例が全ハンティントン病の五パーセントから十パーセント見られることから、年齢的にはそれほど不自然ではない。まったく応答がなく、知能を判定することが不可能な患者の臨床報告もあり、さゆりの症状との類似を指摘しようと思えばできないこともなかった。

しかし、望月には、ほんのわずかずつさゆりが快方に向かっていくように感じられた。母親の本能がそうさせているのか、お腹の膨らみが増すにつれて、表情に張りが出てきたような気がするのだ。簡単な問いに対しては首を縦横に振っての返事が可能だったし、ハミングにはいつしか歌詞が乗るようになっていた。無意識のうちに、子供を産もうとする意志が頭をもたげ、着々と出産の準備を進めている……、そんな印象さえ受ける。ハンティントン病が治癒することはありえず、したがって、その点からも望月はさゆりの心の病はもっとほかのところからきていると信じたかった。

「ところで……」

望月は、さりげなく話の矛先を変え、さゆりの母の由布子が二十三年前に男と駆け落ちしたまま消息不明である事実を告げた。

「生きてるんですか？」

健史は、由布子が生存しているのが不思議らしく、眉根《まゆね》を寄せて訊《き》き返した。

「まだ五十歳だからね、事故あるいは病気で亡くなってなければ、当然、健在だろう」

健史は首をかしげた。由布子はとっくに死んだとばかり思い込んでいたのだ。その情報をどこから仕入れたか、もう一度記憶を呼び起こした。また聞きのまた聞きだった。「たぶん、亡くなったんじゃないんですか」程度のあやふやな表現が、いつしか健史の頭の中で、そうあってほしいという願望と結びつき、真実となって定着していったのだ。

「そうですか……」

望月は、健史が入手した情報に間違いがあったことを責めるつもりは毛頭なかった。だが、健史はなにか責任を感じたかのようにうつむいたままだ。

「先生……」

健史は顔を上げた。

「なんだい？」

「もし、その、さゆりさんのお母さんの居場所が判明した場合は……」

「もちろん、すぐ連絡を取り、こちらまで足を運んでもらうことになる」

「で、その後は……」

「保護義務者になってくれて、その上さゆりさんの病状が回復すれば、めでたく退院という事態もありうるだろう」

健史は浮かぬ顔で、また黙り込んだ。望月は気付いていた。健史は、保護義務者が現れて、さゆりが連れ去られるのを心配しているのだ。さゆりを連れ去る可能性のある人間は由布子の他にもうひとりいる。ニュージーランド沖で操業を続けるマグロ船に乗り組む真木洋一だった。今はまだ洋上とはいえ、いつ彼の気が変わって陸に舞い戻り、母子共々連れ去らないとも限らない。

しばらく続いた気まずい沈黙を破ったのは、健史が先だった。

「ところで、真木洋一は、さゆりさんがハンティントン病にかかるかもしれないってこと、知っていたのかなあ？」

健史は、疑問を口にした。

「さあ、それはなんともいえない」

「知っていたと思います、ぼくは。だから、逃げ出した。そう考えるのが自然ですよ」

洋一がさゆりの父のハンティントン病を知っていたかどうか、健史にも望月にも判断のしようがなかった。心中未遂以降の洋一の行動から考えれば、はた目には逃げ出したように見える。運命の共有を放棄したのだと。しかし、それも推測の域を出ない。

健史には、自分の推論をより確実にする手段があった。簡単だ。もし知らないのであれば、教えてやればいい。若潮水産の事務所にビデオテープと手紙を託したと同じ方法で、ハンティントン病に関する資料を送り付けてやるのだ。補給船との連絡がうまくいけば、一ヶ月ばかりで荷物は真木洋一のもとに届く。先に送ったビデオテープでは、さゆりのお腹の子供の存在を知らせた。今度の手紙では、さゆりの父のハンティントン病を知らせる。恋人の発病の可能性と、その運命が子供に受け継がれる可能性をたたみかければ、洋一という男はもっともっと遠くに逃げるに違いない、健史はそう思い込んでいた。

4

「先生、ちょっと」

野々山明子の声に、望月は反射的に立ち上がりかけた。明子は部屋の入口に立ったままで、入ろうとする素振りを見せない。普通ならデスクのところまで呼び寄せるところを、望月は自分からドアのほうへと足を運んだ。若い医師と、二人の看護婦がたまたま副院長室にいて、明子が漏らす不用意な言葉を耳に挟まないとも限らない。若い看護婦たちはとかくスキャンダルを好む。望月は、その餌食《えじき》にならないようにと、病院内では細心の注意を払っていた。

廊下に出て、ドアを締めると、望月は声を押し殺して訊いた。

「どうしたんだい？」

たぶん、今晩の逢引《あいびき》に関することではないか、時間の変更か、あるいは都合が悪くなった連絡だろうと、望月は少し咎《とが》める表情を明子に向けた。彼は、週に一度の逢瀬《おうせ》を心待ちするようになっていて、情事を先延ばしする言い訳には警戒心を働かせた。先週は、結局一日も逢《あ》えなかった。今晩もとなれば、そうそう相手のわがままを通すわけにもいかず、彼としても強い態度を取らざるを得ない。

望月の顔つきからその心理を読み取り、明子は左の頬にえくぼをつくって笑った。

「なに勘違いしてるのよ」

そうして、望月の左手を持ち上げ、人差指と中指のつけねのあたりを小指の爪先《つまさき》で、ちょんちょんとつつき、

「今晩は大丈夫よ」

と囁《ささや》く。

ほっと息をつき、絡ませてくる明子の手を解こうとする望月に、

「ちょっと来て下さらない？　見てもらいたいものがあるの」

と今度はがらりと口調を変え、明子は第二病棟へと歩き出した。

彼女が案内したのは、中野智子の個室だった。松居病院で現在昏蒙《こんもう》状態で入院しているのは、この中野智子と浅川さゆりのふたりだけだ。智子は、二歳七ヶ月の娘を亡くしたショックから、食事も排便もままならず、生活の全てにおいて介護を必要とする状態だった。症状はさゆりよりもずっと重い。

明子は、一応ノックしてから智子の病室に入った。女子病棟である第二病棟は、様々な種類の嬌声《きょうせい》に満ちている。女のなまめかしい声だけでなく、延々と続く哄笑《こうしょう》、まわりくどい言葉の羅列、理由のない怒り、号泣……、人間の身体から迸《ほとばし》るありとあらゆる声音は無意味な増幅を受けて渦を巻いていた。その喧噪《けんそう》に慣れてしまった望月にとって、智子の病室は逆の意味でぞっとさせる。智子はベッドに横たわり、仰向けの姿勢のまま微動だにしない。望月は、上からのぞき込み、両目とも薄く開いているのを確認した。視線は弱く、すぐ前に他人の顔が差し挟まれても、なんら表情を変えなかった。網膜でとらえた視覚の情報は、神経細胞によって脳にまで達しているはずだ。にもかかわらず、反応を返そうとしない。見えても見えなくても、智子にとって世界は同じだった。この底知れぬ無関心さに、望月はいつも恐怖を感じる。圧倒的な静寂の衣を纏《まと》って、智子の意識は一体どこを浮遊しているのだろうか、望月には想像力の及ぼしようもない。

中野智子の症状に変化は見られなかった。ここに案内した意図はどこにあるのだろうと、望月は明子に目を向け、それとなくうながした。

「ちょっと、これ見てくださらない？」

明子は望月の左手の袖《そで》を引いた。すぐ横に小さな流しがあって、その上は鉄格子のはまったガラス窓になっている。見ただけで、望月はすぐに気付いた。ガラスの表面に、手の平ほどの大きさの白いかたまりが二つ付着し、下の桟のところにさらに二つばかり引っ掛かっていた。

望月は、落ちているほうのかたまりをひとつ手に取り、観察した。軽くて、触っているうちに破片がぼろぼろとこぼれ落ちてくる。柔らかな紙を水で湿らせ、煎餅《せんべい》状にかためてガラスに付着させたところ、乾燥しきって落下したものらしい。紙質からして、たぶんトイレットペーパーと思われた。トイレットペーパーなら、部屋に備えつけてあり、いつでも手に入る。

「昨日の午後見たときは、なかったと思うんだけど」

明子は説明した。言う通りだとすれば、昨夜から今朝のうちに、智子はこんな奇妙なイタズラをしたことになる。彼女以外の患者の手によるものとは、まず考えられない。

「どういうことなんだろうなぁ」

望月は、トイレットペーパーのかたまりをほんの少しほぐしてみた。少なくとも、智子は自らの意志で動いたのだ。入院して初めて、彼女は行動を起こした。その意味するところを望月は探り出したかった。治療へのきっかけが得られるかもしれない。食事や排便等、生存の手段すべてに関心を示さない智子が、なぜこんなイタズラをしなくてはいけないのだ？

望月は、そばに明子がいるのも忘れ、全神経を集中させた。ときどき、横たわる智子に目をやり、想像の中で彼女を流しの前に立たせたりした。

トイレットペーパーのかたまりは全部で四つあった。ふたつはガラスに付着したままで、触ってみるとまだ少し濡《ぬ》れている。あとのふたつは水気が抜け切っていた。乾燥するまでの時間にズレがあったことになる。昨日から今日にかけて、智子はある程度の間隔をおいて四回流しの前に立ち、トイレットペーパーを水で濡らした。四つを、同時に作ったわけではない。では、一体どれくらいの量を水で濡らせば、これと同じかたまりが出来上がるのだろうと、望月は、戸棚から一ロール取り出し、実際にやってみた。水で濡らすとかなり小さくなるため、同じ大きさのかたまりを作るには二、三メートルほどの長さが必要だった。望月は、もう一度智子に目をやり、彼女と同じ心理状態になるよう努めた。深夜、目覚め、トイレットペーパーを、洗う。

——洗う？

望月は何気なく洗うという表現を使ったが、よく考えると妙な気がした。トイレットペーパーを洗う人間はまずいない。

——これは、遊びではない。

当然のことだった。入院して二年たつ智子が、無意識のうちにとった行動。入院以前に、習慣的に繰り返した行為のはずだ。望月は、濡らしたトイレットペーパーを両手で絞った。

そして、すぐ前のガラスにペタリと張りつける。もちろん、乾かすため……。智子は、二歳七ヶ月になる娘を貯水池で亡くした。二歳七ヶ月という年齢、おむつが取れたばかりの頃だ。

望月は、ガラス窓から手を離した。

「ねえ君、中野智子は、娘に布おむつを使っていたのかね？」

明子は首を横に振った。

「さあ、それはちょっと……」

「担当は、白石《しらいし》君だったね。ちょっと呼んできてもらえないか」

明子はきょとんとした。望月は、担当の白石が現在豊橋《とよはし》市の病院に出張中であることに気付いた。だからこそ、明子はわざわざ副院長に報告にきたのだ。

「あら、いらっしゃらないわ」

明子はそう言って、望月の二の腕を右手で優しく包み込んだ。

「ああ、わかってる。うっかりしていた」

「この患者さん、以前、子供に布おむつを使っていて、三年近くの間、毎晩洗い続けていた。その習慣がなにかのきっかけで顔を出し、トイレットペーパーを布おむつに見立て、洗って、乾かした。先生、そう解釈したんでしょ」

望月は、「ふんふん」と生返事を返し、その一方で、娘の香苗が二、三歳だった頃のことを思い起こしていた。望月は、一度もおむつを洗ったことがない。それどころか、替えたこともなかった。感触も知らなければ、臭いもわからない。ただ、あの細長い布切れが、乳幼児を象徴しているだろうとは想像がついた。乾いたおむつをたたむとき、妻の尚美は、肌触りや匂いを楽しむ素振りを見せたことがあった。

しかし、智子の突然の自発的行動に、望月は治癒の兆しを見ることができなかった。人間はだれしも親しい者の死に出会い、長い時間をかけてその悲しみを克服してゆく。だが、ほんのわずか、決して克服できない人間がいる。彼らのほとんどは後追い自殺に走るが、稀《まれ》に智子のように精神活動を閉ざしてしまう者もいた。失った子供の再生以外に救済はありえず、それが実現不可能となれば、自ら向こうの世界に飛び込んでしまう他ない。智子の場合、肉体はここにあっても、心は彼岸をさまよっていた。彼《か》の地で、娘のおむつを相変わらず洗っているのだ。

脳のメカニズムは、まだ解明されていないところが多い。なぜ、突然トイレットペーパーを洗い出したのか、望月には説明できなかった。カチリと、スイッチが入ったかのように神経細胞が作用し、身体が動いたのだろうが、触発したものの正体を確定するのは難しい。病棟で見かけたさゆりのお腹の明らかな膨らみがインパクトを与えたのかもしれないし、車椅子での散歩の途中、分別ゴミの山に捨てられた人形を見て、錯覚を起こしたのかもしれない。なにがどう作用するのかまったく予測できなかった。さゆりにしても、なんらかのきっかけで、歯車が動きだす可能性があった。そのカギを握るのは真木洋一ではないかと、望月は次第に確信を深めていった。

5

十月中旬の澄んだ空気に乗って、運動会の騒音が副院長室の開け放した窓から流れ込んできた。松居病院は高台に位置し、沼に至る手前の中腹には新設の中学校があった。音はそこの校庭から風に運ばれていた。三百六十度に耳を澄ませば、馴染《なじ》みの行進曲がもうあと二つ三つ耳に入ってくるかもしれない。よく晴れ渡った、運動会にうってつけの日和だった。

中庭に目を落とすと、ベンチに座る健史の姿があった。

――病院を自分の庭と勘違いしていやがる。

望月は苦笑いを漏らした。病院に勤務する職員よりも、健史の顔を見る機会のほうが近頃ずっと多い気がする。一週間のうちに最低二回さゆりの面会に来る勘定だった。

いつも通りベンチに座り、一方的に話しかける健史を、望月は窓辺に寄ってそれとなく観察した。たぶんお菓子の類《たぐい》だろうが、四角い包みを取り出してフタを開け、中のものをさゆりに差し出している。面会のとき、健史はいつも差し入れを持ってきた。しかし、さゆりはあまり喜ぶふうでもなく、なかなか手をつけようとしない。食欲は入院当時とあまり変わらず、お腹の子の成長を願う健史の善意は報われないことが多かった。

しかし、心配するまでもなく、医大付属病院の産婦人科医から、胎児が順調に育っていることを、望月は告げられていた。あと二ヶ月もすれば、さゆりは産婦人科に転院し、そこで分娩《ぶんべん》することになる。

望月の脳裏に、昨日亡くなったばかりの中野智子の顔が浮かんだ。医大付属病院に転院して誕生しようとする命がある一方、同じ場所で消えていった命もある。気管支肺炎をこじらせて四日前に転院した智子は、病状が悪化し昨夜ついに臨終を迎えたのだ。三十九歳だった。皮肉なことに、トイレットペーパーを洗い始めた日以来、智子の精神活動はにわかに回復し、三日後にはトイレに立つ素ぶりも見せた。作動したスイッチがどのように働きかけたのか、その後、望月も予測できなかったスピードで、智子は自力で食事するまでに至り、最終的には介護なしで生活できるまでになったのだ。その矢先、気管支肺炎が彼女を襲い、抵抗力の弱り切った肉体から生命を奪い取った。死期を予感して、精神活動が最後に狂い咲いたらしく、臨終のベッドで智子が見せた表情は豊かで、穏やかな心持ちを反映させたものだった。死を看取《みと》った望月は、ほっと胸を撫《な》でおろす思いで、今ごろは娘を抱き上げているだろう母の魂に祈りを捧《ささ》げた。

望月は、秋の空気に触れたくなり、階段を降りて中庭に出た。外来の診察を終えたばかりで、昼食まではまだ少し時間があった。ベンチの横を通り抜けるとき、望月は健史に声をかけた。

「やあ」

昼食の時間を知らせに来た看護婦に連れられて、さゆりは西病棟に消えたばかりだった。

名残惜しそうにさゆりの背中に視線を注ぐ健史は、望月の声に顔を巡らせ、徐々にかしこまっていった。

「先生……」

望月は、それまでさゆりが座っていた場所に腰を降ろし、

「最近、特に変わりはないかね？」

と、それとなく尋ねた。

「ええ、まあ……」

健史はあやふやに語尾を濁して言った。なにか言い出しかねている態度を見て、望月は健史の肩に優しく手を置いて、わざとベンチから腰を上げた。

「先生」

「なんだい」

「ちょっと、いいですか」

望月は、上げかけていた腰を元に戻し、健史のほうに半身をよじった。

「どうした？」

「実は、ご相談したいことが……」

少しでもきつい顔つきを向ければ、健史はすぐ言いかけたことを引っ込めそうに見えた。言おうか、言うまいか、迷っているのだ。言葉を引き出すべく、望月は努めて優しく笑いかけた。

「あの、いろいろ調べたんですけど、ぼく、さゆりさんの、保護者になれないものかと……」

「君が?」

健史はこくんとうなずく。望月は、つい驚いたふりをしたが、内心ではいつか健史はこんなことを言い出すんじゃないかと、予測していたところがあった。

「現実問題として、家庭裁判所が君を保護者と認めれば、それは可能だ」

精神保健福祉法では、保護者は後見人、配偶者、親権者の順位で就任することになっているが、該当する者がいないときは、居住地または現在地の市町村長がその任に当るとされている。したがって、現在、さゆりの保護者は浜松市の市長であった。入院の費用もそこから払われ、最終的には国庫が何割かを負担する。しかし、家庭裁判所は、後見人として砂子健史を認めることもできた。その場合、家庭裁判所は、義務を果たしているかどうか、健史を監視しなければならない。望月には、健史はさゆりと結婚したがっているのだと、察しがついた。配偶者となり、もっとも正統的な手段で保護者となろうとしているのだ。

「そのほうが、彼女にとっても……」

言いかけた健史を、望月は遮った。

「彼女の立場ではなく、問題なのは君のほうだろう。一口に保護者といっても、たいへんなことなんだぞ」

「でも、ぼくは……」

「結婚したい、っていうのかい？」

健史は顔を上げた。

「ええ、そうです。いけませんか？」

「いけなくはない。しかし、だねえ……」

たしかに、いけないことではない。孤独で、精神を病み、他の男の赤ん坊を宿し、しかも、ハンティントン病を発病するかもしれない女性を伴侶《はんりょ》として迎える、はたから見ればなんとヒューマニズムに溢《あふ》れた行為と映るだろう。だが、望月には釈然としなかった。釈然としないどころか、妙な腹立たしさが、胸の奥のほうから湧き上がってくる。

「先生、どうしてそんな顔をするんです？」

健史は、望月の表情に変化が現れたことに気付き、これまでの毅然《きぜん》とした態度を崩していった。少し不安になったのだ。自分のしようとしていることの、どこかに間違いがあるのだろうかと。

「君は、君自身を貶《おとし》めようとしている」

望月は身を屈《かが》めたまま、振り絞るように言った。

「お、貶める？　貶めるって？」

「ひょっとして、君は、さゆりさんと結婚するのが誉められるべき行動だと、勘違いしてるんじゃないのか」

健史は鼻白んだ。望月から、こういった非難を浴びるとは思ってもいなかった。

「でも、ぼくは、愛してるんです。その気持ちに忠実になるのが、いけないことなんですか」

「愛してる？　さゆりさんをか？」

「ええ」

「なにか、ちゃんと向かい合って、言葉のやりとりをしたことがあるのかね？」

「いえ、それは……」

「コミュニケーションが成り立たない相手と、どうやって愛情を交換するんだい？　相手の気持ちはどうやって確かめる？」

「………」

「冗談はやめたまえ」

口を開けかけた健史を望月は手で制し、さらに続けた。

「君は、君の乗るシーソーに釣り合うのは、様々なハンデを抱えたさゆりさんだけだと思っている。違うかね？」

望月は、健史の中にある弱さ、自信のなさ、生きる姿勢、その全てに絶望する思いだった。彼はシーソーの一端に乗り、もう一端にさゆりを乗せ、釣り合わせようとしている。さゆりには数多くのハンデがあった。どのひとつをとっても深刻このうえなく、それだけの重量を彼女から引いた場合、健史も同じ分だけマイナスの要素を用意しなければシーソーは釣り合わない。健史に必要なのは、そのマイナスをプラスに変える力のはずだ。にもかかわらず、彼は既にそのマイナス分を準備している。そして、自分のマイナスに見合うだけのマイナスを相手に捜して、釣り合わせようとする。それはとりもなおさず、自分を貶めることだと、望月には思われてならなかった。健史は、ヒューマニズムを勘違いしているのだと……。

健史は、望月の言った言葉の意味をよく吟味した。ゆっくりと時間をかけ、様々な方向から眺めるうち、わかったようなわからないような気分になってくる。これまで女性と対等に付き合ったことはなく、この先もそういうことは有り得ないと思い込んでいた。素敵な女性に出会っても、自分には釣り合わないと、気持ちを押さえ込んでばかりいたのだ。いつか気付かぬうちに、自分自身にハンデを課し、傷つくのを恐れ、闘いを避け続け……、そう考えると、なぜさゆりに魅《ひ》かれるのか、健史には納得できた。今の状態のさゆりは、けっして人を傷つけることができないからだ。しかし、だからといって、なぜ好きになってはいけないのか、彼には理解できない。

「子供はどうする？」

穏やかな口調で、望月は訊《き》いた。

「もちろん、育てますよ。ぼくが」

望月は、溜《た》め息をついて頭を振った。芝居がかった仕草だ。

「君の子ではない」

子も……」

「育てる、なんて簡単に言うけれども、それが、どんなに厄介か、考えたことがあるのかい？　遊びじゃないんだ。しかも、さゆりさんがハンティントン病を発病した場合、その
「わかってますよ」

望月は、そこで言葉を止めた。

——人に説教できる立場かよ。

内部からの声があった。その通りだった。望月は、自分の行為を顧みた。野々山明子の、望月の子供を宿したいという願望に対して、彼はまだ何の返事もしてなかった。優柔不断な態度のまま、その件を口にされると、卑怯《ひきょう》にも黙り込む手段をとっていたのだ。にもかかわらず、健史には、子供を育てる意味がわかっているのかと説教を垂れている。他人の欠点は目についても、自分のこととなるとまるで分別がつかなくなる。

冷や汗を拭《ふ》きながら、望月は、両膝《りょうひざ》に肘《ひじ》をつき、その上で組んだ両手に顎《あご》を乗せ、すぐ先の地面を見下ろした。無力感に陥りかけ、なんとなく、これ以上健史を問い詰める気になれなかった。

「先生、身元引受人がいれば、さゆりさんは退院できる状態なんでしょうか」

望月の耳には、健史の声がどこか遠くから聞こえてくるようだった。

「……え、ああ、まあ」

「退院できるんですね」

「まあ、そうだな」

退院を許可するにあたっての、客観的な目安はなかった。自傷他害といって、自殺または他人に害を及ぼす恐れのある場合、退院は見合わせられることが多い。しかし、ここでもまた「恐れ」という不明瞭《ふめいりよう》な表現を使わざるを得ないのだ。自殺の恐れなしと判断され、退院した患者が、すぐ翌日デパートの屋上から飛び降りた例を、望月は少なくとも三件は知っている。

望月は時々後悔することがあった。精神医学という、ことさらあやふやな分野を選択したことが、果たしてよかったのかどうかと。癌細胞を外科的療法で切除し、その結果患者の生命が救われれば、医師は限りない喜びを得ることができる。見た目も明らかなその治療法を、望月はときとして羨《うらや》ましいと感じる。ところが、精神疾患の治療においては客観的な効果はあまり期待できない。浅川さゆりという患者を救うのは、薬でも作業療法でもなく、鍵《かぎ》を握っているのは一人の人間であることを望月は知っている。医師は、代理人に過ぎない。たったひとりでいい。愛する人間から無償の愛を受け続けられれば、もはや患者の病は病ではなくなり、病院にいる意味は消え失せる。

「さゆりさんだって、いつまでもここにいるわけにはいかないでしょ」

健史は、急に口数を少なくした望月を、逆にやんわりと説得した。

「しかしねえ、まだ実母の由布子とも、それに……、真木洋一とも連絡が取れないじゃないか」

真木洋一の名前が出ると、健史はきっと望月をにらんだ。

「じゃ、真木洋一なら資格があるっていうんですか」

「それはなんともいえない」

「ぼくが、さゆりさんを引き取るのはダメで、真木洋一ならいいと、そう言うんですね」

「真木洋一と浅川さゆりの間に何があったかは知らないが、ふたりは数年間一緒に暮らしたという歴史をもっている。愛情のやりとりがあったと考えるべきだろう」

「でも、あいつは、逃げた」

健史は、洋一に対する敵意をむき出しにした。

「彼は、今、マグロ船に乗っていて、会って意志を確認することはできない。しかし、なんといっても、彼は、さゆりさんのお腹の子の父親なんだ」

健史の顔には激しい侮蔑《ぶべつ》の色が浮かんだ。

「逃げ出したのに、ですか」

「独断はよくないな」

「奴は、逃げたんです。恐れをなした。ハンティントン病の運命に。意気地無しですよ」

「知らないのかもしれない」

「さゆりさんの父親の病気を?」

「ああ、そうだ。恋人の洋一に、そう簡単に言えるような病名でもあるまい。事実、この病気は、隠されることが多い」

「大丈夫、もう手は打ちましたから」

だれにともなく、囁《ささや》くような声だった。望月には、すぐに意味がわからなかった。

――手を打った？

望月は胸で反芻《はんすう》してから、訊き返した。

「え、手を打ったって？」

「いえ、別に。たいしたことじゃないです」

「教えてくれないか」

「ただ、真木洋一のところに二度手紙を出しただけですよ」

「手紙？　どうやって」

「簡単です、彼の乗った船の船主、若潮水産の事務所に手紙を郵送すれば、南太平洋の第七若潮丸にまで届く仕組みになってるんです」

健史は、最初の手紙では腹の出たさゆりを映したビデオテープを送り、次の手紙ではさゆりの父親のハンティントン病が判明した事実と、ハンティントン病がいかなる病気であるかを説明した医学辞典のコピーを同封したことを打ち明けた。なぜ今まで隠していたのだろうと、望月は健史の胸の内を推し量った。どこかに罪悪感があったに違いない。恋仇《こいがたき》に、恋人のハンデをすべて書き連ねて送りつけ、諦《あきら》めるよう脅迫する。逃げ出す材料をすべて投げ与えて、敵の遁走《とんそう》を待つ。幼稚な手段だった。これもまた、マイナスをマイナスで塗り固める作業だった。

「治療の役に立てればと思いまして……」

望月の胸中を察してか、健史はそんなふうに言い訳をした。

望月は、怒りというより暗澹《あんたん》たる思いに駆られ、さゆりの父の病名を健史に教えるべきではなかったかなと後悔した。健史との間に、医師と患者を越えた信頼関係があると判断したからこそ、敢《あ》えて口止めはしなかったのだ。間違っても、患者の不利益になることはないだろうと。もし洋一がさゆりを迎えに来るようなことがあれば、望月はさゆりの父の病気に関して正直に告げるつもりだった。結果的には同じかもしれない。だが、それは望月の役目であって、健史の口出しする筋のものではない。

眉間《みけん》に皺《しわ》を寄せて、望月は尋ねた。

「いつ船に着くんだね」

「最初のは、もう着いてるはずです。次のは……、そうですね、あと二ヶ月もすれば着くんじゃないのかな」

ちょうどさゆりが出産する頃だった。子供が生まれようとするとき、父親は、子供の祖父の宿命的病気を知ることになる。

もうとっくに昼を過ぎていたが、いつもの食欲を感じなかった。望月は、健史の膝を軽く二回叩《たた》いて、立ち上がった。

「とにかく、もう一度よく考えてみてくれ。君には、もっと相応《ふさわ》しい女性が、現れると思うんだが……」

望月はそう言い残して、病棟のほうへ立ち去った。健史は、しばらくの間、その後ろ姿を複雑な思いで見つめながら、爪をかんだ。

健史は自分のとった行動を深く恥じていた。さゆりを襲うかもしれない精神疾患を洋一に知らせ、だれからも手の届かない孤独な世界に彼女を閉じ込めようとしたのだ。しかも、それは望月の信頼を裏切る行為でもあった。失望させてしまった望月を頼ることなく生きようと、その決意を胸に言い聞かせた。爪の切れ端を口から吐き出して立ち上がり、花壇のある表玄関へ歩こうとしたが、足は重い。その場を去りがたかった。まだどこかに弁明を捜している。この期に及んでもなお、自分のとった行為を釈明したかった。

運動会もこの時間はお昼時らしく、赤白両軍の闘いを鼓舞する音楽は鳴りやんでいた。ふっと現れた静けさの中、健史は歩くのを止めて、空を見た。

——一体、海の生活とはどんなものだろう。

なぜか、海の情景が空に広がり、異質な世界への憧憬《どうけい》を感じた。

——海はおそらく、人間の生き方を変える力を持っているに違いない。

まったく初めて、健史はそんな思いにとらわれ、海のただ中にいる洋一を激しく嫉妬《しっと》した。

続いて湧き上がったのは、自分を変えようとする決意だった。では、どう変えるべきか。とにかく、いつまでもぶらぶらと遊んでいるわけにもいかない。新しい職業を見つけるのが先決と思われた。

以前、望月からアドヴァイスを受けたことがあった。

——君は案外、ケースワーカーに向いているかもしれないね。

健史もまたさゆりに関する調査を通し、ケースワーカーのような職業が肌に合っているかもしれないと考え始めた矢先のことで、望月の言葉はすんなりと受け止められた。

——とりあえず、やって見ようか。

決意を胸に、健史はまた歩き始めた。と同時に、運動会の騒音が一際高く、風に運ばれてきた。

第四章　邂《かい》逅《こう》

1

十二月も半ばになると、日本の街角にはクリスマスの彩りが濃くなってゆく。これから夏を迎える南太平洋の、しかも第七若潮丸という小さな世界にも、その片鱗《へんりん》をうかがわせる品々が届いた。一週間前、予定通りオークランドに寄港して、餌、燃料、食料、水等の仕込みを行ったとき、各船員たちは親しい人々からの荷物を受け取ることができたのだ。ほとんどの荷物は届くぎりぎりの十一月上旬に差し出されたものだったが、たったひとつ、洋一が受け取った分厚い手紙だけは十月の初めに出されたものであった。差出人の名前には、砂子健史とある。

クリスマスプレゼントというには、内容はあまりに深刻だった。今度ばかりは手紙を海に捨てず、洋一は一週間のうちに何度も丹念に読み返して、内容を把握した。

さゆりの父修一郎がハンティントン病という病気にかかっていたという事実を記した手紙が二枚、そして、その病気がいかなるものであるかを示す資料が全部で二十三枚同封されていた。資料のうちの三枚は、実際のハンティントン病患者の臨床例の報告であって、うち一枚は十六ミリ連続写真で写した患者の歩行形態という念の入れようだった。歩こうとした患者が両手をつき、そろそろと立ち上がり、また歩こうとして両手をつく……、病気特有の不随意運動が二十八枚の連続写真で克明に描写されているのだ。おそらく専門の医学雑誌かなにかに掲載されたものをコピーしたのだろうが、洋一にはその用意周到さが不気味に感じられた。なんの魂胆があってこんな手の込んだことをするのか、まるで理解できない。手紙の文面に見受けられる慇懃《いんぎん》さと相まって、砂子健史という人物の真意が摑《つか》めないのだ。病気そのものの邪悪さが、投函《とうかん》した人物に重なり合うようで、洋一は激しく嫌悪した。

しかし、一通り手紙に目を通して、ハンティントン病の全貌《ぜんぼう》が明らかになると、健史の底意など即座に消え失せ、代わって、さゆりのいる風景のフラッシュバックが脳裏に展開した。妊娠したかもしれないと言いつつ受診した精神神経科クリニック、トランプ占いで「シアワセになる確率は二分の一だって」とつぶやくさゆりの横顔、ときに見せる切羽詰まった表情、激しい嫉妬《しっと》、自殺未遂、当時はその行動に意味を見いだせなかったのが、父親のハンティントン病という因子を当てはめれば、すんなりと謎は解けてゆく。

洋一は手紙を受けとってからの一週間、悩みに悩んだ。というのも、さゆりの気持ちが理解できたからだ。行為の裏にある動機が理解できてしまうと、ほとんどの人間は幾分寛容になれる。そうして、寛容になったぶんだけ、洋一の迷いは大きくなった。しかし、彼の迷いは迷いのまま、結論に至ることなく停止した。理解できたからといって、丸ごと抱え込むにはあまりに重すぎる荷物だった。しかも、あと十日ばかりたてば、子供が生まれる。ハンティントン病の遺伝子は、後継者を残すことにまんまと成功したのだ。運命の束縛から逃げられるものなら逃げたい……、それが正直な気持ちだ。心中未遂の直後、思い立ったようにマグロ船に乗ったのをこれ幸い、日本に帰ったらまた別の船に乗っていつまでも逃げ続けろという誘惑が、この一週間常につきまとっていた。そうして、彼の揺れる心を反映して、空の様子はにわかに変わり始めた。オークランドを発《た》ってちょうど一週間後、新漁場《あらば》を目指して北東の針路を取り、最深一万四十七メートルのケルマデック海溝を斜めに横切るときのこと、ファックスで送られる天気図を裏切って気圧は急激に下降したのだ。

2

十二月十五日夜半、第七若潮丸は低気圧の通過に見舞われた。既に操業予定地に達しているため、重吉は船をその場に漂泊させることにした。風力6から7の大時化《おおしけ》で、風浪を真横から受けると転覆の恐れもあった。船首方向を風上にもっていくよう、重吉は自らデッキに立って操船した。そうして、機関をいつでも停止できる状態に保ち、第七若潮丸はごくゆるい速度で風上へ向かい、低気圧の通過を息を殺して待った。

宮崎昭光は、大揺れに揺れるキャビンに横たわって、断片的に夢を見ていた。熟練の船乗りたる宮崎でも、大時化の中で熟睡はできず、体力を消耗しないように横になってうとするのが精一杯だった。

　船底にどーんと衝撃を受け、足先より頭の位置がずっと下になることもあった。吐き気なのか何なのか、胸の底のほうにむかむかした感情が溜《たま》っている。風浪というより、真っ赤な色彩を伴う夢によってもたらされたものだ。真っ赤な色彩は明らかに炎であったが、熱さはなく、しかし、何度も同じ夢から覚めるたびに、身体中にびっしょりと汗をかいた。炎にこめれらた意味が、宮崎にはわかっていたのだ。

　小学校高学年の頃、宮崎は自分の父親が船上での喧嘩《けんか》で殺されたらしいことをそれとなく知った。母から聞かされた話では、操業中の転落事故ということだったが、実は喧嘩によるものらしいと、マグロ漁の基地で育った彼の耳に噂が流れ込んできた。同じ船に乗っていた船員が、酒に酔ったおりに当時の秘密をうっかり漏らしてしまったのだ。

　父が死んだとき、宮崎は四歳だった。だから、父の面影はほとんど彼の記憶に残ってはいない。ただ、明瞭《めいりょう》に焼きついた光景が、ひとつだけある。肌触りまではっきりと覚えていた。汗にまみれた父の身体のぬるっとした感触……、父の太い両腕に抱き抱えられて、燃え盛る炎の中を駆け抜けたときの熱気……。出航の直前のことだった。宮崎一家の住む平屋の納戸から火が出て、あっという間に家を全焼するに至ったのだが、屋根が落ちる寸前、奥の部屋で寝ていた父は幼い宮崎の身体を肩に担ぎ上げ、妻の手を引いて外に転がり出た。脳裏にはっきり残っているのは、炎に照らされて赤銅色に輝く父の背中だった。すぐ鼻先で、背中は大きな息遣いで揺れ、ほとばしる汗には酒の臭いが混じっていた。しかし、井戸のほとりに座り込み、地下水を全身に浴びて崩れ落ちる家を振り返ったとき、日に焼けた父の顔は闇に溶け込んで判然としなかった。炎の色ははっきり覚えているのに、その光に照らされているはずの父の顔が記憶に残っていないのだ。一年のほとんどを漁に出て、家にいることは滅多になく、そのせいで顔の輪郭はあやふやになっていた。

家にいるごくわずかの期間、父は恐怖そのものだった。後に母から聞いた話では、酒癖は悪く、賭《か》け事と喧嘩に明け暮れる毎日だったという。特に母は、父の滞在中その暴力による生傷が絶えなかった。母の言葉と、他の人間の口から聞く内容とは大差なく、客観的に判断すれば父は典型的な人格破綻者《はたんしゃ》ということになるが、そうやって作り上げた父のイメージと、宮崎の胸に刻まれた父のイメージは、微妙に異なった。彼が抱く父親像は、たぶん願望が込められているのだろうが、男性的な逞《たくま》しさに満ちている。

その父が、船上の喧嘩で殺されたと聞いて、最初宮崎は耳を疑った。操業中の事故で死んだならともかく、喧嘩とあってはイメージが崩れてしまう。事故でなら死ぬかもしれない、だが、喧嘩で負けては死なない……、なんの根拠もなくそう思えた。しかも、噂の真相を探るうちに、父の肉体は水葬にされたのではなく、無人島に運ばれて荼毘《だび》に付されたと判明した。そういえば、確かに宮崎は遺骨の入った骨壺《こつつぼ》を見た覚えがある。無気力に首をうなだれる母の前に差し出された骨壺が、噂が単なる噂でないことを証明していた。

それ以来、宮崎は炎の夢に悩まされた。夢の中、生きたまま焼かれる男は、次第に前かがみの格好になり、握った両拳《りょうこぶし》を前に突き出して、ボクサーがグローブを構える姿勢になる。そうして、最後の瞬間には、大音響とともに身体中の骨が粉々に砕け散るのだ。夢の中で焼かれる男は、父でもなければ宮崎自身でもなかった。宮崎は、映画のスクリーンでも眺めるように、客観的な冷めた視線を炎に注いでいるのだが、目覚めるときには全身に汗をびっしょりとかいた。

波で持ち上がった船体が海面に叩《たた》き付けられ、ほんの十数秒の夢から宮崎は目覚めた。やはり汗をかいていた。呼吸も激しく、胸のあたりが苦しい。彼は、ベッドに起き上がり、天井に頭がつかないよう前かがみになって、身体の震えに耐えた。以前にもこんなことがあった。最初にこういった症状、動悸《どうき》と悪寒の発作に襲われたのは、中学二年のときのことだった。

何がきっかけかは、明らかだ。母の再婚相手に対する憎しみ、それ以外には考えられない。少年と母の住む家に転がり込んだ義父は、マグロの仲買人をしていた。四歳の頃の記憶に残る父親像とは似ても似つかない卑屈な男で、母に対してはけっして暴力を振るわなかったが、始終飲んだくれていて、酒が切れると夜中であろうが買ってくるよう言いつけられた。宮崎は、いつもこの男を軽蔑《けいべつ》の眼差《まなざ》しで眺めた。相手にもその思いが伝わるらしく、義父は宮崎に対する憎しみをあからさまにしたが、体力でかなわないと悟ると、振り上げた拳から力を徐々に抜き、耳の上をかいてごまかしたりする。そういった行為に、宮崎はよけい苛立《いらだ》ち、正面きって戦う価値もない男との烙印《らくいん》を押した。しかし、消えていなくなれという願いは持ち続けた。今この瞬間なら殺せる、という衝動が毎日のように湧き上がり、誘惑が絶えることはなかった。だが、宮崎がわざわざ手を下すまでもなく、義父は泥酔したあげく風呂《ふろ》に入り、心臓麻痺《まひ》を起こして死んだ。次に入ろうと服を脱ぎかけた宮崎は、浴槽の中に沈んだ義父の少ない頭髪が、浅瀬に泳ぐ海草のようにゆらめいているのを見て、近づき、人も呼ばずにしばらく見下ろしていた。そうするうち、身体の奥のほうからえもいわれぬ快感がにじみ出て、苛立ちや憎しみがきれいに洗い流される感覚を覚えた。このときの爽快感《そうかいかん》を、宮崎は決して忘れることができない。

ついこ三年前にも、制御できない胸の圧迫感に悩まされ、炎の悪夢に夜毎襲われたことがあった。焼津《やいづ》のマグロ船でインド洋を航海中のことだ。冷や汗を流しながら、宮崎は必死で義父が沈んだ浴槽の光景を思い浮かべたりしたが、想像力を利用しての治癒には無理があるらしく、気が付くと彼は、裸足《はだし》のままふらふらとブリッジの操舵室《そうだしつ》に顔をのぞかせていた。深夜の当直に立っていたのは、水産高校を卒業したばかりの新米だった。まだ初々しい華奢《きゃしゃ》な身体が、裸足の足音に気付いて振り返ったとき、宮崎は彼の顔にほんのわずか恐怖の色が浮かんだのを見逃さなかった。最初から危害を加える魂胆があったわけではない。だが、ほっそりした肩の線や、口もとの歪《ゆが》みかたには、妙にそそるものがあった。新米は、恐怖の表情をあっという間に引っ込め、代わりに意味のない饒舌《じょうぜつ》を浴びせかけたが、宮崎は生返事を繰り返しながら言葉巧みに新米をデッキへと連れ出した。

夜の海は、凪《な》いでいた。静穏な海は鏡の表面に喩《たと》えられるが、まさにその通りの黒く艶《つや》やかな海面が、どこまでも広がっていた。デッキの手摺《てす》りに並んで立ち、二言三言言葉を交わした後、宮崎は意思の決定というより、肉体の衝動によって行動を起こした。突如、背後から新米の股間《こかん》に右手を差し入れ、睾丸《こうがん》を握るようにして上に跳ね上げたのだ。新米は、空中で半回転して頭から海中へと消えた。

しばらく後、一旦《いったん》海面から首を出したが、叫ぼうとして水を飲み、また沈み、両手を上げて立ち泳ぎをしながらどうにか声を出したが、寝静まったキャビンまでは届かず、華奢な身体は航跡の向こうの闇へ飲まれて見えなくなった。宮崎はしばらくの間、新米の消えた海に目を凝らし、定期航路からかなり離れた絶海にたった一人取り残される感覚を味わい、身を包む冷気が悪夢を消火するに任せていた。

またぞろあの衝動が頭をもたげようとしている。同じ手は使えなかった。夜中に当直が消えたからといって、証拠がなければ海上保安庁も手出しができない。しかし、二度続けて宮崎の乗る船から人間が消えれば、疑われる恐れがあった。三年前は焼津の船、現在乗り組む第七若潮丸は三崎に所属する。だが、船乗りという狭い世界に、噂はあっという間に広がる。宮崎は、疑われることなく人間をひとり海に沈める方法を頭の中で練っていた。低気圧の通過が、その答えを導こうとしている。通過して時化がある程度収まれば、明日の早朝はたぶん縄を入れるだろう。きっとチャンスはある。宮崎は、額の汗を拭《ふ》いた。ところで、だれをやるのか……。宮崎は、父を殺したのが高木重吉であると知っている。だが、恨みと畏敬《いけい》の念を同時に抱く重吉を殺《や》るのは、まだまだ先のことと決めていた。第一、船頭を失った船は帰港せざるを得なくなる。現在、冷凍庫に眠るマグロは収容能力の半分以下だ。マグロ漁師たる宮崎は、半分の漁獲高で帰港する屈辱には耐えられない。となれば、人員の補充が可能な素人を狙うのが一番ということになる。いじめ抜いた末日本に送り返した水越を除けば、素人船員はあと一人、真木洋一以外にはいなかった。

空想の中、宮崎は何度も何度も洋一を海に叩き落とし、昂《たか》ぶった気持ちを鎮めた。救命胴衣を着けてないときが狙い目だったが、そんなことはどうでもいい。時化の海は、一旦飲み込んだものを決して吐き出さない。救命胴衣の浮力など何の役にも立たないのだ。

3

翌朝になると、時化は収まりかけ、低気圧は通過したかに見えた。

だが、重吉は暗い海面をじっと見据え、延縄《はえなわ》を入れたものかと考えあぐねた。ファックスで送られる天気図に照らせば、天候は徐々に回復していくはずだ。しかし、どうも引っ掛かるところがある。海の男としての長年の勘が、空の微妙な変化をとらえ、弱く警報を鳴らしていた。ずいぶん以前になるが、低気圧が通過したとばかり判断して縄を入れたところ、急激に発達した二つ目の低気圧に襲われ、縄を捨てて操船し、危機をしのいだ経験もある。一旦投縄すれば、そう簡単に揚げるわけにもいかず、悪くすれば縄を失う。縄だけならまだしも、時化の中で操業をすれば、舷門《げんもん》からの転落事故が起こらないとも限らない。ここは思案のしどころと、操舵室から海と空の様子を眺め、重吉は決断がつきかねていたのだ。

「おい、オヤジ、さっさと投縄にかかろうぜ」

傍らに立つ宮崎が、業を煮やして言った。

「まて」

重吉は組んでいた腕をほどいて、チラッと神棚に目をやった。

「これしきの時化《しけ》で休んでちゃ、しょうばいにならねえだろが！」

怒気を含んだ宮崎の声が、狭い操舵室に響く。

重吉にも焦りはあった。寄港地のオークランドを発《た》って十日あまり、新鮮な餌と漁具を仕込んだにもかかわらず、天候がおもわしくなくまだ一回の操業も行われていなかった。確かに宮崎の言う通り、これしきの時化で投縄を見合わせるようでは、海の男とはいえない。だれもがみな、さっさと冷凍庫をマグロで一杯にして故郷に帰りたがっているのだ。重吉は、徐々に投縄の決意を固め、黙って操舵室から出ると、甲板長に縄の準備を命じた。

延縄の構造は、幹縄と枝縄と浮き縄からなる。浮き縄と浮き縄の間隔は約三百メートルあって、これをひと鉢という単位で呼ぶ。そこには五本ばかりの枝縄が垂れ下がり、先端に釣り針がつけられる。浮き縄の上はビンダマに結ばれ、旗竿《はたざお》と共に海面上に顔を出すことになる。ようするに、数千本もの釣り針が垂れ下がった幹縄を、百キロから百五十キロの長さで洋上を漂わせ、マグロがかかるのを待ち、ラインホーラーで縄を巻き上げ、釣り上げたマグロを胴の間でさばくのが延縄漁の基本だ。投縄に約五時間、マグロがかかるのを待つ「縄待ち」に約三時間、揚げ縄に約七時間、一回の操業にかかる作業時間は十五時間にも及ぶ。当然、投縄の開始は日の出前の早朝にならざるを得ない。

白波の先端に舞うしぶきが、どんよりとした灰色の光を帯び始める中、洋一を含む五人の男たちは自動投縄機から繰り出される幹縄に枝縄を付け、その先の釣り針にも素早く餌を付けていった。その後、幹縄は海へ海へと延ばされていく。休みなく行われるこの作業の間、男たちにはほとんど何も考える余裕もなければ、考えるべきこともなかった。しかし、単調な手作業の繰り返しに慣れるに従って、洋一の脳裏には、ここ十日間ばかり続くジレンマが頭をもたげた。このままさゆりから逃げるべきか、それとも受け止めるべきか。迷いは疲労した肉体から切り離され、ふたつの自己に分裂し、激しい口論を始めるのだった。

同時に、自然もまた矛盾した動きを見せた。一旦東に回って収まりかけた風が、急速に弱まり、再び北に変わったあたりから風浪がわずかに強まってきたのだ。雲の動きは早く、灰色の層が幾重にも重なっている。第七若潮丸は、北々東の方向に、十ノットの速度で航行を続けた。

午前十時ちょっと過ぎ、投縄は完了した。五人の男たちは食堂に転がり込んで早い昼食を取り、それぞれのキャビンで仮眠を取った。縄待ちの間の束《つかま》の間の休息だったが、洋一には、船の揺れがますます大きくなるような気がした。

気のせいではなかった。確かに付近の気圧は急激に低下していたのだ。朝には風力4程度の風が、正午には6から7にまで増し、海面上、白く泡だった波頭の範囲は一層の広がりを見せた。

うとうととしかけた頃、洋一は甲板長の手で起こされた。

「起きろ！　揚げ縄に移るぞ」

洋一はあからさまに不機嫌な顔をし、訊《き》き返した。

「え、もう？」

縄待ちの時間が予定よりもずっと短い。これでは、充分に休息を取る暇もなかった。しかし、この異常な揺れ方から判断すれば明らかだった。訊き返すまでもなく即座に、彼は早すぎる揚げ縄の意味を理解した。

「本格的に時化てきやがった。早く揚げねえと、縄を失う恐れがある。急げ！」

甲板長はそれだけ言い残すと、洋一のキャビンを慌ただしく出ていった。

航海当直以外、全員総出の揚げ縄が始まった。胴の間が戦場になるときだ。洋一は合羽《かっぱ》の上に救命胴衣を着て、怒号の飛び交う作業甲板を走り回った。横なぐりに吹き付ける雨は大粒ではなかったが、潮が混ざっていて唇をなめると塩辛い。こうなると雨としぶきとの区別はつきかねた。波頭が砕け、白い泡はすじを引いて風下へと吹き流されている。

釣れたマグロをさばくどころではない。早く縄を揚げなければたいへんなことになる、船員たちの血走った目は、そう訴えている。素人の洋一にもことの重大さは理解できた。

風浪の音が激しく、よく聞き取れなかったが、洋一の耳に重吉の太い声が入ってきた。

「揚げ縄中止だ！」

数名の男たちが傾斜した胴の間を滑るまいと、必死で命綱にしがみついていた。彼らは口々に船頭の命令を伝えた。

「揚げ縄中止！」

「縄を流すぞ！」

午後の三時、大気は白く煙り、三、四メートル先の視界も奪われていた。命令を下しているのがだれなのかさえ、洋一には判然としない。どの声に従っていいのかさえ、判断できない状態だった。呼吸は荒く、胸は早鐘を打っている。しかし、洋一にとって、この興奮は陶酔でもあった。一切の想念を風に吹き飛ばされて、肉体の声、あるいは圧倒的強者の指令に身を任せて行動するのは、かえって心地よいものだ。少なくとも、洋一には今、さゆりのことを考える余裕はない。

ブリッジの下で、言い争いらしき怒号が絡み合っていた。断片的に入ってくる言葉は意味をなさず、ところどころに「ビンダマ、ラジオブイ」なる単語が差しはさまれていた。かん高い声と太い声、重吉と宮崎の言い争いと思われた。揚げ縄の中止を命じた重吉に、宮崎が反抗しているのか、たぶんそんなところだろう。

「洋一！」

自分の名前が呼ばれたのを聞いて、洋一は一歩二歩と声のするほうに近づいた。

「洋一！」

もう一度……、宮崎の声だった。

「何ですか！」

「漁具庫……、ラジオブイ、持ってこ……」

ところどころ風浪の音に消され、洋一の耳に届いたのは言葉の断片だった。だが、訊き返すまでもなかった。後甲板にある漁具庫に行って、ラジオブイを持ってこいという意味以外には考えられない。

洋一は、キャビンの壁に背中を接し、ゆっくりと横歩きに後甲板へと向かった。この時化の中、海中に転落したらまず助からない。注意に注意を重ね、彼はようやく漁具庫にたどりついた。ところが、ハッチを開けようとして、彼はふと悪寒に襲われて、我に返った。轟音《ごうおん》のただ中に、一瞬の静寂が流れたような気がしたのだ。視線を横にずらすと、すぐ横に黒い人影が目についた。たったひとつの人影、他にはだれもいない。洋一はハッチを摑《つか》んだまま、視線をさらに上げた。ほんの一メートルばかり先に、合羽の黒いフードに縁取られて、宮崎の細長い顔があった。船の中にあって、宮崎は神出鬼没だ。ブリッジの反対側を先回りする以外、出現の方法は考えられない。

――しかし、一体、何のために。

洋一は、動きを止めて構えた。宮崎は、不敵な笑みを浮かべ、充血した両目を必要以上に輝かせている。

──なにニヤニヤしてやがる！

洋一は胸に毒突いた。なぜ、悪寒が生じたのか、宮崎の目に込められた悪意がその原因だった。悪意、といっても宮崎が具体的に何をたくらんでいるのか知りようもなく、洋一は徐々に恐怖心を押し込め、ラジオブイを運ぶのを手伝いにやって来たのだろうと思い直し、正面へと向き直った。

宮崎の右手が洋一の背後に伸びたのと、船が右舷《うげん》方向に大きく傾いたのとほとんど同時だった。そのとき、風力は既に10を越え、波の高さは八メートルにも達していた。波と波が偶然重なったりすると、波高は通常の四倍にも達することがある。このとき第七若潮丸を襲った波は、ゆうに二十メートルを越えるものだった。一旦《いったん》空中で静止する感覚を残して、船は轟音と共に波の谷間に落ち、次の瞬間には、灰色の巨大な壁と化した波が船上に襲いかかっていた。

突如、洋一の視界は闇に閉ざされた。一旦はハッチの方向に押さえ付けられたが、直後には逆の力が働いて身体をハッチからもぎ取りかけた。そうして、無意識のうちに伸ばした手は海水を掴むばかりで、洋一はなす術《すべ》もなく波にもっていかれた。

右舷後方からの大波が、後甲板からブリッジ、胴の間にかけて通り抜けるとすぐ、重吉は命綱から離れ、波にさらわれた人間がいないかどうか確認した。もっとも大きな被害を受けたのは後甲板と見てとれた。そこに人間がいたかどうか……、もしいれば、海中に転落した恐れがある。彼は思い出した。宮崎が、洋一にラジオブイを持ってくるよう命令していたことを。ラジオブイがあるのは後甲板の漁具庫だ。

重吉はブリッジへの階段を上りながら、

「風上に支えろ！」

と怒鳴り、そのまま洋一の名前を呼びながら後甲板に走った。人影がないのを確認すると、重吉はすぐ白い海面に視線を転じた。すると、海面を分けて、二本の腕がにゅっと突き出るのが見えた。

「いかん！」

重吉はすぐに膨張式救命いかだを海中に投下した。海面に浮かぶやいなや、救命いかだはオレンジ色の花を咲かせ、波に翻弄《ほんろう》されて漂い始めた。そうして、素早く、洋一が救命胴衣をつけていたかどうか、記憶を探った。特に時化《しけ》の操業時には、救命胴衣をつけるよう厳しく言ってあったが、中には宮崎のように面倒くさがって救命胴衣をつけない人間もいる。重吉は、操舵室《そうだしつ》に向かおうとして、目をこすった。さっきと別の場所にもう一本腕が上がったからだ。

——二人、二人も転落したというのか！

長い船頭生活で、こんなことはかつてなかった。同時に二人の転落、しかも大時化。

——まず助からない。

海を知り尽くした男だけに、この状況下での僥倖《ぎょうこう》などいたずらに期待しなかった。彼は部下をふたり失う絶望感を抱いたまま、どうにか身を奮い立たせ、ブリッジの操舵室に走って、面舵《おもかじ》一杯の旋回を指示した。その後すぐ、幹縄の切断を命じ、最後に通信士に事の次第を連絡した。それを受けた通信士は、ただちに付近を航海中の僚船に打電し、海難事故の発生を知らせ、捜索の協力を依頼した。同刻、同じ海域に展開していた第三、第五邦洋丸、第二昇栄丸、第八若潮丸の四隻のマグロ船の通信士は、打電を受け、遭難地点を確認した。南緯二十四度〇七分、西経百七十五度五十八分。洋一と宮崎の転落地点だ。四隻の船は即座に取り舵いっぱいで船を回し、南々西に船首を向け、遭難現場に向かった。

まだ午後の四時だというのに、どんよりとした空模様は鉛色というより、黒の多い墨絵の世界を思わせた。耳鳴りがして、波の音が遮断されると、重吉は目まいを起こしかけた。すべてがモノクロの中、救命いかだだけが派手なオレンジ色の色彩を放っていたが、それもまた大波の陰に隠れて見えないときのほうが多い。ふたりの姿は完全に視界から消えていた。万にひとつも助かる可能性があるとしたら、それは彼らが自力で救命いかだに辿《たど》り着けたときだ。いかだには救難信号発信装置が積まれている。面舵一杯で船を回しても動きは鈍く、水中に没した人間を発見して拾い上げるなど至難の業だ。救難信号が発信されない限り、位置は確定できず、救助はほぼ絶望とみるほかない。しかも、時化はいっこうに収まらず、これから夜へと向かう。悪条件が重なり過ぎている。救助できる可能性は、限りなくゼロに近い。

重吉は、洋一と救命いかだが出会うのを祈らずにいられなかった。

——ところで、もうひとりのやつ、あれはだれだ？

そのときになって初めて、重吉は、洋一と絡まるようにして海に転落した男をまだ確認していない事実に気付いた。根拠もなく、宮崎の顔が浮かんだ。転落事故が発生してからまだ二分もたってなかったが、どたばたと船内を駆け回って、何人か仲間の顔は確認してある。しかし、存在感という点では船内随一といえる宮崎の顔には、まだ出会ってなかった。

「宮崎、おまえなのか？」

重吉は、海に尋ねた。

——父親をこの手で殺し、今また目前で、そのひとり息子が波に飲まれようとしている。共に南国で、火葬された父と、自然の力によって水葬されるであろう息子……、運命の皮肉に重吉の心は痛んだ。

——ところで、あいつ、なぜあんなところにいやがったんだ。

転落したのが宮崎としても、なぜ用もなく洋一と後甲板にいたのかと、重吉はいぶかしんだ。

4

なにがどうなったのか、瞬時には判断できなかった。音も圧迫感も、それまでのものとはまるで異なる。夢中でもがき、反転し、やがて息苦しくなって海水を飲み、どちらが上なのかもわからない状態が、洋一の感覚では一分以上も続いたような気がした。やがて、浮力にまかせて海面に顔を出したとたん、砕けた波頭が頭上を通過して、大量の海水が口と鼻から流れ込んだ。

立ち泳ぎのまま、身体を三百六十度に巡らせると、すぐ前方に第七若潮丸の右舷側後方《うげんそく》が見えた。さっきまで自分がいた後甲板から、海水が滝のように流れ落ちている。そうしてようやく、洋一は、大波にさらわれて海に転落した現実を悟ったのだ。

船の方向に泳ごうとして、彼は波と波の谷間に沈み、前方後方とも水の壁に閉ざされた。空気を求めて喘《あえ》ぎ、顔を上に向けると、細長く切り取られた空があった。谷底から見上げるその狭さが、驚くほどの圧迫感をもたらす。直後、肉体は波の頂きに持ち上げられ、一旦高みに静止したときには、船が近づいたかに見えた。しかし、再びすとんと谷底に落とされると、船は消え、次に持ち上げられたとき、視界から船の影はまったく消えていた。激しい恐怖に襲われた。身体の底の底から、意識を絞め殺すかのように、せり上がってくるものがある。事態を飲み込むにしたがって、脳の血管は破裂しそうに膨れ上がった。

——落ち着け！

洋一は、パニックを克服するのに必死だった。負ければ、一瞬にして命は奪われる。自分との闘いだ。肉体の大混乱を押さえ、精神にひとつの方向を与える。彼は、身体をよじった。すると、再び船影をとらえることができた。

「落ち着くんだ！」

声に出し、彼は自分に言い聞かせた。泳いで到達できない距離ではなかった。ただ、巨大な波が、邪魔をしている。波が頭上を通り抜ける直前、大きく息を吸って呼吸を止め、行き過ぎるのを待ち、次に顔を海面上に出したときには、方向がわからなくなっていた。船の影を見失うと、制御できない恐怖に襲われ、パニックに陥りそうになる。もっと浮力が欲しい、とそう望んだとき、彼は初めて自分が救命胴衣を身に付けていることに気付いた。使用方法は重吉から教えられていた。胴衣の下にぶらさがる二本の引き紐《ひも》を引けばいい。水中を手探り、両手が紐の先端に触れると、強く引いた。炭酸ガスが充塡《じゅうてん》されて膨らみ、一瞬のうちに彼の肉体は浮力を得て、海面上に浮き上がった。身体を動かさなくとも、肩から上が海面に顔を出し、いくらかほっとする。もはや、空気を求めて顎《あご》が痛むまでに口を開ける必要はないのだ。

——落ち着け！　そうだ、落ち着くんだ。

これをきっかけにパニックを克服できれば、最初の難関は突破できそうだった。

四肢を絶えず動かし、船を視野の内に留めようと努めているとき、洋一は舷側《げんそく》を落下するオレンジ色の固まりを見た。救命いかだが落とされたのだ。海面に到達するやいなや円形に膨張したいかだは、波の頂きに運ばれたときだけ、どうにか目でとらえることができる。まずひとつ明瞭《めいりょう》な目的が誕生した。船と自分との間を漂う救命いかだに泳ぎ着くことだ。

　不意に、明らかに波以外の力で、洋一の身体は反対の方向に引き戻された。そうして、安定した浮力を保っていた身体は鼻先まで海面下に沈み込み、大量の塩水が胃に流れ込んだ。何かに引っ張られている。何者かの二本の手がわきばらを這《は》い回り、後頭部のあたりに荒い息遣いが感じられた。洋一は恐怖に駆られ、しがみついてくるその物体を夢中で押し返そうとした。もつれ合ううち、洋一はほんの数センチの距離に宮崎の充血した目を見た。

　——このやろう、おれの救命胴衣を奪おうとしている！

　すぐにそう感じた。宮崎はただがむしゃらに浮遊する物体にしがみついただけで、奪おうという意図があったわけではなかった。だが、再びパニックに陥りかけた洋一にとって、宮崎は死神以外の何者でもない。ふたりの体重を支えるのに、一着の救命胴衣では足りないのだ。本能的にそれを悟った洋一は、激しく抵抗した。刑法三十七条の一項に、緊急避難に関する記述がある。仮に、ふたりの漂流者の眼前に、一枚の板が浮いていたとする。その板の浮力でひとりの身体なら支えられる。しかし、ふたり同時にとなると不可能だ。さて、ふたりは板を奪い合って争い、一方が他方を力ずくで排除して板につかまり、難を逃れ、救助されたとする。その場合、救助された人間は、殺人罪に問われるかどうか。実はこれを罰しないというのが刑法第三十七条である。したがって、洋一のとった行動はこれと同様、罰せられるはずのものではない。むしろ、時化にもかかわらず救命胴衣の着用を怠った宮崎に、全ての責任はあった。

巨大な波に翻弄《ほんろう》される中、ふたりは必死で一着の救命胴衣を求めて争った。いかだに泳ぎ着こうという洋一の目的は、まるで予期しなかった手に阻まれ、貴重な時間と体力が失われていった。

唐突に、宮崎は身体の動きを中断させた。同時に洋一も動くのを止め、四肢を海中に伸ばした。呼吸は荒く、身体の節々が痛んだ。洋一の肩に両手を置いたまま、宮崎はせわしなく三百六十度の方向に視線を巡らせていた。ごぼごぼと口から海水を吐き出しながら、何か喋《しゃべ》っているようだったが、洋一にはとても聞き取れない。彼の動きを真似、二回ほど回転したところで、宮崎が何を言いたいのかその意味を悟った。視野の中から第七若潮丸の影がすっかり消えている。波に隠れているのではなく、潮に流されて距離が離れてしまったのだ。洋一は怒りと絶望で、叫び声を上げた。時間の感覚が完全に麻痺《まひ》し、宮崎との格闘に一体どれほどの時間を費やしたのか見当もつかない。ただでさえ劣悪な条件の中、一旦《いったん》船を見失えば発見される可能性は無に等しいのだ。胃がせり上がる感覚を抱き、洋一は強く「死」を意識した。

背中に宮崎をしょった格好でしばらく漂った後、救命胴衣はにわかに浮力を回復し、洋一の頭は再び大きく海面上に浮かび上がった。宮崎が両手を離したのだ。宮崎は、立ち泳ぎをしながら洋一の正面に回り込み、爛々《らんらん》と輝く瞳《ひとみ》を洋一に向けた。洋一はそこに狂気の一端を見た。船乗りとしての経験が豊富な宮崎は、絶望的な状況を理解するのにそう時間はかからない。一瞬の判断で生命を諦《あきら》めたのか、彼はほんの数十センチの距離にある洋一の顔を穴の開くほど見つめ、嘲《あざけ》るような笑いを残して、両手を上げ、そのまま海の底へと沈んでいった。

あたりに薄闇が漂い始めた。神経の先端が鋭利な刃物で削られたように尖《とが》り、洋一は吐き気に襲われたが、どうにか堪えた。胃の中のものを吐けば、それだけ空腹は増し、体力は消耗する。彼は自分に言い聞かせた。可能な限り長く体力を保ち、最後まで生存の可能性を信じろと。しかし洋一には、没する寸前に見せた宮崎の薄笑いが気になった。

——どういう意味なんだ、あの笑いは。

無駄なあがきを嘲笑《あざわら》っているのか。救命胴衣の助けを借りればいくらか持ちこたえることはできる。しかし、それは逆に苦悶《くもん》の時を長くするだけだと、そう言い残して自らの肉体を水中に没したのか。

やがて、灰色の大気は浅黒く変わり、徐々に漆黒の闇に包まれていった。黒に黒を塗り重ねたような世界……、しかも人間性を否定して愚弄《ぐろう》する海に肩まで浸《つ》かり、洋一は宮崎の浮かべた薄笑いが単なるこけ威《おど》しでないことを知った。五官に対する拷問は休むことがない。

——あと数分この状況が続けば間違いなくおれは正気を失う。

肉体よりも先に精神がやられるだろうと、彼は予感した。

5

夜半には低気圧が去って風雨も収まり、あれほど荒れていた海はごく穏やかな表情へと変貌《へんぼう》を遂げていた。

——今日は何日だろう。

洋一は今日の日付を考えた。十二月十七日。第七若潮丸のデッキから転落してまだ十二時間、しかし、彼にとって、この一夜ほど長く感じた夜はない。数分のうちに気がおかしくなると何度覚悟したことだろう。一分一秒ごとに覚悟を刻み、ようやく明けようとする夜……、ここまで正常を保てたのが信じられない。

早朝の海は、空気を紫色に染めている。その色合いから、今日一日の好天が予想できた。嵐の後の、ぞっとするほどに凪《な》いだ海、その移り気の早さに、なんらかのたくらみを読み取ることもできる。洋一は、上半身を仰向けにして、ときどき後頭部を海水に浸しながら、太陽の昇る方向に視線を合わせた。水平線ぎりぎりのごく低い位置からだと、波長の長い光しか届かず、そのせいで大気は淡い紫色に染まって見える。

——光があれば。

徐々に昇る太陽は、生存への希望を抱かせた。視界がきけば、発見される可能性が高い。第七若潮丸を始め、他の僚船もまた遭難者の捜索に乗り出すはずだった。夜の時化《しけ》た海ならいざしらず、好天ともなれば間違いなく動き出す。転落した位置は正確に記録されただろうし、潮の流れから推しはかれば、漂流地点もおおよそ推測できる。

洋一は、楽観的な側面に目を向けるよう心がけた。悲観は絶望を産み、絶望は狂気につながり、あげくは自殺に至る……、世界の歴史には遭難して漂流した例が無数にある。統計によれば、その九割が三日以内に心を壊して自殺するという。渇きと飢えで死ぬのではない。過酷な状況に置かれた肉体に精神は打ち砕かれ、砕かれた精神に肉体が殺されるのだ。

航海を決意して以来、洋一は海に関する知識を得ようと書物を読みあさったが、その中には海難事故を扱ったものも含まれていた。覚えている限り、漂流した場合のサバイバルテクニックを、頭の中で整理してみる。生存への必須《ひっす》条件は何か。もっとも苦しめられるのは、水への渇望だった。まだ喉《のど》の渇きは深刻でなかったが、太陽が昇って日差しが強まれば、じわじわと渇きは増す。海水を飲む是非に関しては諸説あった。もっとも一般的なのは、少量の海水も口にすべきではないという説だ。しかし、また一方には、限度を越えない程度なら飲んだほうがいいという説もあった。方針を決めなければならない。飲むべきか、あるいは無尽蔵な海水の誘惑に断固耐えるべきか。一旦口にして誘惑に負ければ、際限もなく量を増やしそうな気がする。そうなれば、死期は格段に早まる。問題はそこにあった。一日一リットル以内なら、まったく飲まないよりも生き長らえるだろう。しかし、その量を正確に保つのは不可能に近い。洋一は、心に誓った。

――海水は飲まない。

個人差はあるが、人間は水なしで八日から十日までは生きることができるという。少なくとも三日間は闘い続けようと、洋一は決心した。ほんの一瞬のうちに生を諦めた宮崎の顔が脳裏に残っているだけに、あいつと同じにはなるまいと、より強い闘争心が湧き上がる。生命に対する嘲笑《ちょうしょう》を禁じるのだ。幸いにして十二月の南回帰線直下、水温は二十六度を越え三日以上の生存が可能だった。もし二十度以下だったら、既に命はない。家族の顔も、さゆりの顔も、このときはまだ浮かばなかった。生きたいという願望が、全精力を傾けて肉体を支えているだけだ。

日が昇ると、波長の短い光が昼間の海本来の色をもたらし始めた。日射病を恐れ、洋一は雨合羽《あまがっぱ》のフードを頭に被《かぶ》って強い日差しから逃れた。合羽と長靴はマグロ船の船乗りにとってのごく一般的な服装だった。ゴム製の適度な厚みが、安心感をもたらす。足や腰のあたりに魚が寄ってきてつついたりしているが、もし裸だったらずいぶんと心細い思いがしただろう。いや心細いどころか、皮膚が切り裂かれ、流れ出た血の匂いを嗅《か》ぎ当てて鮫《さめ》がやってこないとも限らない。

鮫を連想したとたん、洋一は救命胴衣の浮力が少し落ちていることに気付いた。錯覚ではなく、確かに海面の位置は以前より顔に近づいている。まさか、救命胴衣に穴が開いているのではとの不吉な思いにとらわれ、彼は両手を胴衣のあちこちに這《は》わせた。空気の漏れている様子はない。

——気のせいか。

胸のあたりから垂れ下がる細長いチューブの存在を、彼は思い出した。適宜補助送気装置で空気の補給をしなければ一定の浮力を保てないのだ。洋一は、チューブの先のマウスピースを口にくわえて空気を送り込んだ。救命胴衣が膨らんで以前の浮力を取り戻すと、身体が少し仰向けになる。

空高く、一機のジェット旅客機が飛んでいた。漂流して以来初めて見る、人間の乗る物体だった。がむしゃらに手を振り、足をばたつかせて声を上げたが、ジェット機は素知らぬ顔で去っていく。気付けというほうが無理だ。派手な色彩の救命いかだに乗り、発煙筒をたいてもなお、洋上の漂流者が発見されるのは難しいという。ましてや、ジェット機のパイロットが、肩から上を海面に出して漂う人間に気付くはずはない。

無駄な運動は、必要以上に肉体を疲弊させる。洋一は戒めた。

——可能性のないことにあがいても体力の消耗を早めるだけだ。

第一、海面付近でばしゃばしゃと暴れたりしたら、餌と間違えて鮫が寄ってくる恐れがある。さっきから、洋一の考えることすべては、鮫の鋭利な歯に結びつけられていた。考えないよう心がけても、思考はすぐにそちらの方向に向かってしまう。南太平洋の深海に、鮫がいないわけはない。映画の影響からか鮫に対する恐怖は肥大し、その存在を思うと両足は思わずすくんでしまう。

──もっとなにか他のことを考えろ。

洋一は、脳裏に泳ぐ鮫の姿を無理に消し去り、漂流して救助された人間の体験談を可能な限り頭に列挙してみた。生と死を分かつポイントはどこか、発見されるためのポイントはどこか、しかし、またも洋一の脳裏には絶望という二文字が浮かぶ。書物に取り上げられている漂流は、ほとんどすべて救命いかだによってなされていた。いかだの上には少ないながらも飲料水と非常食が用意されている。日差しを遮るテントや、救難信号発信装置も装備されている。しかも、その材質は鮫の攻撃から身を守ってもくれる。一着の救命胴衣を頼りに絶海を漂い、救助された人間の例を彼は知らない。発見される可能性などあるのかどうか。

痛いほどの恐怖、そして孤独が身にのしかかってくる。一昼夜近く海水に浸かっていたせいで、膚《はだ》はふやけ、爪は白く変色し、自分の身体でないような、肉体から感覚が分離してしまったような気分だった。首筋に激痛が走り、前に折ると、澄み切った水の中、黒い長靴がはっきりと目に映った。時化で灰色に濁った昨日の海と異なり、透明度は極めて高くなっている。長靴を脱いで落とせば、かなりの時間、落下の様子を目で追うことができるだろう。そして、その先に眠る深海は光を閉ざしている。南北に約二千キロに渡って伸びるトンガ・ケルマデック海溝は、最深部で一万四十七メートルを記録する。今、洋一が漂っているのはその真上だった。気が遠くなるほどの水圧を受け、足下には暗黒の世界が眠っている。その世界をイメージしただけで、洋一は深淵《しんえん》に引きずり込まれそうな気分になった。

既に三隻を数えていた。水平線を行き過ぎる船舶の数だ。定期航路に入ったためか、航行する船の数が増したように思われる。だが、どの船も洋一を発見するどころか、ブリッジから上を見せるだけで、舷側《げんそく》を見せるほどにも近づきはしない。

——おれが、ここにいるというのに、なぜ、行ってしまうんだ！

そのたびに、洋一は憤怒《ふんぬ》に駆られ、罵《のの》り声を上げた。ひょっとしたら自分は捜索されていないのではないか、そんな思いが間歇的《かんけつてき》に湧き上がる。既に死んだものと見做《みな》され、故郷の母にそう伝えられているかもしれない。まだ生きているにもかかわらず、葬式が執り行われ、広島にいる兄も湖西に駆け戻り、母ともども涙にくれる姿が脳裏に浮かぶ。空想は理屈をかなぐり捨てて発展し、留《とど》まるところを知らない。

「おれは、まだ生きている！」

しかし、叫んではみても、孤独の支配する三百六十度の視野に、船の影はない。

洋一は視点を変え、自力で助かる方法はないものかと考えた。島影が見えさえすれば、泳ぎつく自信はあった。水泳は得意なほうだし、体力も人並み以上だ。落ち着いて、このあたりの海の流れを、脳裏に思い描いた。南下した南赤道海流がニュージーランドのすぐ北側を西に回り込んでいるはずだ。とすると、流れに乗って漂流すれば、ケルマデック諸島のひとつにぶつかる可能性がある。島と島の隙間を縫って通り過ぎてしまったら、次に漂着するのはオーストラリアの東岸だ。距離にして約三千キロ、一年以上もの年月がかかる。当然、肉体は形跡を留めない。黒い雨合羽と救命胴衣をつけた白骨の漂着は、現地の人間をさぞびっくりさせるだろう。

洋一は声に出して笑った。精神の異常をほのめかせる、ひきつった笑いだった。

――フードつきの黒合羽を着た骸骨《がいこつ》？　まるで漫画に出てくる死神だぜ。

だが、笑いは、水平線上に姿を現した船の舳先《へさき》によって中断された。四隻目の船だ。舳先が見えるということは、徐々に近づいていることを意味する。洋一は、口を開けたまま、しばらく茫然《ぼうぜん》と巨大化する船影を見つめ、何度も目をこすって幻覚でないことを確かめた。そして、徐々に心の準備に取りかかる。

――じっくりと引きつけろ。今ここで大声を出しても聞こえるはずがない。

船はまっすぐ正面から向かってくる。船尾にブリッジを持つ貨物船で、排水量は一万トン前後と見てとれた。

――大き過ぎる！

船が大きければ当然ブリッジの位置も高くなり、洋上に漂う人影は目につきにくくなる。洋一はふと嫌な予感に襲われたが、必死で身体を動かし続けた。右舷《うげん》側前方から回りこみ、ブリッジが見えたあたりで、手を振って声を上げる。間違ってもスクリューに巻き込まれてはならない。

ほんの数十メートル先を巨大な鉄の固まりが行き過ぎようとしていた。洋一は、神に祈る気持ちでブリッジを見上げ、人影を捜した。操舵室《そうだしつ》のガラスの向こうで、人間の頭が動くのが見えた。どうも日本人ではないらしい。右舷船首よりに記された英語の船名からも、たぶん外国船籍の貨物船だろうと察しはつく。

「おーい、ここだ！　ヘルプ！　ヘルプ！」

洋一は上半身を海面上にピョンピョンと跳ね上げ、大きく叫んだ。

——気付け！　おれがここにいることに気付くんだ！

だが、操舵室の内側に現れたり消えたりする人影は、洋一のほうに視線を固定することはない。

——おい、なにしてやがる！　おれはここにいる。

なおも叫び続ける洋一の前方を、ゆっくりと貨物船は横切っていく。もはや、ブリッジは斜め後方からの姿に変わり、発見されるチャンスはぐっと小さくなった。見え隠れしていた人影は完全に視野の外に消え、船のたてる航跡に巻き込まれて身体が揺れるまで、洋一は叫び声を上げ続けた。冷静に考えればわかることだ。一万トンの貨物船のブリッジに立つ航海当直員が、洋上を漂う人影を発見する確率がどれほどのものなのか。同じ経験を積んできたにもかかわらず、洋一はすっかり忘れている。自分がワッチに立ったとき、一体どれだけの時間を洋上の監視に向けたか……、ほとんどゼロだ。コーヒーでも飲みながら、雑誌や本を読み返してばかりいた。だから、貨物船が洋一を発見できなかったのは、むしろ当然のことなのだ。

しかし、彼は、次第に小さくなる船尾を見つめながら、怒りの発作に見舞われていた。貨物船の当直員に対してはその怠慢を怒り、一旦《いったん》希望を垣間《かいま》見《み》せておいて寸前で絶望に転じる神の仕打ちには、恨みごとを並べながら怒った。そうして、力の抜け切った身体を震わせ、涙を流した。

——見捨てられた！

強くそう感じた。

——なぜ、おれだけがこんな仕打ちを受けなければならない？

理不尽な現実に対して、自問してみる。

——おれが何をしたっていうんだ？

しばらくの間、彼の頭は怒りのあまり思考力を持たなかったが、やがてそれも収まると、ゆっくりと、それぞれの問いに対する答えが浮かび上がってくる。

漂流者のほとんどは、過酷な状況の原因を過去の因縁に結びつける。あのときあんなことをしたから神の罰を受けているのだと、現状に解釈を与えたくなるのだ。

漂流もそろそろ丸一昼夜になろうとする頃、洋一は初めてさゆりのことを思った。貨物船はすっかり視野から消え、気分は幾分収まりかけていた。平静な気分を取り戻したのは、さゆりとの因果関係に考えが及んだからだ。すぐ眼前を通り過ぎたにもかかわらず、発見することなく去った貨物船。洋一は、貨物船を自分に置き換えてみた。そして、漂流者にさゆりを当てはめる。

――同じ、じゃないか。

救いの手も差しのべず行き過ぎようとした自分の姿が、客観的に眺められてくる。

――だが、おやじさんのハンティントン病を知っていたら。

もし、知っていたら、手を差しのべただろうか。

――逆だ。逃げていたに違いない、しかも、もっと早くに。

ふと思いついた明らかな符合に、洋一は愕然《がくぜん》とした。

――ハンティントン病？

砂子健史から送られたコピーにより、洋一はこの病気の持つ邪悪な性質を把握していた。両親のどちらかが病気の場合、子供に遺伝する確率はきっちり二分の一。

――これもまた同じじゃないか、今のおれの状況とぴったり同じだ。

肩の線から上を海面に出し、その下を海水に浸し、いつ救われるとも知らぬ海に漂う。

――同じだ。

片足を棺桶《かんおけ》につっこんで生きるようなものだ。

――もはや疑う余地はない。

洋一ははっきりと悟った。なぜこのような窮地に陥ったのか、さゆりにしたと同じ仕打ちが、自分に降りかかったに過ぎないのだ。

この解釈に落ち着くことによって、洋一の生命力は力を取り戻した。さゆりの運命が洋一に反映しているとしたら、洋一の運命もさゆりに影響を与える道理になる。洋一が救出されれば、奇跡が起こり、さゆりの再生も可能になるかもしれない。ふたりで歌った歌のフレーズが脳裏をよぎり、洋一は声に出して歌った。

この時以来、洋一は思考の大部分をさゆりとの思い出に費やした。二分の一の確率でハンティントン病に罹《かか》る宿命を背負って生きるとは一体どんな気持ちなのか、彼女は、デビュー直後に父の病気を知り、運命を自覚したのだ。

——ちょうどその頃、さゆりとおれは出会った。

洋一は、自分がさゆりの立場だったらと、仮定してみる。今ならよく理解できた。六年もの間、二分の一の確率に脅かされれば、まちがいなく心は壊れてしまう。たった一昼夜で、正気を失いかけたのだ。これが六年間！　なぜ、現在、さゆりが精神病院にいるのか。二度まで自殺未遂を起こし、洋一に対して激しい嫉妬《しっと》を見せたのはなぜか、子供ができたかもしれないからと精神科の医者にかかったのはなぜか、トランプ占いの途中で口にした「あなたまでそう言うのね、わたしがシアワセになる確率は二分の一だって」というセリフの意味は何か、追いつめられていると訴え、切羽詰まった表情で救いを求めたのはなぜか。数多くの疑問に答えがしっくり当てはまると、洋一はむしょうにさゆりが可哀そうになり、愛《いと》しくなった。貨物船に見捨てられて流した悔し涙とは別の涙が、頰を伝わった。

幻覚だろうか、赤ん坊の姿が目に浮かぶ。

——今日は、十二月の十七日、だったな。

砂子健史からの手紙には、さゆりの出産予定日は十二月の下旬とあった。

——そろそろ産まれるのだろうか、それとももう産まれたのか。

命が果てたとしても、自分の遺伝子は残ることになる。たとえ、その子がハンティントン病の因子を持っていようが、もはやたいした問題ではない。

——やはり、声が聞こえる。

洋一は耳を澄ました。元気な赤ん坊の声が、どこからともなく彼の耳に届いた。

6

十二月十七日、日本時間午後一時。

昼食から戻ったばかりの望月は、鳴り続ける受話器を持ち上げ、耳に当てた。

通話の相手は、医大付属病院の杉山《すぎやま》だった。産婦人科医の杉山は望月の二年後輩にあたり、医局員時代からのごく親しい間柄だ。

「産まれましたよ、たった今。女の子です。母子共に異常はありません」

昨夜遅くに産気付いた浅川さゆりは、医大付属病院に運ばれ、分娩台《ぶんべんだい》の上で一夜を過していた。そうして、やっと今、波のようなリズムの陣痛から解放され、無事出産を完了したという。母子共に健康、その言葉に望月はふっと溜《た》め息を漏らした。

「そうか、いや、どうも、ご苦労さま。ところで、そっちにはどのくらいの期間置いてもらえるのかね?」

望月はさゆりの入院期間を尋ねた。

「まあ、ざっと一週間ってところでしょう」

「そうか……。じゃ、よろしく頼むよ」

望月は受話器を置いた。

——一週間。

それが母子が一緒にいられる時間だった。入院期間が過ぎれば、赤ん坊は乳児院に、母は再び精神病院へと、それぞれ別のコースを辿《たど》ることになる。唯一、母娘《おやこ》そろっての生活が可能になるのは、さゆりの母の由布子が身元引受人を承諾し、放浪生活に終止符を打つときだ。

——果たして、由布子は何と言うだろう。

電話の向こうの投げやりなかすれ声から、望月は由布子にあまりいい印象を抱かなかった。驚きも感動もなく、そのくせ警戒心をあらわにした応答に、望月は失望し、過度の期待は持つまいと心に決めていた。

福祉事務所の調査によって、由布子の所在が判明したのは一週間前のことである。二十三年前、河合英次《かわいえいじ》という役者くずれの男と駆け落ちした由布子は、岡山に流れて、「しずか」というスナックを開店した。夫婦での経営は順調に進んだが、三年前に夫を癌で亡くして、由布子は商売に対する情熱をまったく失ってしまった。よほど夫を愛していたのだろう、ついに彼女は繁盛していた店を売りに出し、かなりの額の現金を手にいれると、放浪の旅に出た。目的もなくひなびた温泉町をさまよい、旧友を尋ね歩く毎日。しかし、旧友の一人に小学校からの親友がいて、由布子は彼女のもとにだけは、月に一回の割合で連絡を入れていた。福祉事務所のケースワーカーはこの親友の存在を突き止めて電話を入れ、その連絡を受けて由布子が浜松の福祉事務所に電話をかけてきたのが一週間前、そして、翌々日になってようやく、望月は直《じか》に由布子と電話で話すことができたのだった。

松江に滞在中の由布子は、最初浜松に来るのも嫌がった。実の娘が入院しているのに、その面会を拒む気持ちが、望月には理解できず、つい強い口調で説得した。すると、意外にあっさりと由布子は、

「じゃ、行くわよ。浜松は初めてだし……」

と承諾の返事を返した。約束の日時は明日の午前十時。望月は、松居病院の住所を知らせてあった。だから、当然、由布子はここ、副院長室に来る手筈《てはず》になっている。

――まずかったたな。

明日の午前、松居病院に来てもらっても、さゆりはいない。ついさっき、出産が終わったばかりだ。孫の誕生と、さゆりが入院中の大学病院の名を知らせたくとも、こちらから連絡をとる手段はない。

望月の脳裏に、生まれたばかりの赤ん坊の声が響いた。懐かしい声だった。

――もう何年前になるだろう、香苗の産声を聞いたのは。

出産体験が、さゆりの精神にプラスの影響を与えるよう、望月は切に願った。肉体の健

康に限れば、母体は出産後より強くなる率が高い。

——精神に関する統計はあっただろうか。

望月は、医学雑誌の類《たぐい》を本棚の中に捜してみるが、そういった統計は見当らなかった。

7

漂流は三十時間になろうとしていた。圧倒的な静寂の中を、星々の微々たる光が降っている。幻想の世界。昨夜は厚い雲に被《おお》われた漆黒の闇だったが、今日の夜空は錯覚を抱かせるに充分なほどの輝きを持っている。

洋一はときどき恍惚感《こうこつかん》に浸った。自律神経を保つための枠があるとしたら、その枠がぐにゃりと緩んでしまったようだ。南半球を彩《いろど》る星空に、無数の思い出が脈絡もなく展開していく。どこをさまよっているのか……、目を閉じても開いても、風景に変化は見られない。眠っているのか、起きているのかも、定かではない。どこか覚めた部分で、いよいよこれで最後だとの声がする。高校時代に死んだ父の顔が浮かび、家の匂いがひたすら懐かしい。

——家。

切実に、帰りたかった。洋一は恍惚感を打ち消し、意識に活を入れた。

——おれは家に帰りたい。ただ、願いはそれだけだ。自分の家、さゆりと、おれの子供の待つ家。これ以上の孤独には耐えられない。お願いだ。もう解放してくれ。

さらに彼は、なみなみとグラスにつがれた水とアイスクリームを思い描き、もう一方の自分から、「手に入らないものを願うのはやめろ」と罵《のの》しられる。自己は複数に分裂して、思考は混乱をきたしていた。心の奥底に、死への願望が芽生え始める。このまま幻覚を抱いて死んでしまいたいという欲求が雪ダルマ状に暗い体内を転がり、それは徐々に成長していった。満点の星の下で命が消えれば、魂は美しく運ばれていくに違いない。誘惑だった。少なくとも、巨大な波に弄《もてあそ》ばれて死ぬよりはずっとましだ。

夜半になって霧が漂い、弱く視界を閉ざし始めた。

洋一は、神の存在を思った。

夢とも現実ともつかぬ世界を漂っていた洋一は、これまでと違ったある感触を得て、身体をビクッと震わせた。両目を大きく開け、意識を集中していく。幻覚ではない。気のせいでもない。確かに、今、感じた。夜明け間近の海、霧はまだ残っていたが、ようやく白い大気が目につく頃だった。

――鮫《さめ》か！

緊張のあまり、身体が硬直していく。間違いなく、たった今、後頭部のあたりに何かが触れたのだ。かすかな衝撃が、まだ首のあたりに残っている。触れたものの正体を見極めるのが恐く、振り向こうにも振り向けず、彼は両手をそっと背後に回して探りを入れる。

——何もない。

そのとき、洋一は、さっきと同じ感触を今度は右耳の上に感じた。ごくりと唾《つば》を飲み込み、鮫の襲撃だったらこんな小さなショックですむはずはないだろうと、思考をプラスに転じて顔をゆっくりと巡らせる。

声も出なかった。一旦《いったん》両目をかたく閉じ、これが夢でないことを念じてもう一度目を開く。それは確かに浮いていた。白みかけた大気の中で、オレンジ色の物体が後光のように輝いている。

喜びのあまり力が抜け、洋一は気を失いかけた。しかしどうにか堪えて救命いかだに両手をかけ、身体が力を取り戻すまでしばらくその状態のままでいた。そうして、気力が充実するのを待って、懸垂する要領でいかだの中に身体を滑り込ませた。それでも、身体は震え続けた。

——奇跡だ！

いかだの内部に乗り込んでもなお、洋一にはこの僥倖《ぎょうこう》が信じられない。第七若潮丸から転落してすぐ、膨張式救命いかだが投下されるのを洋一は確かに見た。しかし、大時化《おおしけ》の中、すぐにその姿を見失った。まさか三十八時間後に遭遇するなんて、思いも寄らなかった。同じ流れに乗っていたのだ。洋一といかだは同じ海流に乗って、つかずはなれずして漂っていたと考える他ない。とすれば、むしろこれまでに出会わなかったほうが不思議なくらいだ。

洋一はすぐに装備されてあるはずの飲料水を捜した。一リットルの瓶が三本。栓を開け、ゆっくりと喉《のど》に流し込む。これ以上の美味を、かつて口にしたことはなかった。喉をとろかせ、胃に到達した水は、身体のすみずみにまで染み込んでゆく。いかだでの漂流がこのあと幾日続くか知れず、洋一は少量の水で我慢して、非常食を口に入れた。

直径百五十センチの小さな世界、だが、救命胴衣だけで海に浮く不安定さとは比べようもない。ここには、わずかながら水と食料がある。日差しを遮るキャノピーがある。なによりも、乾いた皮膚を保てるのだ。

——そして。

洋一は、祈る気持ちで、艤装品《ぎそうひん》をひとつひとつチェックしていった。膨張式救命いかだへの装備が法的に義務づけられているもの、救難信号発信装置を捜すためだ。それは他の装備品とともに頑丈な防水布にくるまって、床の隅に置かれてあった。取り扱うのは初めてなので、洋一は、まず付属の救難信号説明表に目を通し、操作の仕方を理解した。密封されたバッテリーをセットし、スイッチをオンにすれば、作動するはずだ。

洋一は海水に湿った円形の床に座り、救難信号発信装置を右手に高々と上げ、スイッチを入れた。赤いパイロットランプが点《とも》り、作動しているのが確かめられる。このときから、洋一の現在地を知らせる電波が、微弱ながら二百キロ四方に渡って飛び始めた。その海域で捜索中の船が信号をキャッチすれば、間違いなく彼の声は聞き届けられる。

——発見してくれ、おれはここにいる！

十二月十八日、午前六時四十六分、漂流して以来三十九時間が過ぎていた。

8

十二月十八日、午前十時十分。

まったく化粧気のない顔が、テーブルを挟んで望月と向かい合っていた。松居病院の副院長室に置かれたレザー張りのソファに、由布子は疲れた身体を沈めている。松江からの夜行に乗り、浜松には今朝着いたばかりで、ほとんど寝てないと言う。当然、昨夜は風呂《ふろ》に入らなかったのだろうが、くしゃくしゃの頭は普段の髪型のように板についていた。今日が特別なのではない。荒《すさ》んだ日常の匂いは、身体の至るところから発散している。

由布子は、ペーパーバッグの底をごそごそと探り、小箱からショートピースを一本抜き出し、口にくわえて火をつけた。視線を避けるようにして、立ち昇る紫煙にばかり目をやるのが望月は気になった。

「……って、言われてもねえ」

投げやりな言い方だった。由布子は、力なく両目を閉じ、またどんよりと開け、口から煙を吐き出す。依然として、望月とは視線を合わせないままだ。

孫を引き取って育てる気はないかともちかけたところ、由布子は自嘲《じちょう》気味に顔をそむけたまま返事を返さない。表情からも一目瞭然《りょうぜん》、重荷をしょい込むのを避けたがっているのだ。自由気ままな今の生活を変えたくはないのだろう。

望月は、自分より十歳近く年上の女性に、説教するつもりはなかった。老齢の入院患者の中には、明らかに家族に捨てられて収容されている者もいる。老人ホームに入れるよりも安あがりと、てっとり早く家族から追い出され、病院を棲《す》み家《か》とする患者たち……。その家族に対しても、望月は親を大切にしなさい、などと諭すことはない。「もっと思いやりを持て」と他人を諌《いさ》めることの無意味を、彼は重々承知していた。特に今の日本では、精神の不幸のほとんどは家族を含めた人間関係に起因する。無償の愛を注ぐ人間が身近にいさえすれば、精神病院には来なかったであろう患者を、彼はこれまでに数多く診てきたのだ。思いやりや愛情は、他人に指図されて抱ける感情ではない。そこに、治療の困難さがある。一旦《いったん》は人間に絶望しながら、望月は人間を丸ごと認めないわけにはいかなかった。人間を救うことなど簡単にはできはしない。生身の身体をぶつけ合うことによってしか、病んだ心は救われないのだ。望月が選んだターゲットこそ、浅川さゆりだった。彼女の治療にさくエネルギーは、他の患者に向けるものより実際に多い。不公平を承知で、望月は一種の実験を行いたかった。個人対個人で向き合い、大量の時間をかけた場合、その効果はどれほどか。薬の投与だけの治療と比べて、効果はどれほど上がるものなのか。しかし、そうしたところで、さゆりがハンティントン病を発病したとたん、一切の治療は無駄に終わる。

「今さら、そんなこと言われてもねえ……」

そう言って、由布子は口の端からゆっくりと煙を吐く。煙草に憎しみさえ抱いている野々山明子の手前、ここ一ヶ月ばかり禁煙している望月には、由布子の吸い方が実にみっともないものに感じられた。禁煙してほしいという妻の願いには耳を貸さなかった望月も、愛人の忠告にはいともあっさりと従い、喫煙者に嫌悪の目を向けるまでになっていた。

望月はふと明子を連想した。なぜ、明子の顔を思い浮かべたのか……、たぶん、表情の類似を発見したからだ。全体に肉感が豊かな明子と、細面でどこか貧相な印象を与える由布子は、基本的な顔の作りは異なる。しかし、時々そっくりな表情をすることがあった。

「あの子、よくなるんですか？」

さゆりが精神病院に収容されているのは望月のせいだと言わんばかりの口調で、由布子は話を逸《そ》らせた。

由布子は何も知らなかった。娘が生きてきた二十五年間がどんなものか、そこに想像力を働かせることもなく、精神に異常をきたす理由が由布子には理解できない。生後一年六ヶ月のさゆりを残し、愛人と共に駆け落ちした由布子は、間違いなく修一郎の病気のことを知らない。修一郎でさえ、自分の病名を知ったのは自殺する直前の、今から六年前のことだ。

「そのことなんですが……」

さゆりがハンティントン病を発病した場合、さゆりの娘に病気が遺伝する可能性が二分の一の割合で生じてしまうことを、はっきり言っておく必要があった。今はまだ赤ん坊でも、いずれは成長して出産適齢期を迎える。事実を知った上で、子孫を残すか残さないかの決断を下さねばならない。

「実は、浅川修一郎さんの病気のことなんですが……」

修一郎の名前が出ると、由布子は眉根《まゆね》を寄せ、警戒の色を浮かべて咄嗟《とっさ》に身構えた。

「修一郎の……、病気？」

突如修一郎の名前が飛び出し、由布子は混乱をきたした。修一郎との三年半に及ぶ結婚生活には、触れられたくない秘密が隠されている、望月はそんな印象を抱いた。

「ええ、ハンティントン病、たぶん、ご存じないでしょう」

由布子は、煙草の火をもみ消し、左耳の上に髪をかき上げた。こめかみのあたりが、細かく震えている。何かしきりに考えている様子がうかがえた。

「ハンティントン病？」

例に漏れず、由布子はこの珍しい病名を訊《き》き返した。

望月は、ゆっくりとわかりやすく、病気の説明を始めた。優性遺伝すること、現在のところさゆりが発病する可能性は五分五分ということ、もし発病することなくさゆりが一生を終えれば、娘に遺伝する可能性はゼロになることなどを、ポイントを整理して並べていった。そして、さらにハンティントン病がいかなる病気であるかの説明。

由布子の見せた反応は、望月の想像していたものと異なった。ハンティントン病が見せる症状や、患者の介護に関する注意事項を説明する途中から、由布子は目をせわしなく動かし、ぶつぶつと口の中でなにかを唱え、強引に話の腰を折ってきたのだ。

「さゆりはもう、その病気に罹《かか》ってるんですか？」

話を聞いてなかったのだろうかと、望月は少しむっとして答えた。

「だから、それはまだわかりません。さっきも申し上げた通り、今のところその確率は五分五分」

「なんて言ったらいいのか……、つまり、遺伝以外の原因で、この病気に罹ることって、あるんですか」

「自然発生するかどうかってことですね。それは、ありません」

人類の歴史上のある時点で、遺伝子が突然変異を起こして病気が発生したのは間違いない。しかし、そういった突然変異が現在も頻発しているかといえば、統計上は「ない」と断言できる。

「じゃ、……その、つまり」

由布子は、しきりに他のことを考えようとしていたが、望月は先を続けた。説明の途中だった箇所に戻り、ハンティントン病が特徴とする症状を列挙しようとして、望月は由布子の口の端に薄笑いが浮かんだのを見て、言葉を飲み込んだ。娘の身に降り掛かるかもしれない恐るべき難病、その説明の途中に薄笑いを浮かべる神経に望月の背筋は氷り、それ以上喋《しゃべ》れなくなってしまったのだ。

不意に説明を中断した望月に、由布子は怪訝《けげん》そうな目を向ける。望月は、圧迫感と共に首筋のあたりにしこりのような痛みを感じていた。

「あら、先生、どうしたんですかぁ？」

どことなく呑気《のんき》な言い方だった。あっけらかんとした、話の内容とはあまりに不釣り合いな響き。

「いいえ、別に……、ただ、さっきから、あなたが、なにか他のことを考えているようなので」

望月は憶測を口にした。すると、由布子は身体を折って、くっくっくと喉《のど》を詰まらせた。泣いているようにも、笑っているようにも見える。

「皮肉なものね」

しみじみと言った。

「なにが、皮肉なんですか？」

望月が尋ねると、遠い記憶を見つめていた由布子は、その記憶を苦々しく心に抱いたまま、両目を閉じた。

「先生、さゆりが、その、ハンティントン病とやらを発病することはありません」

望月は、何度説明すればわかるんだろうと、煩わしさを感じた。浅川修一郎のカルテから判断すれば、さゆりにのしかかる運命を知るのは神以外にないのだ。由布子が断言できる類《たぐい》のものではない。

「でもねえ、修一郎さんの病名は確実なんだし」

そう言って、望月が顔を上げたときにぶつかったのは、確信に満ちた由布子の瞳《ひとみ》だった。

——あ！

閃《ひらめ》くものがあった。

——なんということだ！

由布子は確かに知っている。浅川さゆりがハンティントン病に罹る確率がゼロであることを。世界中でその理由を知っているのは、唯一由布子だけだ。たったひとつの理由、修一郎がさゆりの父親ではないという理由。由布子がこうも強く断言できる理由は考えられない。由布子は、駆け落ちする以前にも、それ以外に、修一郎以外の男性と交わり、修一郎にばれることなく子供を身ごもり、出産した。その子がさゆりだとしたら……。

同時に、望月の脳裏には野々山明子の肢体が浮かぶ。なぜ、さっきから明子に連想が及ぶのか、原因がはっきりした。ここにいるのは同種類の女だ。その発散する匂いが、望月の膚《はだ》を刺激して、身体に染み込んだ明子の体臭を泡立たせて浮上させる。一体、世の中には、妻にだまされ、血のつながらない子供を育てている夫がどれほどいるものなのか。

望月もまた、ふっと笑いを漏らした。「皮肉ね」という意味がようやく理解できたのだ。由布子は、夫に隠れて他の男の子供を産み、しかもその子を夫に託して駆け落ちしたことに、罪の意識を抱き続けていたのかもしれない。意図的な行為にしろ、単なる過ちにしろ、由布子は自分の犯した罪に悩み続けた。ところが、皮肉なことに、二十五年たった今、その罪が吉と出たのだ。巧妙に罠《わな》を仕組んで、子孫を残すことに成功したかに見えたハンティントン病の遺伝子は、すんでのところでうっちゃりを食わされた。

「さゆりさんの父親は、修一郎さんではないのですね」

望月は念を押した。重要なことなので、あやふやのままですますわけにはいかない。

「ええ」

由布子は、首をたてに振った。

「間違いありませんね」

やはり、由布子は首をたてに振る。

もはや、さゆりの父がだれであるかは問題ではなかった。修一郎の血を受け継いでいないことがはっきりすれば、それで構わない。本当の父親は、駆け落ちした相手の河合英次かもしれないし、それ以外の第三者かもしれない。さゆりに対する愛情の希薄さから判断すれば、むしろ河合英次の子供とは考えにくい。

六年間に亘《わた》って、病気への恐怖はさゆりの精神を攻撃し、蝕《むしば》み続けた。ハンティントン病を発病する可能性がゼロとなれば、現在の精神状態は病気への恐怖と、真木洋一への恋愛感情が絡まってもたらされたと考えるべきだろう。心を白紙に戻すことはできないが、治療に向けてのわずかな可能性が見える。

望月は、真木洋一と会いたいと願った。じかに会って、伝えるのだ。暗い海に、今ようやく光が射し始めたことを。

9

十二月十八日、午後六時二十三分。

漂流以来、三回目の夜を迎えつつあった。今朝、奇跡的に救命いかだと遭遇し、少量の水と食料を得、さらに救難信号発信装置のスイッチを入れたときには、洋一はこれでもはや助かったも同然と歓喜した。その安堵《あんど》が、ゴムチューブから空気が漏れるように、洋一の身体から抜けつつある。希望の後の落胆ほど生きる力を失わせるものはない。彼には合点がいかなかった。十二時間に亘って救難信号を発信しているにもかかわらず、なぜ救助船は現れないのかと。まさか、半径二百キロの海域に捜索中の船が一隻もいないとは考えられない。バッテリーを並べ替えたり、予備のバッテリーと交換したりもした。しかし、一向に水平線上に船影は現れない。夜になれば、捜索は一旦《いったん》中断されるだろう。やはり助からない運命にあるのかもしれないと、一万メートルの深海から立ち上る気配に、洋一は海の悪意を感じた。朝のうちは穏やかに見えたさざ波の模様が、邪悪の色を濃くしてきたのだ。心模様を、海はロールシャッハテストの要領で映し出している。

——希望と落胆を交互にもたらし、さんざん苦しめてから、海は、おれの息の根を止めるつもりなんだ。

聞きようによって、波の音は深海からの誘いともとれる。

――簡単じゃないか。楽になる方法なんて簡単に手に入る。

意識は朦朧《もうろう》とし、気を許した瞬間、暗くなり始めた海に一切の苦痛の元凶である肉体を沈めてしまいそうだ。死の一歩手前だった。水と非常食の補給で体力を取り戻しているはずが、精神のほうが追い付かない。装備されているバッテリーで救難信号が作動するのは、三日が限度だ。まだ三分の一も使ってないというのに、洋一はパニックを起こしかけていた。夜の間はスイッチを切り、発見される可能性の高い昼間に備えるべきか、しかし、眠っている間にすぐ近くを船が航行しないとも限らず、ジレンマはしばしば怒りの発作を伴うほどだ。両拳《りようこぶし》で頭を殴り、「落ち着け！」という分裂した自己の声を聞き、もうひとつの自分は、湖西にいる母や、広島に赴任中の兄のことを思ったりする。このまま身体が海に消えてしまっても、母と兄はしばらく捜索を諦《あきら》めないだろう。特に、母は永久に捜し続けるかもしれない。死体が出ないのは、家族にとってはつらいものだ。

海に飛び込んで魚の餌になるのだけはよそうと、洋一は決意した。死体が上がらなければ、家族に迷惑をかけることになる。何度も何度も胸に唱えて、暗示をかけた。衝動に殺されないよう、防御をほどこすのだ。

過去のシーンが断片となって、次々と切り返してもくる。思い出に現れる第七若潮丸での生活さえ、はるか遠くのことに感じられるのだから、大都会での生活、役者を目指してさゆりと暮らした頃の情景は、別人が演じているような違和感があった。なぜ、あの生活を捨てたのか、今でもはっきりした解答を出すことはできない。信じられない思いだ。なにが不満であの生活を捨てたのか。倦怠《けんたい》、そして人間関係に嫌気が差したから……、どれもたいした理由にはならない。なんとくだらない人生を送っていたのだろう。自分がひたすらちっぽけな存在と感じられたが、それでも死にたくはなかった。できればもう一度やり直したい。チャンスを与えてほしいと、洋一は祈った。

次第に気持ちが落ち着いてくる。記憶の底をハミングが流れ、歌詞が重なり始めた。歌っているのは、さゆりだった。しばらくの間は、脳に忍び込んださゆりの歌うままにさせておいた。ところが、そのうち耳につき、振り払おうとしても、頑強に頭の襞《ひだ》にこびりついて歌はなかなか離れない。しかたなく洋一も一緒に歌い、繰り返すたびにその声は大きくなって、生きようとする意志はより鮮明になってゆく。

海は、雲の動きを克明に映し出す。日の沈もうとするあたりに、分厚い積乱雲が山脈を形成しつつあった。背後からの日差しを受けて全体を朱《あけ》に染め、その色が凪《な》いだ海に広がっていた。洋一は、上段のチューブに両肘《りょうひじ》を乗せ、いかだから身を乗り出すようにして、海の変化に目を凝らした。昨夜のこと、ほんの一瞬ながら、漂流していることも忘れ、満天の星を抱いた夜の美しさに圧倒されたこともあった。大時化《おおしけ》の一昨晩の、地獄のような海と様相を異にする、凪いだ夜がまた訪れようとしているのだ。

そのとき、洋一は朱に染まった水平線上に、海や雲とは違った金属性の輝きを見た。その影は、徐々に大きくなりつつある。洋一は幻覚でないことを確認すると、即座に行動に移った。こういった場面を想定してのイメージトレーニングは暇に任せて何度もしてあった。救命いかだに装備してある落下傘付火炎信号は合計六本ある。無駄にしないよう注意して使わなければならない。一本を取り出し、近付いてくる船影に両目を据え、焦点をしっかりと固定する。夢ではなかった。船の船首部分がまっすぐこちらの方向に向かっているのだ。喫水は浅く、船底部分に施されたエンジの塗装までが見える。第七若潮丸と同型のマグロ船だった。間違いない。救難信号がキャッチされたのだ。激しい嗚咽《おえつ》に身を震わせながら、それでも火炎信号を高々とかかげ、ピンを引いた。花火に似た音をたてながら空高く上がり、閃光《せんこう》を放って破裂し、火炎信号はほんのわずか海の色を変えた。まだまだ船名までは読めなかったけれど、船首左舷側《さげんそく》に垂れた錨《いかり》の形までがわかるようになった。

洋一は、同じタイプの火炎信号をもう一本手に取った。

もはや疑いようはない。近づきつつあるマグロ船は、救命いかだの存在に気付いている。溢《あふ》れ出る涙と、深まってゆく闇のせいで、視界は閉ざされつつあるが、夜空は逆に火炎信号を強烈に印象づける。

たった今、デッキに人影が見えたような気がした。

「おーい！　おーい！」

声を限りに叫び、洋一は手を振った。

——生きて帰ることができる！

かつて、これほどの歓喜を味わったことはない。この瞬間が訪れることとさえ知っていれば、再度の漂流も辞さないほどだ。

——祝福しろ！

海はすっかり邪悪な色をひそめ、満面の笑みを浮かべている。洋一は、近づきつつあるマグロ船に両腕を伸ばし、抱きしめるようにして胸元に引いた。

——日本に帰ったら。

無事帰り着いた日本には、やらなければならないことが山ほど待っていた。まず第一に、最も大切な者を迎えに行く。四十九時間の漂流体験をバネにすれば、さゆりの抱え込む宿命とも対決できるし、赤ん坊に受け継がれるかもしれない宿命も甘んじて受けることができるだろう。さゆりに判決を下したと同じ神の声が、洋一の耳にも届きつつあった。人生が過酷であることを、彼は悟ったのだ。生き場所を変えたところで、その現実から逃れることはできない。過酷さに目を背け、否定し、幻想を夢見て桃源郷を望んでばかりいれば、やがて魂は腐る。

火炎信号を手に取ってピンを引くと、洋一の頭上で三つ目の光が閃《ひらめ》いた。

10

望月は、マグロ船に乗る前の洋一を知らない。また、彼が時化《しけ》の海に転落して三日目の夕刻、実に三十八時間に及ぶ救命胴衣での漂流と、偶然遭遇した救命いかだでの十一時間の漂流の末に救出された事実も知らない。もし知っていれば、生死の境を漂うという経験によって、彼がどれだけ大きく変貌《へんぼう》したかに興味を持ったに違いない。ひとりの人間が過酷な試練を糧にして成長する過程は、精神科医にとって格好の研究材料でもある。もし、人間を変貌させるものの正体が明らかになれば、精神科医はそのノウハウを治療に応用することができるからだ。

目の前に座る洋一は、年齢よりもずっと老けて見えた。検査のため二日だけオークランドの病院に入院し、一昨日《おととい》、洋一は成田空港に降り立ち、今こうして松居病院の副院長室で望月と向かい合っている。なにか威圧するような迫力を、望月はさっきから感じていた。安定感を伴う男の雰囲気が、寡黙な青年の身体全体から匂い出ている。成田空港から電話を受けたときも、望月は同様の感想を抱いた。声の質がおとななのだ。落ち着いた口調で明後日《あさって》の来訪を告げ、さゆりの治療にかけた望月の熱意を知っているかのように、深い感謝の念を短い言葉に凝集し、洋一はさっと受話器を置いた。望月は、つい砂子健史と比較してしまう。望月のアドヴァイスを受け、ケースワーカーの資格を取るために勉強を始めたばかりの健史は、以前に比べればずいぶんと前向きの姿勢を見せるようになったが、まだ生来の甘さから抜け切っていないところがあった。健史には一生かかっても手に入れられない類《たぐい》のものを、洋一は身体の奥底、細胞の一個一個に仕舞い込んでいる。

望月は、浅川さゆりがハンティントン病に罹《かか》る可能性がなくなったことを、たった今話し終えたところだ。だが、洋一は表情を変えなかった。もはやそんなことはどっちでも構わないと、超然とした態度で「そうですか」と返しただけだ。彼は、安心して暮らせる場所などこの世界には決して存在しないことを、身に沁みて知ってしまったのだ。常にどうにもならない力に弄《もてあそ》ばれている。明け方の海、こつんと後頭部にぶつかってきた救命いかだがなかったら、彼はとっくに海の藻屑《もくず》と消えていた。救助されたのは奇跡以外のなにものでもない。生死の境目をさまよった者の常として、彼は運命論者になりかけていた。明け方の邂逅《かいこう》と同じものが、さゆりにももたらされたのだ。

「遅いなあ」

望月は腕時計に目をやった。野々山明子にさゆりを連れてくるよう命じてから、もう十分以上過ぎている。

「別に急ぎませんから」

落ち着いた態度の洋一に、望月は拍子抜けする気分だった。ハンティントン病の可能性がなくなったことを、洋一がもっと喜ぶと期待していたのだ。

「結婚するつもりですか？」

望月の質問に、洋一は即答した。

「すぐに籍を入れ、生まれた子供の父親になります」

家族三人での生活……、仕事のあてはなかったが、とりあえず洋一には八ヶ月の航海で手に入れた三百万ばかりの現金があった。航海半ばにして第七若潮丸は降りたけれど、高木重吉のはからいで、勤め上げた分だけの歩合給は若潮水産から得ていた。ふと、重吉の顔が懐かしく思い出された。生還した洋一をデッキの上で抱き締め、めずらしく涙を見せた重吉は、洋一にとってなるべき父親の理想像だった。

「女の子だそうだね」

間が持てず、望月は生まれたばかりの洋一の子供に話を向けた。

「ええ」

「わたしにも娘がいますが、かわいいものですよ」

「……そうですか」

それ以上会話は続かなかった。

洋一は待っていた。心を冷静に保ち、さゆりが現れるのを今か今かと。さゆりは、洋一が成田空港に到着した日に大学病院から松居病院に移り、まだ名前のない赤ん坊は乳児院に収容されていた。彼は、一刻も早くふたりに会いたかった。

ノックの音がすると、洋一はビクッと身体を震わせ、反射的に立ち上がった。

「どうぞ」

望月が言うより早く、ドアが開いた。

ブルーのトレーナーを着て、さゆりが立っていた。すぐ脇に、念入りに化粧を施した野々山明子が付き添っている。化粧気のない小柄なさゆりとの対比が印象的だ。

背が高い洋一はしばらくの間黙ってさゆりを見下ろしていたが、彼の顔はどこか不自然に歪《ゆが》みつつあった。保っていた平静さが、失われていく。こみあげてくるものが、顔を無理に歪めていくのだ。

さゆりは、徐々に視線を上げ、そこに洋一の顔を発見すると、一旦《いったん》強く瞳《ひとみ》を閉じた。恐る恐る瞼《まぶた》を開ける……、これまでになく瞳は大きく開かれ、そこを通して、混濁した意識の底にうっすらと灯《とも》りが点《あか》った気配が伝わってきた。何か喋《しゃべ》ろうとしたが、言葉にならず、「あうあう」と喘《あえ》ぐような声を上げ、洋一のほうに駆け寄った。洋一は、さゆりの手を引いて軽く抱き寄せ、乳幼児にげっぷをさせる要領で背中を叩《たた》き、しきりにうなずいた。

「すみません、ちょっと、ふたりだけになりたいんですが……」

言いながら洋一が見せた涙に、望月は少しほっとした。

「階段を降りて右に行けば、中庭に出ます」

望月が説明すると、軽く頭を下げて洋一とさゆりは部屋を出た。それと入れ替わりに明子が部屋に入ってドアを閉め、「まいっちゃうわね。感動の再会じゃない」と茶化し、白衣のポケットからティッシュペーパーを取り出し、鼻をかむ。

望月は窓辺に寄って中庭を見下ろした。明子もまた、彼の横に並んで同じように見下ろしている。ゆっくりした足取りで、洋一とさゆりがベンチに向けて歩いていくのが見下ろせた。回復への兆しを、望月は信じたかった。出産と、真木洋一の出迎えをきっかけに心のスイッチが切り替わり、さゆりの病状に大きな変化が起こることを望月は期待した。洋一だったらできそうな気がする。六年間にわたって積み上げられたハンティントン病への恐怖を、同じだけの時間をかけ、さゆりの心の襞《ひだ》から丹念に一枚一枚剝《は》がし取っていくのだ。

明子はすぐ横に立ち、望月の肩に軽く手を乗せていたが、囁《ささや》くように言った。

「一週間、遅れてるの」

望月は一瞬呼吸を止めた。

冬にしては暖かな日差しの中、洋一とさゆりは手をつないでベンチに腰を降ろしている。望月の位置からでは、ふたりの間に会話が成立してるかどうかまでは分からない。なんだか、ずっとこのまま騒音から耳を閉ざし、ふたりを見守っていたい気分だった。

しかし、すぐ耳元で、またも囁く声。

「ねえ、聞いてるの。できたかもしれないって、言ってるのよ」

肩に乗せていた手を徐々に下げ、明子は望月の肘《ひじ》のあたりを柔らかく握った。望月はそれでも、答えようとしなかった。

人生は一筋縄ではいかない。一歩踏み出すごとに、あやふやな確率に支配された世界に乗り出すようなものだ。洋一とさゆりはベンチから立ち上がり、噴水のある芝生のほうへと歩きつつあった。近々退院の運びとなるだろう。そうして、彼らの第一歩は乳児院にいる娘を迎えることから始まる。さゆりの病が治りきらないままの生活は、決して楽ではない。しかし、楽園の暮らしこそが幻想なのだ。

望月は、視線をすこし上にずらせた。ひょうたん形をした沼の湖面は季節によって様々に色を変えるが、望月には今見ている色をうまく言葉で表現することができなかった。彼は薄々気付き始めていた。自分の性格に不足しているのは、あやふやな世界と面と向かうための覚悟ではないだろうかと。

解　説　もう一つの『リング』

貴志祐介

鈴木光司の作品群には、あきらかな二つの流れがある。一つ目は、ホラーブームを創り出した『リング』の系列である。これには続編の『らせん』、『ループ』、『バースデイ』や、ホラー短編集の『仄暗い水の底から』や『アイズ』も含まれる。近刊の『エッジ』は、より明確にサイエンスを志向しており『リング』のようなオカルト色は薄いが、やはり、こちらのグループに入れるのが妥当だろう。

そして、もう一つの流れが、デビュー作の『楽園』に始まって、本書『光射す海』や、『シーズ　ザ　デイ』などの、海を舞台にした冒険小説である。

この二つの流れは、ともすれば水と油のように異なったものとして受け取られやすい。そして、本書『光射す海』と『リング』も、一見して、それほど共通点はないようだが、実はこの二つの作品のテーマは通底しており、単なる偶然とは考えられないほど不思議な暗合が多いのだ。

本書が刊行されたのは１９９３年で、『リング』の二年後にあたる。『リング』の続編『らせん』が出るのは、さらに二年後の95年である。つまり、『光射す海』は、『リング』

のシリーズ二作に挟まれるように書かれたことになる。私が刊行直後の本書を手に取ったとき、最初に気になったのは登場人物の名前だった。

主人公の真木洋一は第二章から本格的に登場するという変則的な構成だが、ある意味で洋一以上に重要なキャラクターと言えるのは、運命の悪戯《いたずら》によって心を病むようになった女性、浅川さゆりである。ここで、『リング』の主人公が浅川和行という名前だったのを思い出した読者も多いだろう。ふつう、登場人物の名前は、異なる作品でもかぶらないように付けるものである。佐藤や鈴木ならともかく、浅川というのはそれほど多い苗字《みょうじ》ではないし、前作の主役と今作の準主役が同じ苗字を与えられているとすれば、作者が秘《ひそ》かに残したサインと見るべきではないだろうか。

共通点は、まだある。浅川さゆりは、『リング』の山村貞子と同様に、劇団に所属していた過去がある。鈴木光司自身、かつて劇団を旗揚げして脚本、演出を手がけていた経験があるらしいので、自家薬籠中《じかやくろうちゅう》の背景ということかもしれないが、それにしても、あえて二年前の前作とここまで似た設定にする理由は何だろうか。

貞子が在籍していた劇団は『飛翔』という名前で、浅川さゆりがいたのは『風』というのも、どこか思わせぶりである。

また、この両作では、ともにビデオテープが重要な役割を果たしている。

ミステリーにおいては（『リング』は、もともとミステリーの新人賞である横溝正史賞に応募された作品である）、情報は物語を前進させる原動力である。だが、知るべきではなかった情報は、ときに破壊的な結果をもたらすこともあるのだ。一本のビデオテープのカセットが中身を見た者の運命を狂わせるというのは、たしかに魅力的なモチーフである。しかし、これも二作続けてとなると確信犯としか思えない。そこには、作者からの何らかのメッセージが込められているはずだ。

これらの共通点をさらに掘り下げていくと、『光射す海』と『リング』の根底に地下トンネルのように繋《つな》がった、さらに重要なテーマに行き着く。それが、『利己的な遺伝子』である。

ダーウィン直系の生物学者、リチャード・ドーキンスが提唱した利己的な遺伝子仮説は、生物学の世界のみならず、思想のあらゆる分野に深甚な衝撃を与えた。人類を含む生物は遺伝子が自らを複製するために作った乗り物にすぎないという考え方は、最初のうちこそトンデモ理論扱いする向きもあったが、現在は、宗教界などからのバッシングを除けば、ほぼ反論の余地のないものとなっている。

ドーキンスの考え方を一言で示せば、「安定的なものは存続する」ということである。個体が種のために奉仕するというディズニー的世界観を排し、進化の主体は遺伝子であり、残りやすい性質を持った遺伝子が残っていくという至極あたりまえのことを言っているにすぎない。残りやすい性質を持つというのは、通常は遺伝子が生存や生殖に有利な形質を発現するということであり、個体や種にとってプラスにはたらくことが多いが、ときたまシステムの盲点を突くように逆の作用をもたらすものがある。ここで名前は明かせないが、実在するその最悪の例の一つが、『光射す海』には登場する。

一方、『リング』においては、ビデオテープの殻をまとった貞子の呪いという自己複製子が、利己的な振る舞いをする遺伝子を象徴しており、主人公の浅川和行は、自分と幼い娘の命を守るために必死にその謎を解こうとする。続編『らせん』では、冒頭からＤＮＡを用いた暗号が登場して、利己的な遺伝子の主題をさらに鮮明にしている。『リング』は、その独創性と完成度によってたちまち絶大なる人気を博し、それ自身が利己的な遺伝子のごとく伝播《でんぱ》して、一人歩きをし始めた。ここからは想像でしかないが、鈴木光司は、ホラー小説としては空前のメガヒットとなった自作に、どこか釈然としないものを感じていたのかもしれない。『リング』の結末は、ストーリーの必然によって生み出されたとはいえ、あまりにも救いがなく恐ろしいものだった。今さらそれを改変することはできないが、作者は、新たな作品によって、オカルト的な要素を取り去っても現実の不条理な恐ろしさは描けるということを示した上で、最後に一条の光を射し込ませたかったのではないだろうか。

本書の終幕で望月医師が語る、「人生は一筋縄ではいかない。一歩踏み出すごとに、あやふやな確率に支配された世界に乗り出すようなものだ」という述懐は、『リング』三部作とも深く響き合う。しかし、我々がなすべきことは、どこまでも光を信じて愛する者のために最善を尽くすことだけなのかもしれない。それを言いたいがために『光射す海』は書かれたような気がする。作中で幾度か繰り返される「本気で愛してくれる異性が身近にいれば、精神を煩うことなどほとんどありえない」という文章も、おそらく作者の信念を反映しているに違いない。

　裏読みするようなことばかり書いてきたが、本書は、意外性とカタルシスに満ちた海洋冒険小説として、読み応《ごた》え充分な傑作である。中でも異彩を放っているのは、宮崎昭光というマグロ漁船の船員だろう。常に足が熱を持っているため船上を裸足《はだし》で歩き回り、心の奥底に名状しがたい破壊衝動を抱えた男は、本書の解説を書くように依頼を受けたときに最初に思い出したほど印象深いキャラクターだった。しかし、今回読み返してみて、前回とは異なった感想を抱いたことを付言しておきたい。宮崎は、たしかに恐るべき人間かもしれないが、利己的な遺伝子同士が相争う壮大なゲームの中では、淘汰《とうた》されゆく弱者にすぎないのだ。そのことは、宮崎と宮崎の父親が辿《たど》った末路を見れば、自《おの》ずからあきらかである。見落としていたが、ここにも作者の周到な計算が働いていたのかもしれない。

　91年の深夜に『リング』を一気読みした直後、私が想像した鈴木光司は、ポーのように蒼白《あおじろ》い顔をした鬱病《うつびょう》一歩手前の文学青年だった。ずっと後にお会いしたご本人は、海で真っ黒に日焼けした体育会系……というより、ほとんど格闘家にしか見えなかった。

　この人間的な振り幅の大きさと意外性からすると、『光射す海』は、『リング』以上に作者そのものを体現した作品と言えるかもしれない。


（二〇一〇年九月　作家）

参考文献

『精神科の診察室』平井富雄（中央公論社）
『なぜ記憶が消えるのか』ハロルド・クローアンズ（白揚社）
『新ルポ・精神病棟』大熊一夫（朝日新聞社）
『ルポ精神医療』熊本日日新聞社編（日本評論社）
『愛をさすらう女たち』沖藤典子（潮出版社）
『精神病棟』瀬谷　健（恒友出版）
『精神病棟の二十年』松本昭夫（新潮社）
『北里大学病院24時』足立倫行（新潮社）
『最新医事法学』穴田秀男編（金原出版）
「最新医学」第33巻2号（最新医学社）
「生体の科学」第39巻1号（医学書院）
『いさば』田山準一（主婦の友社）
『まぐろと共に四半世記』大森　徹（成山堂書店）
『空飛ぶマグロ』軍司貞則（講談社）
『生きるための海』野間寅美（成山堂書店）
『流れる海』小出康太郎（佼成出版社）
『大西洋漂流76日間』スティーヴン・キャラハン（早川書房）
『全図解マグロをまるごと味わう本』渡辺文雄編（光文社）

本書は、一九九六年五月に新潮文庫より刊行されました。
なお、刊行にあたり、若干の修正を加えました。

光《ひかり》射《さ》す海《うみ》

鈴《すず》木《き》光《こう》司《じ》

平成22年 10月25日　初版発行
令和7年 6月30日　4版発行

発行者●山下直久

発行●株式会社KADOKAWA
〒102-8177　東京都千代田区富士見2-13-3
電話　0570-002-301（ナビダイヤル）

角川文庫 16498

印刷所●株式会社KADOKAWA
製本所●株式会社KADOKAWA

表紙画●和田三造

●お問い合わせ
https://www.kadokawa.co.jp/（「お問い合わせ」へお進みください）
※内容によっては、お答えできない場合があります。
※サポートは日本国内のみとさせていただきます。
※Japanese text only

ISBN978-4-04-188014-2　C0193

◆◇◇

角川文庫発刊に際して

角川源義

第二次世界大戦の敗北は、軍事力の敗北であった以上に、私たちの若い文化力の敗退であった。私たちの文化が戦争に対して如何に無力であり、単なるあだ花に過ぎなかったかを、私たちは身を以て体験し痛感した。西洋近代文化の摂取にとって、明治以後八十年の歳月は決して短かすぎたとは言えない。にもかかわらず、近代文化の伝統を確立し、自由な批判と柔軟な良識に富む文化層として自らを形成することに私たちは失敗して来た。そしてこれは、各層への文化の普及滲透を任務とする出版人の責任でもあった。

一九四五年以来、私たちは再び振出しに戻り、第一歩から踏み出すことを余儀なくされた。これは大きな不幸ではあるが、反面、これまでの混沌・未熟・歪曲の中にあった我が国の文化に秩序と確たる基礎を齎らすためには絶好の機会でもある。角川書店は、このような祖国の文化的危機にあたり、微力をも顧みず再建の礎石たるべき抱負と決意とをもって出発したが、ここに創立以来の念願を果すべく角川文庫を発刊する。これまで刊行されたあらゆる全集叢書文庫類の長所と短所とを検討し、古今東西の不朽の典籍を、良心的編集のもとに、廉価に、そして書架にふさわしい美本として、多くのひとびとに提供しようとする。しかし私たちは徒らに百科全書的な知識のジレッタントを作ることを目的とせず、あくまで祖国の文化に秩序と再建への道を示し、この文庫を角川書店の栄ある事業として、今後永久に継続発展せしめ、学芸と教養との殿堂として大成せんことを期したい。多くの読書子の愛情ある忠言と支持とによって、この希望と抱負とを完遂せしめられんことを願う。

一九四九年五月三日

角川文庫ベストセラー

鋼鉄の叫び
鈴木光司

自らの意志で特攻攻撃から生還した元特攻隊隊員……テレビプロデューサーの雪島忠信は、その男の行方を追い始めるが……!? 時代に翻弄される人間の価値観の本質を描いた、本格ヒューマン・ミステリー!

貞子
牧野修
原作／鈴木光司
脚本／杉原憲明

この映画、容赦ない。伝説のオリジナルチームがSNS時代に放つ最恐の「原点」! 日本ホラー映画史上No．1『リング』シリーズ! 映画で語られなかった背景やエピソードが満載のノベライズ。

青の炎
貴志祐介

秀一は湘南の高校に通う17歳。女手一つで家計を担う母と素直で明るい妹の三人暮らし。その平和な生活を乱す闖入者がいた。警察も法律も及ばず話し合いも成立しない相手を秀一は自ら殺害することを決意する。

硝子のハンマー
貴志祐介

日曜の昼下がり、株式上場を目前に、出社を余儀なくされた介護会社の役員たち。厳重なセキュリティ網を破り、自室で社長は撲殺された。凶器は？ 殺害方法は？ 推理作家協会賞に輝く本格ミステリ。

狐火の家
貴志祐介

築百年は経つ古い日本家屋で発生した殺人事件。現場は完全な密室状態。防犯コンサルタント・榎本と弁護士・純子のコンビは、この密室トリックを解くことができるか!? 計4編を収録した密室ミステリの傑作。

角川文庫ベストセラー

鍵のかかった部屋　貴志祐介

防犯コンサルタント（本職は泥棒？）・榎本と弁護士・純子のコンビが、4つの超絶密室トリックに挑む。表題作ほか「佇む男」「歪んだ箱」「密室劇場」を収録。防犯探偵・榎本シリーズ、第3弾。

ミステリークロック　貴志祐介

外界から隔絶された山荘での晩餐会の最中、超高級時計コレクターの女主人が変死を遂げた。居合わせた防犯コンサルタント・榎本と弁護士・純子のコンビは事件の謎に迫るが……。

コロッサスの鉤爪　貴志祐介

夜の深海に突然引きずり込まれ、命を落とした元ダイバー。現場は、誰も近づけないはずの海の真っただ中。海洋に作り上げられた密室に、奇想の防犯探偵・榎本が挑む！（「コロッサスの鉤爪」）他1篇収録。

ダークゾーン（上）（下）　貴志祐介

何だこれは⁉　プロ棋士の卵・塚田が目覚めたのは闇の中。しかも赤い怪物となって。そして始まる青い軍勢との戦い。軍艦島で繰り広げられる壮絶バトルの行方と真相は⁉　最強ゲームエンターテインメント！

復活の日　小松左京

生物化学兵器を積んだ小型機が、真冬のアルプス山中に墜落。感染後5時間でハツカネズミの98％を死滅させる新種の細菌は、雪解けと共に各地で猛威を振るう。世界人口はわずか1万人にまで減ってしまい――。

角川文庫ベストセラー

ゴルディアスの結び目　小松左京

「憑きもの」を宿す少女は、病室に収容されていた。サイコ・デテクティヴはその正体の追求を試みるが……表題作のほか「岬にて」「すぺるむ・さぴえんすの冒険」「あなろぐ・らぶ」を収録した、衝撃のSF短編集！

地には平和を　小松左京

敵弾をあび、瀕死の重傷を負った俺の前に、Tマンと名乗る男が現れた。歴史を正しい方向へ戻さなければ、この世界は5時間で消滅する!? 表題作を含む短編2編とショートショート集を収録。

日本沈没（上）（下）　小松左京

伊豆諸島・鳥島の南東で一夜にして無人島が海中に没した。現場調査に急行した深海潜水艇の操艇責任者・小野寺俊夫は、地球物理学の権威・田所博士とともに日本海溝の底で起きている深刻な異変に気づく。

受精　帚木蓬生

不慮の事故で恋人は逝ってしまった。失意の底で舞子が見出した一筋の光明。それは、あの人の子供を宿すことだった。すべてを捨て舞子はブラジルの港町、サルヴァドールへと旅立つ。比類なき愛と生命の物語。

受難　帚木蓬生

韓国沖合で起きた大型フェリー沈没事故と、別の事故で溺死しiPS細胞と3Dプリンターで再生された少女。ふたつの事象をつなぐ真実と、闇に隠された国家的陰謀とは。圧倒的スケールで描く、衝撃のサスペンス巨編。